Margit S. Schiwarth-Lochau

Bella Isabella

Im Schatten der Kindheit

Margit S. Schiwarth-Lochau
- Bella Isabella -
Im Schatten der Kindheit

1. Auflage (15. Juni 2021)
ISBN 978-3-96692-050-6
©2021
Verlag & Gestaltung:
Stockwärter Verlag, Halle (Saale), Bernd Stockmann
Druck & Herstellung:
BoD - Books on Demand GmbH, Norderstedt

Rückblick

Begegnung mit Isabella

Oh, schon 9.50 Uhr! Ich muss gleich los zum Bus, doch das Telefon klingelt. Schaffe ich es noch ranzugehen? Na, wird sicher nicht länger als fünf Minuten dauern. Am anderen Ende der Telefonleitung ist Frau Braunkohl vom Jugendamt: „Hallo, guten Tag Frau Ziegel-Stein, haben Sie ein paar Minuten Zeit für mich?" „Ich grüße Sie, Frau Braunkohl, eigentlich bin ich auf dem Sprung, 10.07 Uhr fährt mein Bus. Worum geht es denn?" „Können Sie uns helfen? Wir brauchen dringend eine Bereitschaftspflege für ein vierzehnjähriges Mädchen! Es sitzt schon bei uns! Die bisherige Pflegemutter hat es hergebracht." „Oh je, dann werde ich erst zu Ihnen ins Amt kommen und danach meine Behördenwege erledigen. Bis bald, ich muss los!" „Danke."

So begann damals, vor 15 Jahren, die Geschichte mit Isabella, meiner Pflegetochter auf Zeit. Unweigerlich musste ich an die bewegenden Erlebnisse mit ihr denken, nachdem ich über die Tageszeitung und das Fernsehen erfahren hatte, dass händeringend Pflegeeltern gesucht wurden und im Jahr 2018 bundesweit 40400 Kinder durch die Jugendämter in Obhut genommen und in Heimen untergebracht werden mussten.
„Wie es Isabella wohl jetzt geht?", fragte ich mich. Sie hatte mehrfach ihren Wohnort gewechselt. Der Kontakt war abgebrochen.

Isabella war neunzehn Jahre alt, als wir uns nach längerer Zeit zufällig in der Stadt trafen. „Hallo, Margret", sprach mich eine junge Frau mit fuchsrot gefärbten Haaren an. Sie blieb mit einem Kinderwagen neben mir stehen. Erstaunt sah ich sie an: „Isabella! Schön dich zu sehen. Geht es dir gut?" Wir umarmten uns. „Machst du Babysitter oder ist das etwa …?" „Darf ich vorstellen, das ist Johnny, mein Sohn, sechs Monate alt", klärte sie mich auf. „Oh, herzlichen Glückwunsch! Und, steht der Papa des Kleinen zu euch?" „Nee, mit dem Vogel habe ich noch vor Johnnys Geburt Schluss gemacht. Der war mehr besoffen als nüchtern und es gab nur Zank und Streit. Und außerdem ist der ein ganz perverses Schwein. Bei so was sehe ich rot!", eiferte sich Isabella. „Das kann ich mir gut vorstellen. Wie kommst du zurecht?", wollte ich wissen. „Och, ganz gut. Wir sind noch in einer Mutter-Kind-Einrichtung. Wenn ich eine Wohnung habe, ziehe ich dort aus. Ja, und wenn Johnny in die Kita kann, will ich eine Ausbildung anfangen", gab Isabella bereitwillig Auskunft. „Da drücke ich dir die Daumen, dass alles gelingt, was du dir vorgenommen hast. Wir müssen aber nicht hier auf der Straße stehenbleiben. Ich würde dich gern in ein Cafe´ einladen", bot ich an. „Habe leider keine Zeit, treffe mich gleich mit meinem neuen Freund. Das ist ein ganz Lieber. Ich rufe dich an! Grüße Hartwig von mir!" Und schon eilte sie mit ihrem Kind davon.

Wieder zu Hause angekommen, kreisten meine Gedanken um unser ehemaliges Pflegekind. Hoffentlich holen Isabella die Schatten ihrer frühen Kindheit nicht ein, dachte ich, sodass sie vor ähnlichen Problemen steht, wie damals ihre leiblichen Eltern und Großeltern. Denn jeder ist Glied in einer Kette von Generationen, verbunden und verknüpft durch weitergegebene, oft unbewusste familienspezifische Vermächtnisse. Erst nachdem ich einiges über das schwere Schicksal ihrer Herkunftsfamilien erfahren hatte, konnte ich mir das oftmals verstörend wirkende Verhalten des Mädchens erklären.

Inzwischen weiß ich, dass es eine sogenannte transgenerationale Weitergabe traumatischer Erfahrungen gibt, welche sich auf nachfolgende Generationen auswirken kann. Stark prägende und für die Betroffenen unfassbare Ereignisse oder Erlebnisse rufen Sprachlosigkeit darüber hervor, können innerlich nicht verarbeitet werden. So bleiben sie für immer gegenwärtig und werden unbewusst auf die eigenen Kinder übertragen. Ob auch Isabella in einem solchen Teufelskreis gefangen ist?

Agnes und Peter

Ende 1944 erreichte der 2. Weltkrieg die Ostgrenze Deutschlands. Im Januar 1945 begann die Rote Armee eine Großoffensive gegen die deutsche Wehrmacht. In nur wenigen Wochen stieß die Sowjetarmee kämpfend bis zur Oder vor, nur noch achtzig Kilometer von der Reichshauptstadt Berlin entfernt. Der Krieg war für Deutschland militärisch faktisch schon verloren. Eine Kapitulation kam für Hitler nicht in Frage. Er befahl der Wehrmachtsführung bis zum Ende zu kämpfen. Sie schickten als letztes Aufgebot Jugendliche, Alte und Invaliden in das Gefecht gegen die übermächtigen Armeen der Alliierten, was weiterhin viele sinnlose Opfer und unermessliches Leid für die Bevölkerung brachte.

„Die Russen kommen!" Dieser Ausruf erzeugte panische Angst und Schrecken. Millionen Menschen aus den östlichen Gebieten Deutschlands, wie z. B. Oberschlesien, flüchteten aus ihrer Heimat in Richtung Westen. Davon war auch die Familie meines Vaters betroffen.

Die sechzehnjährige Agnes und ihre Mutter Olga schlossen sich, nur mit dem Nötigsten bepackt und was sie tragen konnten, einem Flüchtlingstreck an. Der Winter 1944/45 war durch extremen Frost und starke Schneefälle besonders hart. Tausende überlebten die Gewaltmärsche nicht. Agnes und Olga mussten schreckliche Dinge erleben und mit ansehen: Mütter mit ihren Säuglingen im Arm am Wegesrand, völlig erschöpft oder gar erfroren, verstümmelte Leichen, Kriegsverletzte, Vergewaltigungen von Frauen und Mädchen. Hunger und Elend begleiteten die verzweifelten Menschen auf der wochenlangen

Flucht. In den Dörfern und vom Krieg gezeichneten Städten, durch die sie zogen, waren die frierenden und ausgemergelten Flüchtlinge nicht gern gesehen. Auch die ansässigen Menschen hatten nichts mehr zu verteilen und litten größte Not.
Olga und Agnes kamen kurz vor Kriegsende bei einem Großbauern, mit Namen Erdmann, als billige Arbeitskräfte unter. Sie bewohnten eine nicht beheizbare, im ehemaligen Pferdestall notdürftig hergerichtete Kammer. Beide schufteten täglich zwölf Stunden auf dem Bauernhof und bekamen als Lohn etwas Essen und Trinken sowie ein geringes Taschengeld.

Als der schreckliche Krieg endlich beendet war, bestimmte die Angst vor den Besatzern, der Kampf um Unterkunft, Lebensmittel und Bekleidung das Leben der Menschen. Zehntausende Flüchtlinge, verschleppte Zwangsarbeiter, Waisen und Witwen irrten zu Fuß durch das Land. Sie machten kurzzeitig Halt in notdürftigen Zwischenlagern unter unsäglichen hygienischen Zuständen. Läusebefall, Krätze und Infektionskrankheiten, wie Typhus und Tuberkulose, waren oft die Folgen.

In einer Scheune des Bauern hatten sich mehrere Flüchtlinge im Stroh versteckt, was Agnes und Olga nicht verborgen blieb. Sie versuchten den verzweifelten Menschen zu helfen, indem sie große Mengen Tee kochten und in Milchkannen und Eimern zur Scheune brachten. Lebensmittel standen ihnen nicht zur Verfügung. Als der grobschlächtige Bauer davon Wind bekam, wurde er sehr wütend. Erdmann kippte die Eimer um und vertrieb „das Pack". Olga und Agnes bestrafte er mit einem Tag Essensentzug.

Immer wieder zogen Städter durch die Dörfer, in der Hoffnung, ihre letzten Habseligkeiten und Wertsachen gegen Lebensmittel eintauschen zu können. Der Schwarzhandel blühte, was Erdmann schamlos ausnutzte.

Den nächsten Winter überlebte Olga nicht, sie starb an Auszehrung (Tbc). Nun stand Agnes völlig auf sich selbst gestellt, allein da. Ihr Vater und die beiden Brüder waren in den letzten Kriegsmonaten an der Ostfront gefallen.

Der Bauer nutzte die Notlage des jungen Mädchens schamlos aus. Eines Nachts verschaffte er sich Zutritt zu ihrer Kammer und verging sich an Agnes, die sich vergeblich heftig wehrte. Voller Ekel und völlig verzweifelt schlich sich das Mädchen, nur mit ein paar Kleidungsstücken und einer Feldflasche mit Wasser im Bündel, vom Hof. Nach einem langen Fußmarsch durch Wald und Flur und schließlich entlang einer Landstraße, wurde sie noch ein Stück des Weges auf einem Pferdefuhrwerk mitgenommen.

Agnes erreichte nach Tagen die nächstliegende Stadt. Überall waren die Folgen des schrecklichen Krieges präsent: zerstörte Häuser, frierende und hungernde Menschen – der Kampf ums Überleben war allgegenwärtig. Am örtlichen Krankenhaus bekam das junge Mädchen eine Anstellung, da Arbeitskräfte dringend gebraucht wurden. Ihm kam zugute, dass es aus der Zeit im Pflichtjahr bereits über Erfahrungen in der Pflege und Betreuung eines Kriegsversehrten verfügte.

Agnes war sehr fleißig und versuchte, durch aufopferndes Kümmern um Hilfsbedürftige ihren Kummer zu verdrängen. Bald merkte sie, dass die Vergewaltigung Folgen hatte. Ihre ungewollte Schwangerschaft bedeutete für Agnes Stress – vor ihrem inneren Auge waren täglich die unfassbaren Ereignisse und Erlebnisse präsent. Sie litt unter Albträumen und hatte niemanden, bei dem sie hätte Schutz und Trost finden können. Die Vermieterin des kleinen, spärlich eingerichteten Zimmers war ihr nicht wohlgesonnen.

Agnes wurde mit gerade mal achtzehn Jahren Mutter. Der Geburtsvorgang war wegen der Beckenendlage des Kindes langwierig und schwierig, raubte ihr die letzten Kraftreserven. Die junge Frau hatte gehofft, ein Mädchen zu bekommen. Sie wurde enttäuscht. Voller Zukunftsangst versorgte Agnes, welche Familie und Heimat verloren hatte, ihr Kind auf der körperlichen Ebene dennoch so gut wie möglich. In ihrem Elend vermochte Agnes dem Kleinen nicht die erforderliche liebevolle Zuwendung zu geben. Selbst untergewichtig, konnte sie nicht stillen und empfand weder Freude noch Mutterliebe, hatte jedoch ein Pflichtgefühl ihrem Sohn gegenüber. Ein Säugling spürt unbewusst die Ablehnung und Trostlosigkeit, erkennt diese am Gesicht und dem Verhalten der Mutter. Ängste und Abwehrreaktionen entstehen, das Kind wird schreckhaft, schreit viel, lässt sich nur schwer beruhigen.

Agnes war gezwungen, allein für sich und das Kind den Unterhalt zu bestreiten. Sechs Wochen nach der Entbindung musste die junge Mutter wieder arbeiten gehen. Der kleine Peter kam in ein Säuglingsheim. Seine Mutter konnte ihn nur unregelmäßig besuchen.

Neben der Arbeit qualifizierte sie sich weiter und erlangte den Abschluss als Krankenschwester. Agnes wollte unbedingt etwas erreichen. Mit Gründung der DDR (Deutsche Demokratische Republik) wurde sie auch Mitglied der SED (Sozialistische

Einheitspartei Deutschlands). Die junge Genossin sollte gefördert werden, man schickte sie zu politischen Schulungen. In der Verfassung des neu gegründeten Staates wurde die Gleichberechtigung von Frau und Mann festgeschrieben. Die wenigen zur Verfügung stehenden Arbeitskräfte, also auch die Frauen, sollten voll arbeiten gehen können und dennoch für Nachwuchs sorgen. Deshalb erfolgte ab 1951 ein massiver Ausbau der Kinderbetreuungseinrichtungen, in denen die Kleinen ganztags betreut werden konnten. Auch alleinerziehende und in Schichten arbeitende Mütter sollten unbesorgt ihrer Berufstätigkeit nachgehen können, was programmgemäß der Sicherung und Durchsetzung der Gleichberechtigung dienen sollte.

Peter war inzwischen in einem Wochenheim untergebracht. An den Wochenenden, falls Agnes frei hatte, holte sie ihren Sohn zu sich nach Hause in ihre neue kleine Teil-Wohnung. Agnes verfügte über ein Zimmer und eine Wohnküche ohne Wasseranschluss, dafür gab es auf dem Flur ein gusseisernes Becken mit Wasserhahn für vier Mietparteien sowie das WC halbe Treppe tiefer.

Es kam vor, dass der Junge zwei oder gar drei lange Wochen ununterbrochen in der Einrichtung bleiben musste, wenn Agnes kranke Kolleginnen vertreten oder zu Parteischulungen gehen musste. Seitens der Heimleitung wurde es nicht gern gesehen, wenn Mütter an freien Tagen in der Woche ihr Kind besuchen oder abholen wollten, was damit begründet wurde, dass die Kontinuität in der Erziehungsarbeit gestört werden würde. Die Kollektiverziehung wurde damals als effektivste Erziehungsmethode proklamiert und über die Familienerziehung gestellt, wobei man die Bedeutung von Bezugspersonen sowie die verlässliche Bindung an diese verkannte oder leugnete. Jedes Mal, wenn Agnes den Kleinen abholte, reagierte er zunächst ablehnend, doch wenn sie ihn wieder zurück ins Heim brachte, klammerte er sich an ihren Beinen fest und schrie erbärmlich.

Mit sechs Jahren, kurz vor seiner Einschulung, hatte Peter endlich ein Zuhause. Der Junge war anstrengend: zappelig, verhaltensauffällig, reizbar, misstrauisch, ließ körperliche Nähe kaum zu. Selten zeigte Peter ein Lächeln. Agnes litt ihrem Kind gegenüber unter Schuldgefühlen. Doch ihr blieb keine andere Wahl. Als alleinerziehende Mutter in der Not der ersten Nachkriegsjahre musste sie ihren Sohn der Heimerziehung aussetzen, denn in der DDR war jeder per Verfassung und gesetzlich zur Arbeit verpflichtet.

Agnes lernte bei einer Parteischulung ihren künftigen Mann kennen. Sie startete mit der Eheschließung den Versuch, sich ein neues Leben in einer sicheren, unbelasteten Umgebung aufzubauen. Bald bekam sie einen weiteren Sohn, der von beiden Elternteilen geliebt und gehätschelt wurde. Holger, der Stiefvater, war mächtig stolz auf seinen Stammhalter, den Großen dagegen empfand er als lästig. Peter fühlte sich zurückgesetzt, war äußerst eifersüchtig und reagierte mit seltsamen, regressiven Verhaltensweisen. Er wollte auch aus der Babyflasche trinken, kroch auf dem Fußboden herum und lallte, nässte nachts wieder verstärkt ein. Das brachte ihm jedoch nicht die erwünschte Zuwendung, das Gegenteil war die Folge; er bekam Prügel vom Stiefvater.

In der Schule gab es fast täglich Ärger. Peter fiel durch seine ausgeprägte motorische Unruhe, aggressives Verhalten sowie

Lernschwierigkeiten – besonders in den Bereichen Sprache, Lesen und Schreiben – auf. Die vierte Klasse musste er wiederholen. Der Junge wurde viel getadelt, gehänselt und hatte keine Freunde unter Gleichaltrigen. Immer häufiger rastete Peter aus, versuchte Konflikte mit der Faust zu lösen, nutzte dabei seine körperliche Überlegenheit aus. Zu Hause gab es Strafpredigten, moralisierende Erklärungen und allerlei Verbote. Peter hasste seinen Stiefvater und den kleinen Bruder. Seiner Mutter gegenüber hegte er ambivalente Gefühle. Einerseits machte Peter sie für seine Probleme verantwortlich, andererseits litt er unter Schuldgefühlen und war überzeugt, dass die Mama ihn lieben würde, wenn er nicht so böse wäre.

Holger bestrafte den Jungen hart, schlug zu, schon bei kleineren Vergehen oder vermeintlichem Fehlverhalten. Die Mutter konnte ihr Kind nicht schützen, hatte nicht die Kraft dazu und wurde bedrängt, Peter in die Kinder- und Jugendpsychiatrie einweisen zu lassen. Der Stiefvater war der Meinung, dass der Junge nicht ganz richtig im Kopf sei und behandelt werden müsse, damit er nicht auf die schiefe Bahn gerate.

Der Psychiatrie-Aufenthalt führte nicht zu der erhofften Verhaltensbesserung. Der Junge blieb unzugänglich und leicht erregbar. Peter zog sich innerlich noch mehr zurück, gab sich seinen Träumen, in denen er fliegen konnte und übermächtige Kräfte besaß, hin. Er wollte allen zeigen, dass er allein zurechtkommen würde, Hilfe nicht nötig hätte. Peters Bewegungsdrang diente dem Spannungsabbau, der Pausenhof wurde zum Kampfplatz. Nähe und Beziehung zu anderen Menschen vermied er unbewusst, um nicht weiter enttäuscht zu werden.

Peter lief von zu Hause weg, schwänzte die Schule, galt als rebellisch und politisch unbelehrbar. Da er sich nicht in die sozialistische Gesellschaft einfügen wollte, wurde er auf Beschluss des Jugendhilfeausschusses des zuständigen Kreises für sechs Monate in einen Jugendwerkhof eingewiesen. Das Erziehungsziel in den JWH bestand darin, „Besonderheiten in der Persönlichkeitsentwicklung und Eigenheiten im Denken des Jugendlichen" sowie „gesellschaftswidriges" Verhalten zu überwinden.

Anschließend absolvierte Peter eine Lehre im Tief- und Straßenbau und diente pflichtgemäß (1962 wurde in der DDR die Wehrpflicht eingeführt) achtzehn Monate bei der Nationalen Volksarmee (NVA). Danach arbeitete er im erlernten Beruf, zog von einer Baustelle zur anderen, quer durch die gesamte Republik. Seine körperliche Kraft und Ausdauer bei der Arbeit verschafften ihm Bewunderung. Er machte viele Überstunden, ließ sich leicht beeinflussen und ausnutzen, vermutlich um Anerkennung zu gewinnen. Peter erwies sich als ein Mann der Tat und wenigen Worte. Er war der Typ Kumpel für jedermann, ein zuverlässiger, ziemlich trinkfester Kerl. Niemand traute sich mehr, ihn zu beleidigen oder herabzusetzen.

Zu Frauen hatte er ein zwiespältiges Verhältnis, sie verunsicherten ihn. Besonders mit den selbstbewussten, dominant wirkenden Mädchen konnte er nichts anfangen, sie schreckten ihn regelrecht ab. Den Kontakt zur Familie hatte Peter längst abgebrochen, er fühlte sich frei, unabhängig und war überzeugt von der eigenen Stärke und seinen Fähigkeiten. Oft begab er sich im persönlichen Leben waghalsig in riskante

Situationen, missachtete den Arbeitsschutz, achtete nicht auf sich, ließ sich treiben.

Renate und Anita

Renate war Kriegswaise und lebte bei ihrer strengen, verbitterten Großmutter väterlicherseits, welche sie bis zu ihrem Lebensende pflegte. Weitere Verwandte gab es nicht mehr. Mit einundzwanzig war die Kriegswaise endlich volljährig und heiratete den zehn Jahre älteren Franz. Er war einst ihr heimlicher Jugendschwarm aus der Nachbarschaft gewesen.

Franz erlitt in den letzten Kriegsmonaten an der Ostfront schwerwiegende Verletzungen. Um sein Leben zu retten, musste der rechte Unterschenkel amputiert werden. Seine Eltern starben im Konzentrationslager, da sie aktive Gegner des Nationalsozialismus waren. Franz war als Verfolgter des Naziregimes anerkannt und bezog daher eine Rente.

Er bekam in der neugegründeten DDR einen verantwortungsvollen Posten beim Rat des Bezirkes und verdiente recht gut. Die hübsche, junge Sekretärin hatte es ihm angetan. Er erkannte in ihr zunächst nicht das frühere Nachbarmädchen. Franz umwarb die junge Frau, verwöhnte sie mit kleinen Mitbringseln, die es nicht einfach so zu kaufen gab – er hatte eben seine Beziehungen. Sie waren bald ein Paar und Renate guter Hoffnung. Im Überschwang der Glücksgefühle versprach der Mann seiner schönen Braut, ihr die Sterne vom Himmel zu holen.

Drei Monate nach der Geburt des Töchterchens Anita nahm Renate ihre Berufstätigkeit wieder auf. Sie qualifizierte sich weiter und war als Genossin und Kollegin anerkannt und sehr beliebt.

Ihr Mann reagierte darauf grundlos misstrauisch und eifersüchtig. Franz wollte ein zweites Kind und hoffte, dass seine Frau dann zu Hause bleiben würde. Finanziell konnten sie sich das leisten. Dazu war Renate jedoch nicht bereit. Immer häufiger kam es zu Streit, bis hin zu Drohungen und Handgreiflichkeiten. Anita litt unter den Spannungen im Elternhaus. Renate reichte, nach einer heftigen Auseinandersetzung, bei der Franz ihr vor den Augen der Tochter hart ins Gesicht geschlagen hatte, die Scheidung ein. Lieber wollte sie mit ihrer zehnjährigen Tochter allein leben, als sich vom krankhaft eifersüchtigen, cholerischen Ehemann weiter unterdrücken und bevormunden zu lassen.

Anita fühlte sich zwischen den Elternteilen hin und her gerissen. Wie zu DDR-Zeiten üblich, hatte die Mutter das alleinige Sorgerecht, der Vater nur ein Besuchsrecht. Franz war ein liebevoller Papa, der die Tochter verwöhnte und versuchte, sie in seinem Sinne zu beeinflussen.

Renate arbeitete als alleinerziehende Mutter weiterhin ehrgeizig und engagiert sowohl im Beruf als auch für die Partei. Sie wurde befördert und sollte fortan bei der Landesregierung arbeiten. Renate und Anita zogen deshalb in eine andere Stadt.

Das Mädchen sah seinen Vater nur noch selten und vermisste ihn. In den Sommerferien durfte Anita zwar mit dem Papa nach Ungarn oder in die Tschechoslowakei in den Urlaub fahren, doch außerhalb der vereinbarten Besuchszeiten sollte Anita keinen Kontakt zum Vater pflegen, sondern lieber lernen. Sie war nämlich nach dem Umzug in ihren schulischen Leistungen abgesackt, was ihre Mutter jedoch nicht hinnehmen wollte. Schließlich sollte die Tochter einmal zur Erweiterten Oberschule (EOS) gehen, das Abitur machen und danach studieren. In diesem Punkt waren sich die Eltern sogar einig.

Als Anita vierzehn war, lernte Renate Achim kennen. Dieser, Anfang dreißig, ein wenig jünger als sie, sah gut aus, war lebenslustig und wirkte unbeschwert. Er strahlte ein natürliches Selbstbewusstsein sowie Optimismus aus, was der jungen Frau einfach gut gefiel.

Achim machte Anita von Anfang an klar, dass er nicht die Absicht habe, sich als ihr Vater aufzuspielen. Schließlich habe sie ja einen lieben Papa. Er wollte Freund und Kumpel sein, behandelte das Mädchen respektvoll. Nach und nach vertraute Anita ihm sogar. Erst als Renate schwanger wurde, zogen sie in eine gemeinsame Wohnung.

Mit fünfzehneinhalb war Anita nun große Schwester. Achim stand seiner Frau bei der Geburt zur Seite und fühlte sich überglücklich beschwingt. Als er abends aus der Klinik heimkam, klopfte er an Anitas Tür. Er fragte, ob sie noch munter sei und er hereinkommen dürfe. Achim hatte eine Packung Weinbrandbohnen sowie eine Flasche Sekt dabei. Er wollte mit ihr auf das Brüderchen anstoßen. Der Mann war so stolz und begeistert, da konnte sie doch nicht nein sagen. Er setzte sich auf die Bettkante und füllte die Gläser. Anita fühlte sich bald beschwipst, kicherte vergnügt über die Witzeleien und Komplimente von Achim. Auch der frischgebackene Vater amüsierte sich köstlich und goss mehrmals ihr halbleeres Glas nach. Sich selbst genehmigte er zusätzlich zwei, drei Gläschen Weinbrand. Anita vertraute ihm an, dass sie froh wäre, wenn ihr Papa auch so lustig und locker sein könnte, lehnte sich dabei vertrauensvoll an seine Schulter. Achim nahm das Mädchen väterlich in den Arm und scherzte weiter. Schlagartig änderte sich die Situation...

Am nächsten Morgen wachte Anita mit Übelkeit und Kopfschmerzen auf. Außerdem hatte sie verschlafen. Nur mühsam kam sie zu sich und erschrak: Ihr Laken war blutig, es fühlte sich zwischen den Beinen klebrig und wund an. Langsam dämmerte ihr, was geschehen war. Voller Ekel und geplagt von Schuldgefühlen zog sie die Bettwäsche ab, schlurfte ins Badezimmer und duschte lange. Dann stellte sie die Waschmaschine an. Achim klopfte an die Tür. Das Mädchen reagierte nicht. Er hörte es schluchzen. Als Anita endlich das Bad verließ, fasste Achim sie bei den Schultern, hob dann ihr Kinn an und schaute ihr eindringlich in die Augen. Er entschuldigte sich für sein Verhalten und versicherte ihr, dass er sie wie eine Tochter liebhabe und dass der letzte Abend ein Ausrutscher gewesen sei, keine Wiederholung fände. Anita schaute zu Boden und blieb stumm. Achim war der Meinung, dass sie eine Mitschuld tragen würde. Sie habe ihm aber auch tüchtig eingeheizt. Anita sollte schweigen, denn er liebe Renate und seinen kleinen Sohn. Wenn sie quatsche, trüge sie die Schuld am Zerbrechen der Familie und sie würde dem kleinen Bruder und sich selbst damit schaden. Für die Schule schrieb Achim einen Entschuldigungszettel.

Als Renate mit dem Baby zu Hause war, schien sie blind vor Glück zu sein. Zunächst bemerkte sie die Verhaltensänderung bei der Tochter nicht einmal. Anita zog sich zurück und wurde schweigsam. Den Familienzuwachs beachtete sie kaum. Ihre Mutter deutete das als Eifersucht auf den kleinen Bruder. Nur unwillig erledigte das Mädchen ihr übertragene Hausarbeiten. Achim ging arbeiten und tat so, als ob alles in bester Ordnung sei. Seine Erklärung für Anitas Verhalten: Pubertät!

Manchmal fragte er Anita, ob sie einen Wunsch hätte. Sie verlangte dann zum Beispiel Geld, um ein neues Kleidungsstück kaufen oder ins Kino gehen zu können. Die Mutter war dagegen, wenn Anita mit einer Freundin (oder gar mit einem Freund?) die Abendvorstellung besuchen wollte. In Achim fand sie einen Fürsprecher. Materiell wurden dem jungen Mädchen fast alle Wünsche erfüllt, dafür sorgten sowohl Achim als auch Franz, ihr Vater.

Nach zwanzig Wochen Babypause ging Renate wieder arbeiten, der Kleine kam in die Krippe. Morgens um sieben Uhr verließ Anita gewöhnlich die Wohnung, um zur Schule zu gehen. Nachmittags traf sie sich mit Freunden oder ging mit zu einer Klassenkameradin, da sie gemeinsam lernen und Hausaufgaben erledigen wollten. Das akzeptierte die Mama, da sie eine hohe Erwartungshaltung bezüglich der schulischen Leistungen ihrer Tochter hatte. Manchmal kam Anita verspätet zu Hause an. Dann gab es Zank mit der Mutter.

Waren denn alle blind? Nahmen sie die stummen Signale nicht wahr? Anita veränderte sich auch äußerlich. Sie lief im Schlabber-Look herum, hatte Augenringe, ihr Gesicht war voller geworden. Die knapp Sechzehnjährige wirkte müde, mürrisch-unzufrieden, brauste schnell auf, zankte sich mit der Mutti, war Achim gegenüber feindselig-abweisend. Konnte man das noch mit der Pubertät erklären?

Doch Außenstehende waren aufmerksamer, machten sich Gedanken. Eines Tages rief die Lehrerin Anitas Mutter während der Arbeitszeit an. Sie fragte nach, ob es ihrer Tochter wieder besser ginge. Wieso? Renate fiel aus allen Wolken. Sie vereinbarten einen Termin für ein persönliches Gespräch.

Renate und Anita saßen im Büro des Direktors der POS (Polytechnische Oberschule). Jetzt kam alles zur Sprache. Die Liste der Verfehlungen war lang: gefälschte Unterschriften und Entschuldigungen, Schulbummelei, aufsässiges Verhalten, Arbeitsverweigerung, Schwänzen des Sportunterrichts, wechselnde Bekanntschaften mit Jungen, die Anita nach dem Unterricht abholen wollten. Außerdem sei der Abschluss der 10. Klasse gefährdet. Renate schüttelte bekümmert den Kopf und meinte, dass sie völlig ahnungslos gewesen sei. Sie musste sich sagen lassen, dass das unmoralische und asoziale Verhalten ihrer Tochter nicht geduldet werden könne. Sie als Mutter und Genossin trage eine Verantwortung! Anita schwieg trotzig zu allem und vermied jeglichen Blickkontakt. Nun wurde auch noch die Vermutung einer Schwangerschaft geäußert! Renate fiel abermals aus allen Wolken und bekam die Auflage, mit dem Mädchen zum Frauenarzt zu gehen. Der Verdacht bestätigte sich.

Asoziales Verhalten durfte keinesfalls toleriert werden! Anita wurde zwangsweise in ein Krankenhaus - auf eine sogenannte venerologische Station – eingewiesen. Sie wusste nicht, was sie dort erwarten würde und kannte auch nicht die im Volksmund gebräuchliche Bezeichnung „Tripper-Burg".

Da dem Mädchen unmoralisches Verhalten oder gar heimliche Prostitution vorgeworfen wurde, musste es entwürdigende und rücksichtslose gynäkologische Untersuchungen ertragen. Der Aufenthalt in solchen geschlossenen Abteilungen diente offiziell der Behandlung, Bekämpfung und Verhütung von Geschlechtskrankheiten. Venerologische Stationen sollten als Orte der Disziplinierung auch der Erziehung zu sozialistischen Persönlichkeiten dienen.

Die Testauswertungen dauerten etwa drei Wochen. Da Anita gesund war, wurde sie nach vierwöchigem Zwangsaufenthalt aus dem Krankenhaus entlassen und anschließend in ein Heim für schwererziehbare Jugendliche eingewiesen. Dort brachte sie ihr Kind zur Welt. Die junge Mutter durfte es nicht einmal sehen, wusste nicht, ob es ein Junge oder ein Mädchen war. Das Neugeborene wurde gleich zur Adoption vermittelt.

Anita holte den Schulabschluss nach und absolvierte eine Lehre als Köchin. Erst mit achtzehn Jahren konnte sie das Heim verlassen. Das Verhältnis zur Mutter und zu Achim war äußerst angespannt, von gegenseitigen Vorwürfen und Schuldzuweisungen geprägt. Anita brach nie ihr Schweigen, jedoch in ihrem Inneren war etwas zerbrochen. Diese traumatischen Ereignisse hinterließen in ihrer Seele tiefe Spuren mit schwerwiegenden Folgen, wie Ängste, Schlafstörungen, Depressionen, Abneigung gegen Ärzte.

Anita wollte keinesfalls wieder bei ihrer Mutter wohnen, deshalb zog sie in die Nähe ihres Vaters. Dieser war inzwischen Invalidenrentner und durfte in die Bundesrepublik reisen, wo eine entfernte Verwandte lebte. Er versuchte weiterhin, seine Tochter materiell zu verwöhnen und an sich zu binden. Vom Missbrauch seiner Tochter und der unerwünschten Schwangerschaft hatte er keine Kenntnis.
Anita wollte lieber allein und unabhängig in ihrer Einraumwohnung leben; sie ging selten aus. Bei der Arbeit in einer Betriebsküche nahm sie kein Blatt vor den Mund, wenn sie Ungerechtigkeiten oder Missstände ansprach. Man wollte sie als Parteimitglied oder wenigstens für die Gewerkschaft gewinnen.

Andere zu bespitzeln, lehnte Anita ab. Irgendwie hatte die junge Frau den Eindruck, ständig beobachtet und kontrolliert zu werden. Sie fühlte sich einsam und unverstanden, sehnte sich nach liebevoller Zuwendung. War das Torschlusspanik? Immerhin war sie schon Ende Zwanzig. Nun dachte sie doch über eine eigene Familie nach. Ihre wenigen Männerbekanntschaften waren nicht von Dauer gewesen. Anita war Männern gegenüber misstrauisch und nicht in der Lage, eine stabile Beziehung aufzubauen.

Anita und Peter

Der 35. Jahrestag der DDR wurde überall in der Republik mit Volksfestcharakter gefeiert. Zuvor fanden die üblichen Kundgebungen, mit der örtlichen Politprominenz auf der Tribüne, statt. Fähnchen schwingende Pioniere jubelten den Parteigenossen zu. Anita war mit zwei Freundinnen unterwegs, sie amüsierten sich darüber und schlenderten in Richtung Festwiese.

Anita war mit blauen Jeans und einer echten, schwarzen Lederjacke (aus dem Westen) bekleidet. Das lange, braune Haar glänzte in der Sonne. Die drei gut gelaunten Mädels fielen einer Gruppe junger Männer auf, welche nach Bauarbeitermanier hinter ihnen her pfiffen. Anita drehte sich um – warum, hätte sie nicht erklären können. Ihr fiel der große, breitschultrige Mann auf, der sich etwas im Hintergrund hielt. Ihre Blicke trafen sich. Einer seiner Begleiter meinte anzüglich: „Eh Langer, da *is' 'ne* steile Braut für dich dabei!" Die jungen Leute lachten, kamen ins Gespräch, man feierte gemeinsam weiter.

Anita und der lange Peter verabredeten sich und waren bald darauf ein Paar. Sie fühlten sich wie zwei Seelenverwandte zueinander hingezogen und hofften, jeweils beim anderen Verständnis, Anerkennung, Liebe und Geborgenheit zu finden, die sie in der Kindheit oder Jugend vermissten. Beide hatten schmerzliche Erfahrungen mit körperlicher Gewalt, seelischer Verletzung und mehreren Beziehungsabbrüchen gesammelt, waren zwangsweise in Heimen untergebracht worden.

Gerade in den Spezialheimen für schwererziehbare Kinder und Jugendliche und in den JWH (Jugendwerkhof) erfolgte die „Umerziehung" mit strenger disziplinarischer Ordnung unter Anwendung grober und grausamer Strafen. Nicht selten kam es zum Machtmissbrauch durch Erzieher oder ältere Jugendliche, zu sexuellen Übergriffen, Herabwürdigung, Unterdrückung. Besonders Peter litt unter den unliebsamen Erlebnissen, über die er nicht sprechen wollte. Anita sprach jedoch über die bisher verdrängten Erlebnisse, die schmerzvolle, traumatische Erfahrung des sexuellen Missbrauchs durch den Stiefvater und die ungewollte Schwangerschaft, ebenso über die Gefühle des Ausgeliefertseins, der Ohnmacht, nicht entscheiden zu dürfen, ob sie ihr Kind selbst großziehen möchte. Anita hatte das Vertrauen zu ihren wichtigsten Bezugspersonen verloren, fühlte sich in ihrer Not verraten und alleingelassen. Sie durfte ihr Schweigen nicht brechen, weil sie sich mitschuldig fühlte. Anita kam gar nicht auf den Gedanken, dass sie damit lediglich den Vergewaltiger schützte. Für ihre verletzte Seele war es Balsam, sich endlich einem Menschen anvertrauen zu können. Peter verstand sie, hatte selbst viel durchgestanden. Beide klammerten sich aneinander. Gemeinsam wollten sie es besser machen, ihr bisheriges Schicksal hinter sich lassen, um ihr künftiges Leben selbst in die Hand zu nehmen, eine eigene Familie zu gründen.

Noch vor der Geburt ihres Sohnes Uwe heirateten sie. Eine Eheschließung ermöglichte ihnen die Berechtigung, einen Wohnungsantrag zu stellen. Die junge Familie bekam eine Dreiraumwohnung im Plattenbau zugewiesen. Anita war dreißig, Peter bereits achtunddreißig Jahre alt. Sie fühlten sich glücklich. Anita genoss das Babyjahr und freute sich auf die Wochenenden, wenn Peter auch zu Hause war. Sie legte viel Wert auf Wohnkultur und verwöhnte ihren Liebsten, der sich erstmals in seinem Leben geborgen fühlte. Selbstverständlich nahm sie ein Jahr später wieder ihre Berufstätigkeit auf. Nach vier weiteren Jahren erblickte ihre Tochter Isabella das Licht der Welt.

Doch das Familienglück wurde bald getrübt. Noch während des Erziehungsurlaubs erhielt Anita eine betriebsbedingte Kündigung. Nach der politischen Wende 1989/90 griffen Privatisierung und Abwicklung der ehemals volkseigenen Betriebe um sich. Auch die Baufirma, bei der Peter arbeitete, wurde privatisiert. So wie viele andere erhielt er eine Kündigung. Nun mussten sich beide arbeitslos melden. Ein neuer Arbeitsplatz war nicht in Sicht, ihre bescheidenen Ersparnisse waren bald aufgebraucht. Beide empfanden den Gang zum Arbeits- und später zum Sozialamt als erniedrigend. Vielen in der Nachbarschaft erging es ähnlich.

Zunächst fühlte sich Anita daheim ausgelastet, sie versorgte ihre beiden Kindern und die zwei Katzen, kümmerte sich um den Haushalt. Die kleine Isabella war immer freundlich, pflegeleicht und sehr anschmiegsam, einfach ihr Sonnenschein. Um das Geld für den Kindergartenplatz zu sparen, blieb auch Uwe zu Hause. Der Sohn verlangte ihr viel ab. So wie der Vater in der Kindheit, war er ein Zappelphilipp, musste alles erkunden, blieb nie lange bei einer Beschäftigung. Aber Anita liebte ihn und war meistens sehr nachsichtig.
Uwe erlebte Mutter und Schwester als eine Einheit, fühlte sich manchmal benachteiligt und nicht dazugehörig. Wenn sich Anita mit dem unruhigen, quengelnden Sohn überfordert fühlte,

reagierte sie mitunter feindlich ablehnend, dann wieder fürsorglich, um seine Sicherheit besorgt. Diese wechselnden Gefühlslagen erzeugten bei Uwe eine hohe Ambivalenz der Mutter gegenüber und vor dem unberechenbar reagierenden Vater fürchtete sich der Junge sogar.

Peter fand keine Ruhe, wusste seine Zeit ohne Arbeit nicht auszufüllen; er konnte mit kleinen Kindern nichts anfangen. Nachmittags verließ der Familienvater häufig frustriert die Wohnung, traf sich mit ehemaligen Kollegen und anderen Arbeitslosen im Park. Dort rauchten und tranken sie, schlugen ihre Zeit tot. Als es draußen zu kalt wurde, brachte Peter den einen oder anderen Kumpel mit nach Hause. Anita hatte sich angewöhnt, wenn die Kinder schliefen, sich zu ihnen zu setzten und sich ein, zwei Gläschen Rotwein zu gönnen. Die Männer tranken Bier und billigen Schnaps. Doch zunehmend fühlte sich Anita unzufrieden, beklagte sich über das Desinteresse Peters an der Erziehung und Versorgung der Kinder. Auch sein übermäßiger Alkoholkonsum sowie die Saufgelage in der Wohnung störten sie.
Anita kam nicht dagegen an, resignierte und spürte mehr und mehr eine lähmende Leere in sich. Sie brauchte eigentlich Hilfe, doch ihre Mutter wollte sie nicht um Unterstützung bitten, da ihr Verhältnis zueinander nach wie vor angespannt war. Zwischen ihnen standen der Vorwurf, dass Anita an ihrem Versagen selbst schuld sei und natürlich das sich selbst auferlegte Schweigegelübde.

Nach langer Zeit meldete sich telefonisch mal wieder ihre Mutter, sie wollte die Enkelkinder sehen. Renate befand sich inzwischen im Vorruhestand, ihr Mann Achim war ausgezogen, um im Westen sein Glück zu suchen. Die Oma liebte ihre Enkel, mochte aber den Schwiegersohn nicht, denn der trank ihrer Meinung nach zu viel Alkohol und war ihr auch sonst zu gewöhnlich.

Als Renate zu Besuch kam, fand sie die Tochter in einer depressiven Stimmung vor. Isabella schlief, aber Uwe stürzte sich begeistert in Omas Arme. Peter war einkaufen, hatte versprochen, Anita mehr zu unterstützen. Er machte sich inzwischen Sorgen um seine Frau. Renate wollte gern helfen und die Familie entlasten, deshalb bot sie an, Uwe ein paar Tage mit zu sich nach Hause zu nehmen. Peter und Anita stimmten zu.

Wenn Anita sich in einer depressiven Phase befand, fehlte ihr die Kraft, den Tagesablauf zu planen und zu strukturieren. Peters Vorsatz, sie mehr zu unterstützen, war schnell vergessen. Im Gegenteil, er blieb, wenn Anita unter Depressionen litt, noch länger von zu Hause weg oder legte sich, ohne Frau und Kinder zu beachten, stark alkoholisiert ins Bett. Er konnte die Schwermut und Tristes nicht ertragen. Immer häufiger beschimpfte Peter seine Frau und verlangte, dass sie sich zusammenreißen solle. Andere Mütter seien mit zwei Kindern und dem bisschen Hausarbeit auch nicht überfordert.

Uwe litt sehr unter den laut ausgetragenen Streitereien und Beschimpfungen zwischen seinen Eltern. Der Junge glaubte, dass er eine Schuld daran trüge, weil er die Mutti im Stich gelassen hatte und lieber mit zur Oma gefahren war. Auch weil er frech wurde und sich mit Papa gezankt hatte, geht es Mama schlecht, so seine Überlegung.

Es kam vor, dass beide Elternteile handlungsunfähig waren, dann kümmerte sich Uwe um seine kleine Schwester. Er zog sie morgens an, gab ihr Wasser zu trinken, Kekse oder Zwieback, was er eben finden konnte, zum Essen, setzte sie auf den Topf, spielte mit ihr. Manchmal fand der Junge keine saubere Kleidung mehr, durchwühlte dann die Schmutzwäsche, welche schon tagelang in der Badewanne lag, um etwas Brauchbares herauszufischen. Oft saßen sie stundenlang vor dem Fernseher und warteten darauf, dass die Mama aufstehen würde oder der Papa nach Hause käme. Wenn Anita nur noch innerliche Leere spürte und das Gefühl hatte, in einem tiefen schwarzen Loch zu stecken, zog sie sich ins abgedunkelte Schlafzimmer zurück, unfähig zu handeln. Uwe und Isabella lebten dann im Schatten ihrer Mutter, in der Hoffnung, dass sie doch bald wieder aufstehen und ihr liebevoller Blick auf sie fallen würde, dass die Mama dann ihre Bedürfnisse nach Zuwendung, Schutz und Versorgung erkennen würde.

Familie in Not

Oma Renate hatte mehrfach versucht bei ihrer Tochter anzurufen. Es ging niemand ans Telefon. Sie hatte wohl einen sechsten Sinn und spürte, dass Hilfe dringend nötig sei; setzte sich ins Auto und fuhr los. Renate klingelte an der Wohnungstür. Uwe öffnete und schrie vor Freude auf, warf sich in ihre Arme. Die kleine Isabella war auf dem schmutzigen Teppich, an eine der Katzen gekuschelt, eingeschlafen. „Wo ist eure Mama?", fragte Renate. „Ich weiß nicht, sie wollte sich Geld borgen und einkaufen gehen", antwortete Uwe. „Mama ist schon lange weg." „Aha, wenn sie zu Mittag nicht zurück ist, besorge ich uns etwas zum Essen. Hilfst du mir ein bisschen beim Aufräumen, mein Großer?"
Renate legte das schlafende Mädchen ins Bett. Die beiden Katzen umschmeichelten ihre Beine, sie hatten auch Hunger. Das Katzenklo stank, Berge von gebrauchtem Geschirr türmten sich in der Küche, alles klebte. Wo sollte Renate am besten anfangen?

Anita kam zurück. Als sie dem vorwurfsvollen, missbilligenden Blick ihrer Mutter begegnete, polterte sie gleich los: „Du brauchst gar nicht so zu gucken! Ja, ich bin eben eine asoziale, nichtsnutzige Schlampe! Die haben mich im Heim auch nicht umerziehen können! Der ganze Scheiß fing mit deinem tollen, jetzt von dir getrenntlebenden Ehemann an! Frag ihn mal, was in der Nacht nach der Geburt eures Sohnes passiert ist! Und wenn dich das hier anekelt, geh doch in deine heile Welt zurück! Für mich wäre es besser, tot zu sein!" Nach diesem Ausbruch warf sich Anita in einen Sessel und weinte hemmungslos. Uwe versuchte seine Mama zu trösten, kletterte auf ihren Schoß.

Renate war erschrocken, vermochte die Gefühlslage sowie die Andeutungen ihrer Tochter nicht so recht zu deuten. Sie konnte es nicht fassen, dass sich Anita so gehen ließ, hielt sich aber zunächst zurück. Beunruhigt machte sie sich in der Küche nützlich.

Nachdem das späte Mittagessen fertig war, setzte sich auch Anita, mit Tochter Isabella auf dem Schoß, an den Tisch. Sie entschuldigte sich für den Ausbruch und sagte: „Ich schäme mich für das alles hier. Ich weiß auch nicht, was mit mir los ist. Manchmal ist alles so schwer und ich fühle mich wie gelähmt. Nichts bekomme ich auf die Reihe!" Renate überlegte: „Ich sehe ja, dass dir im Moment alles zu viel ist. Vielleicht solltest du mal zum Arzt gehen und dir eine Kur verordnen lassen, eventuell eine Mutter-Kind-Kur. Wenn es dir hilft, würde ich Uwe wieder ein paar Tage zu mir nehmen. In der Zwischenzeit könntest du dich um alles kümmern." „Danke Mutter, das ist ein guter Vorschlag. Aber ich muss mit Peter darüber reden. Ihm geht das auch alles an die Nieren." „Wann kommt denn dein Nichtsnutz von Ehemann?" „Rede nicht so über ihn! Die Arbeitslosigkeit macht ihn fertig." „Ja, ja, ich möchte ihm trotzdem nicht begegnen. Außerdem würde ich gern vor dem Dunkelwerden wieder zu Hause sein", erklärte Renate. Sie ließ noch etwas Geld und gutgemeinte Ratschläge da, bevor sie sich mit dem Enkel auf den Weg machte. Der kleine Uwe war hin und her gerissen, freute sich auf die Auszeit, hatte aber auch ein schlechtes Gewissen. Anita versicherte ihm, dass es in Ordnung sei, bei der Oma Urlaub zu machen.

Als Peter spät am Abend heimkam, regte er sich mächtig auf: „Wie kannst du hinter meinem Rücken entscheiden, unseren Jungen deiner Mutter zu überlassen? Hier bestimme noch immer ich als Familienoberhaupt! Hast du das verstanden? Du kriegst sowieso nichts mehr auf die Reihe!" Er versetzte Anita eine Ohrfeige. Damit hatte Peter eine Schwelle überschritten – körperliche Gewalt gegen seine Frau eingesetzt. Anita zog sich ins Schlafzimmer zurück. Peter öffnete sich eine Flasche Bier, schaltete den Fernseher ein. Er konnte sich nicht entspannen, hatte ein schlechtes Gewissen und wollte sich für die Ohrfeige entschuldigen. Als er ins Schlafzimmer kam, fand er Anita auf dem Bett liegend, mit einer Schnittwunde am linken Unterarm, vor. Voller Panik wählte Peter den Notruf. Anita kam in die Notaufnahme und später in ein psychiatrisches Krankenhaus.

So gut er konnte, kümmerte sich der Mann in den Folgetagen um seine kleine Tochter. Abends besuchten ihn Freunde, brachten Bier und Hochprozentigen mit. Wenn Isabella noch wach war, spielten sie mit dem halbnackten, süßen Mädchen, kitzelten es und hatten ihren Spaß dabei. Doch meistens war Isabella sich selbst überlassen. Sie kroch auf dem Fußboden herum und trank Wasser aus dem Katzennapf.

Das einjährige Mädchen wimmerte, es war mutterseelenallein in der verwahrlosten Wohnung zurückgelassen worden. Niemand war da, der seine Ängste vor der Stille, der Leere, den dunklen bedrohlichen Schatten gelindert hätte! Nur die beiden Katzen spendeten Wärme. Nachbarn machten sich Sorgen, als sie das Kind stundenlang wimmern hörten. Durch die Wohnungstür war ein beißender Geruch wahrnehmbar. Eine Nachbarin entschloss sich, beim Jugendamt anzurufen.

Sowohl das Mädchen als auch der Vater befanden sich in einem erbärmlichen Zustand. Isabella wurde ins Kinderkrankenhaus gebracht und kam anschließend vorübergehend in ein Säuglingsheim. Peter ließ sich überzeugen, aufgrund seines Alkoholproblems mit einer stationären Therapie zu beginnen. Uwe konnte in der Zwischenzeit bei seiner Oma bleiben.

Nach einem halben Jahr hatten sich Anita und Peter wieder stabilisiert. Nie wieder sollte es soweit kommen, dass sie unfähig sein würden, für ihre Kinder zu sorgen. Sie stimmten einer zeitlich begrenzten Familienhilfe durch das Jugendamt zu. Uwe war inzwischen sechs, Isabella zwei Jahre alt. Sie verabredeten, dass Oma Renate einmal im Monat zu Besuch kommen könne, jedoch ihren Enkel nicht wieder zu sich nehmen sollte. „Wir müssen unser Familienleben allein auf die Reihe kriegen", begründete Anita die Entscheidung, „denn Uwe macht uns nach den Oma-Besuchen immer besonders viele Schwierigkeiten. Außerdem soll er in der Kita auf die Einschulung vorbereitet werden." Isabella hatte sich körperlich gut entwickelt. Sie strahlte jeden an, der sich ihr zuwandte. Nur wenn sie laute Männerstimmen hörte, zuckte sie zusammen und begann zu weinen.

Renate hatte etwa zwei Monate lang nichts von ihrer Tochter gehört, der Telefonanschluss bestand nicht mehr, was sie sehr beunruhigte. Als sie unangekündigt die Familie besuchen wollte, musste Renate feststellen, dass sie weggezogen waren. Die Nachbarn verhielten sich abweisend und konnten nicht weiterhelfen. Auch beim Jugendamt lag keine neue Anschrift vor. Enttäuscht und sehr besorgt ging Oma Renate zum Bahnhof der kleinen Stadt zurück. Plötzlich entdeckte sie ihre Tochter und rannte hinter ihr her. Anita war angetrunken und nicht gesprächsbereit. In ihrem Einkaufsbeutel hatte sie Zigaretten, Wein, Kekse und Milch. Für mehr reichte ihr Geld nicht. Unter dem linken Auge schimmerte es blau-grün, ein Zahn fehlte. Renate schluckte heftig, ersparte sich aber Fragen und Vorwürfe. Sie bot der Tochter an, Lebensmittel einzukaufen und etwas Geld dazulassen, wenn sie vernünftig sei und sich helfen ließe. Anita schämte sich. Schließlich nannte sie ihrer Mutter die neue Adresse sowie die Telefonnummer. Auch versprach sie, sich beim Jugendamt und bei ihr zu melden.

Eine Woche lang wartete Renate unruhig ab. Obwohl sie lange Strecken nicht mehr gern mit dem Auto fuhr, machte sie sich an einem herbstlich-trüben Vormittag auf den Weg. So war sie wenigstens zeitlich unabhängig. Anita wohnte mit ihrer Familie in einem heruntergekommenen, unsanierten Haus nahe dem Bahnhof. Renate eilte die Treppen hinauf. In dem Moment, als sie klingelte, bemerkte die außer Atem geratene Frau, dass die Wohnungstür aufgebrochen worden war. Wohl durch das Läuten aufgeschreckt, stürzte ein Mann, von der Ausstrahlung und Ausdünstung eines Penners, aus der Wohnung und schubste sie zur Seite. Renate war empört. Mit einem unguten Gefühl betrat sie den Korridor. Ein fieser Gestank stieg ihr in die Nase. Das Wohnzimmer bot den Eindruck eines Schlachtfeldes: Zerbrochene Stühle, Scherben, Essensreste und Zigarettenkippen, verstreut auf dem fleckigen Teppich, und weiterer Unrat lagen umher. Renate war schockiert. Sie rief nach der Tochter, erhielt jedoch keine Antwort.

Die Schlafzimmertür stand offen. Anita lag scheinbar schlafend, halb entblößt auf dem zerwühlten, schmutzigen Ehebett. Peter war nicht anwesend. Renate schwankte zwischen Wut und Verzweiflung, fühlte sich elend und hilflos.

Plötzlich hörte sie ein Wimmern. „Die Kinder!", ein Schrecken fuhr ihr in die Glieder. Sie ging zurück ins Wohnzimmer. Ihre beiden Enkelkinder hatten sich eng umschlungen hinter dem versifften Sofa versteckt. Als sie ihre Oma erkannten, heulten sie vor Freude auf, krabbelten hervor und klammerten sich an ihr fest. Renate musste schlucken und ihre aufsteigenden Tränen unterdrücken. Uwe fragte ängstlich: „Ist der weiße Mann weg?" „Ja, du brauchst keine Angst mehr zu haben", antwortete sie. Weiter fragte der Junge: „Was ist mit Mama? Sie hat vorhin geschrien. Hat der Mann ihr wehgetan?" „Mama schläft, beruhige dich, mein Schatz!" Renate fragte: „Wo ist euer Papa?" Uwe deutete auf eine angelehnte Tür. Da hockte Peter volltrunken, zusammengesackt, mit einer Platzwunde über der rechten Augenbraue und handlungsunfähig auf der Kloschüssel.

Er hatte es also nicht geschafft trocken zu bleiben. Nach einem Saufgelage mit Freunden war er rückfällig geworden. Der Teufelskreis begann von vorn. Anita war verzweifelt und geriet erneut in eine tiefe Depression.

Renate stellte fest, dass nicht nur die Wohnung, sondern auch ihre Bewohner verwahrlost aussahen. Die Kinder wirkten verängstigt und stark vernachlässigt. Sie hatte Isabella auf dem Arm und Uwe an der Hand, der sie Richtung Schlafzimmer zog. Anita lag noch immer apathisch im abgedunkelten Raum auf dem Ehebett, neben sich eine zur Hälfte geleerte Rotweinflasche. Isabella erstarrte mit weit aufgerissenen Augen und jammerte: „*Nis in Bett, nis in Bett dehn!*" „Lasst die Mama schlafen! Kommt,

wir gehen in die Küche. Ihr habt sicher Hunger und Durst!",
forderte die Oma. Aber etwas Essbares konnte sie in dem Chaos
nicht finden. Der Durst wurde mit Leitungswasser gestillt und die
mitgebrachte Schokolade wirkte zumindest beruhigend.

Doch Oma Renate überlegte voller Unruhe, was sie nur tun
sollte, wie sie helfen könnte. Ihre Gedanken überschlugen sich:
Was hat der dürre, weißhaarige, ekelerregende Mann wohl in der
Wohnung zu suchen? Hat er etwa die Tür aufgebrochen oder gar
Anita …? Lag hier eine Straftat vor? Sie nahm den Telefonhörer
ab und musste feststellen, dass die Leitung tot, das Kabel
durchgeschnitten war.
Schweren Herzens klingelte die Großmutter bei den Nachbarn
und fragte, ob sie bei ihnen anrufen könnte. Die alte Dame
fragte: „Wer sind sie überhaupt?" Nachdem Renate sich
vorgestellt und mitgeteilt hatte, dass ihre Tochter einen Arzt
brauche, konnte sie telefonieren. Sie rief bei der Polizei und beim
Jugendamt an.
Die Kinder mussten wieder in Obhut genommen werden und
weinten herzzerreißend, als sie sich von der Omi trennen sollten.
Uwe und Isabella kamen in Bereitschafts-Pflegefamilien; ihre
Mutter wurde ein zweites Mal in die Psychiatrie eingewiesen.

Mit Peter ging es nach einem weiteren Entzug langsam wieder
aufwärts. Dafür liebte Anita ihn und verzieh ihm die
Gewalttätigkeiten ihr gegenüber. Beide fühlten sich auch schuldig
und vermissten ihre Kinder sehr, wollten sie wieder bei sich
haben. Dafür mussten sie sich an das Jugendamt wenden.

Mit dem Inkrafttreten des neuen Kinder- und Jugendhilfegesetzes (KJHG) vom 01.01.1991, welches das 1962 novellierte Reichsjugendgesetz von 1922 ablöste, veränderten sich die Ansprüche in der Jugendhilfe. Der Schwerpunkt verlagerte sich von den Aufgaben der Pflegekinderaufsicht hin zur konkreten Unterstützung, Beratung und Begleitung der leiblichen und Pflege-Eltern mit dem angestrebten Ziel, dass die in Obhut genommenen Kinder in ihre Herkunftsfamilien zurückkehren können.

Die Mitarbeiter des Pflegekinderdienstes versicherten den Eltern, dass es Isabella und Uwe in ihren jeweiligen Ergänzungsfamilien sehr gut gehe und dass die Vollzeitpflege dort zeitlich begrenzt sein würde, bis sie in der Lage seien, wieder ein geordnetes Familienleben zu führen. Dafür sollte eine Familienhelferin sie tatkräftig unterstützen. Auch die Kontaktaufnahme zu den Pflegefamilien sowie ein begleitetes Wiedersehen, zunächst mit Isabella und später auch mit Uwe, in den Räumlichkeiten des Jugendamtes, wollten die Sozialarbeiterinnen vorbereiten.

Neues von Isabella

Wenige Tage nach unserem zufälligen Treffen in der Innenstadt, rief mich Isabella an: „Hallo Margret, seid ihr am Wochenende zu Hause? Mein Freund hat ein Auto und wir würden euch gern besuchen." „Wie wäre es am Sonnabend zwischen 15 und 16 Uhr?" „Perfekt. Dann hat Johnny ausgeschlafen. Also tschüss bis Sonnabend!" „Mach's gut. Ich freue mich auf euch!"

Auch mein Mann freute sich ehrlich Isabella wiederzusehen. Sie lebte zwar nur knapp ein Jahr bei uns, doch diese relativ kurze Zeit verlief aufregend und ereignisreich.

Am Sonnabend, einem sonnig-warmen Frühlingstag, konnten wir zum Kaffeetrinken draußen sitzen. Klein Johnny grinste uns freundlich an. Er bekam seinen Tee und Plätzchen. Wir interessierten uns dafür, wie es Isabella inzwischen ergangen war. Sie plapperte munter drauflos. Ihr Freund schien die Geschichten nicht zu kennen und verfolgte erstaunt die Unterhaltung. „Hast du noch Kontakt zu deinem Bruder Uwe?", fragte mein Mann. „Na ja, wenig. Wir telefonieren hin und wieder. Er wohnt zu weit weg. Uwe ist ein feiner Pinkel geworden und verdient bestimmt ein Schweinegeld. Und als ich mal Geldsorgen hatte, wollte er mir nichts geben. Das nehme ich ihm übel!" „Hast du Kontakt zu deiner Oma?", wollte ich wissen. „Ach die, die weiß immer alles besser und will mir erzählen, wie ich leben soll. Sie ist mir fremd. Aber wir wollen bald gemeinsam meine richtige Mutter besuchen. Die ist sehr krank und lebt in einem Heim." Isabellas Vater war schon verstorben.

Mit den Worten: „Ich muss mal aufs Klo und will dann eine rauchen", reichte sie den Kleinen ihrem Freund. „So, Johnnylein, geh mal zu Papa", flötete Isi, „Mama kommt gleich wieder."

Oho, dachte ich, der Freund wird schon als Papa bezeichnet. Ich fragte: „Wie lange kennen Sie sich schon?" „Zwei Wochen etwa", war die Antwort. „Und jetzt plötzlich Papa, das ging ja schnell", kommentierte Hartwig. Johnny wurde unruhig und begann zu weinen. Der junge Mann wirkte ratlos und wusste nicht, wie er den Kleinen beruhigen könnte. Ich nahm ihm den Jungen ab und bemerkte, dass die Windel voll war. Isabella wartete nicht ab, bis ich eine Unterlage herbeigeschafft hatte, sondern legte ihn auf dem Teppich im Wohnzimmer ab, um ihn zu wickeln. Dabei herzte und küsste sie ihr Kind. Danach verpackte sie Johnny im Kinderwagen. Bis zum Kinn zugedeckt, bekam er seinen Nuckel, links und rechts wurde ihm ein Kuscheltier ans Gesichtchen gedrückt. Sie schob den Wagen hin und her. Jedes Mal, wenn der Kleine den Sauger ausspuckte und schrie, bekam er diesen erneut in den Mund geschoben. Nun wurde die junge Mutter ungeduldig. Isabella stellte fest: „Schatzi, wir müssen jetzt gehen!" Sie verabschiedeten sich. Nach diesem Besuch hörten wir wieder lange nichts von dem Mädel. Die bisherige Handy-Nummer war nicht mehr gültig.

Ich traf Isabella etwa drei Jahre später nochmals, wieder mit einem kleinen Kind im Wagen. Wir setzten uns in ein Café. Auf meine Fragen antwortete Isi offen und erzählte drauflos, als wollte sie ihre Seele entlasten. So erfuhr ich, dass der junge Mann, den sie uns damals vorstellte, sich rasch wieder von ihr getrennt hatte. Sie musste wieder einen Beziehungsabbruch verkraften, fühlte sich verraten und unfähig, ihr Kind allein großzuziehen. Isabella erkrankte und war drei Monate in einer psychiatrischen Einrichtung.

Johnny kam in eine Bereitschaftspflege. Wieder stabilisiert, zog Isabella in eine eigene Wohnung. Sie wollte ihren Sohn endlich zu sich nehmen. Ein neuer Freund, diesmal deutlich älter als sie, war auch gefunden worden. Sie wurde erneut schwanger und zweifelte daran, dass sie es mit zwei Kindern schaffen würde. Es stellte sich heraus, dass der Mann schon verheiratet war. Ängste und Albträume plagten sie. Letztendlich verblieb der Erstgeborene in der Pflegefamilie. Isabella erklärte: „Das ist besser für Johnny, er hat sich dort so gut eingelebt und entwickelt. Ein Leben wie dort kann ich ihm nicht bieten. Aber er weiß, dass ich seine Bauchmama bin und dass ich ihn liebhabe und besuchen kann. Seine Pflegeeltern sind auch sehr nett zu mir." „Also hast du jetzt zwei Kinder – einen Sohn und eine Tochter", mutmaßte ich. „Nein, nein, das zweite Kind ist wieder ein Junge. Ein Jahr lang lebte ich mit meinem Sohn in einem Mutter-Kind-Haus. Als ich wieder schwanger wurde, haben mir meine ehemaligen Pflegeeltern viel geholfen", klärte mich Isi auf. „Mutti und Vati nehmen den Jungen gern zu sich. Ein eigenes Enkelkind haben sie nämlich noch nicht", erzählte Isabella. „Also hast du jetzt drei Kinder", stellte ich fest. „Ja, das ist meine kleine Jenny. Sie ist mein Ein und Alles. Wir kommen prima miteinander klar, auch ohne einen Papa. Ich habe die Nase voll von den Männern."

Isabella erkundigte sich nach meinen Kindern, besonders nach Kalle, und fragte, wie es Hartwig gehen würde. Sie war entsetzt, als ich ihr mitteilen musste, dass mein Mann nach einem Herzinfarkt verstorben war. Die Situation wurde für unsere ehemalige Pflegetochter dadurch so unerträglich, dass sie sich hastig verabschiedete. Ich konnte das verstehen.

Isabella bei uns zu Hause

Die ersten sechs Wochen

Nachdem unser Pflegesohn, wir nahmen ihn als dreizehnjähriges Waisenkind auf, das achtzehnte Lebensjahr vollendet hatte, endete auch das Pflegeverhältnis, aber nicht der Kontakt zu ihm. Aufgrund dieser positiven Erfahrungen mit einem Heranwachsenden, der aus schwierigen familiären Verhältnissen zu uns kam, waren wir bereit, noch einmal einem älteren Kind Starthilfe in ein eigenständiges Erwachsenenleben zu geben. Von Berufs wegen war uns die Arbeit mit benachteiligten Kindern und Jugendlichen vertraut, wir hatten beide das „Helfersyndrom" und eine „soziale Ader". Ich war Sonderschullehrerin mit einer teilweisen psychotherapeutischen Ausbildung und mein Mann Sozialarbeiter in einer Jugendanstalt.

Daher nicht ganz überraschend, kam am Anfang der Sommerferien der besagte Anruf vom Jugendamt. Dort wurde ich von zwei Mitarbeiterinnen des Pflegekinderwesens schon sehnsüchtig erwartet. In einem Nebenraum warteten bereits das junge Mädchen und ihre Pflegemutter. „Danke, Frau Ziegel-Stein, dass Sie so schnell herkommen konnten", empfing mich Frau Braunkohl. „Wir haben hier einen absoluten Notfall", begrüßte mich auch die zweite Mitarbeiterin, Frau Finder. Scherzhaft antwortete ich: „Das muss eine Fügung von ganz oben gewesen sein, denn hätten Sie fünf Minuten später angerufen, wäre ich nicht mehr erreichbar gewesen." (Ein Mobiltelefon hatte ich damals noch nicht in Benutzung.) „Ja, das hat tatsächlich etwas Schicksalhaftes", bestätigte Frau Braunkohl.

Sie informierte mich über die akute Situation: „Gleich zu Dienstbeginn stand heute Morgen eine Pflegemutter mit dem vierzehnjährigen Mädchen vor uns. Beide waren mit den Nerven am Ende und heulten. Die Konflikte in der Familie haben sich mittlerweile so zugespitzt, dass die Pflegeeltern sich total überfordert fühlen. Das Verhältnis zum Pflegevater ist besonders angespannt. Er traut sich nicht zu, allein für das Mädchen zu sorgen, wenn seine Frau wegen einer geplanten OP ins Krankenhaus und anschließend zur Reha muss. Zuvor wollten sie noch eine Woche lang in den Urlaub fahren. Nach einigen unschönen Vorkommnissen und Verstößen gegen Absprachen sollte dem Mädchen eine Lehre erteilt werden, nämlich Ausschluss vom Familienurlaub und vorübergehende Einweisung in ein Heim." „So geht das natürlich nicht", äußerte sich Frau Finder, „aber eine zeitlich begrenzte Entlastung der Familie ist angebracht." Frau Braunkohl erklärte, dass der Abbruch eines langjährigen Pflegeverhältnisses drohe, wenn sich die Pflegeeltern der Aufgabe nicht mehr gewachsen fühlen. „Sie müssen ihre eigenen Grenzen und Möglichkeiten ausloten, ohne sich als Versager zu fühlen, zumal der Bruder des Mädchens in der Familie verbleiben soll. Deshalb brauchen wir rasch eine professionelle Betreuung in einer sozial-pädagogischen Pflegestelle." Ihre Kollegin, Frau Finder, unterstützte das Anliegen etwas schmeichlerisch: „Wir vom Pflegekinderwesen können uns vorstellen, dass Sie und Ihr Mann aufgrund Ihrer langjährigen beruflichen und persönlichen Erfahrungen mit einem älteren Pflegekind für diese Aufgabe besonders befähigt sind." Frau Braunkohl ergriff wieder das Wort: „Da jetzt Ferien sind, dachten wir an Sie. Fühlen Sie sich prinzipiell in der Lage, so kurzfristig die Bereitschaftspflege zu übernehmen?" „Um das entscheiden zu können, würde ich gern mit dem Mädchen sprechen und natürlich meinen Mann anrufen", sagte ich. „Das ist selbstverständlich", versicherte mir die Kollegin, „doch bevor Sie mit Isabella sprechen können, möchten wir Ihnen kurz den Werdegang schildern."

Frau Braunkohl erzählte: „Isabella wurde erstmals mit eineinhalb Jahren in Obhut genommen. Völlig verwahrlost kam sie zunächst in ein Krankenhaus, danach in ein Kinderheim. Die Mutter war psychisch krank, der Vater Alkoholiker. Nach entsprechenden Therapien und dem Einsatz einer Familienhelferin konnten die Eltern ihre beiden Kinder, also Isabella und den vier Jahre älteren Bruder, wieder selbst versorgen. Die Verhältnisse waren jedoch nicht stabil, die Kinder mussten wieder in Obhut genommen werden. Isabella kam mit zweieinhalb Jahren zur Familie Muster zunächst in die Bereitschaftspflege, die später in eine Dauerpflege umgewandelt wurde. Vor vier Jahren nahm die Familie den damals knapp siebenjährigen Bruder Isabellas, den das Mädchen bis dahin noch nicht kannte, als weiteres Pflegekind auf. Die leiblichen Kinder der Familie Muster sind bereits erwachsen. Der Fall ist besonders kompliziert. Isabella steckt voll in der Pubertät; sie weiß nicht wohin mit ihren Gefühlen, möchte sich von den Pflegeeltern abgrenzen. Die Fragen nach der Herkunftsfamilie werden drängender. Wir machen uns große Sorgen um das Mädchen."

Ich hörte aufmerksam zu und versuchte mich in die Lage der Beteiligten einzufühlen.

Nach Klärung verschiedener Fragen wurde Isabella ins Zimmer geholt. Das junge Mädchen wirkte auf mich stark verunsichert. Es wischte sich mit einem Taschentuch über Augen und Nase.

Isabella stand in schlaffer Haltung, mit gekrümmtem Rücken vor uns Erwachsenen. Ihre Kleidung wirkte nicht gerade jugendlich-chic, fiel etwas zu reichlich aus für die schlanke, mädchenhafte Gestalt. Frau Finder erklärte ihr: „Das ist Frau Ziegel-Stein. Ihre Familie könnte dich vorübergehend aufnehmen, denn in ein Heim möchtest du ja nicht." Ich reichte dem Mädchen, das mit einem flackernden Blick nur kurz aufschaute, die Hand und sagte: „Guten Tag, Isabella. Ich kann mir vorstellen, dass du dich im Moment nicht gerade wohl fühlst und vielleicht große Sorgen hast, wie es weitergehen soll." Nun schaute Isabella mich erstaunt an und hauchte: „Eine Einweisung ins Heim wäre für mich der Horror. Aber zurück zu meinen Eltern will ich *nich* wieder, weil mich der Vater geschlagen hat!" Die beiden Sozialarbeiterinnen sahen sich bedeutungsvoll an. Ich stellte mich und meine Familie kurz vor und erklärte dem unglücklichen Mädchen, dass ich noch einen wichtigen Termin einhalten müsste, aber in einer Stunde zurück sei. Bis dahin könnte sie darüber nachdenken, ob sie vorübergehend bei uns leben möchte.

In der Zwischenzeit fand im Jugendamt eine Team-Beratung statt, an der auch der Amtsvormund teilnahm. Frau Braunkohl informierte mich über die geführten Gespräche. Sie legte mir ans Herz, dass das Thema „Isabellas Freund" sehr sensibel behandelt werden sollte. Daran hatte sich letztendlich der ganze Familienzwist entzündet. Den Pflegeeltern waren sehr hohe Telefonkosten entstanden, da der Freund heimlich, spätabends, um nicht selbst für die Telefonate zahlen zu müssen, sehr lange R-Gespräche mit Isabella geführt hatte. Das Mädchen hatte keine Ahnung davon, was R-Gespräche bedeuteten. Die Pflegeeltern verboten ihr den Umgang mit dem fast achtzehnjährigen Jungen.

Daraufhin trafen die beiden sich heimlich. Nach Unterrichtsschluss fuhr Isabella häufig erst mit dem letzten Bus nach Hause, schwänzte manches Mal die letzten zwei Stunden. Als der Pflegevater sie zur Rede gestellt hatte und Isabella trotzig reagierte, dass sie sich den Freund nicht verbieten lassen würde, soll er sie geschlagen haben. Ob unter diesen Umständen eine Rückführung in die Familie sinnvoll wäre, müsse später entschieden werden. Die Sozialarbeiterin bat mich, den Kontakt zum Freund zu ermöglichen, um bei dem Mädchen nicht ein weiteres Trennungstrauma auszulösen.

Isabella wollte mit mir gehen, von jetzt auf gleich. Vom Amtsvormund wurden mir eine Aufenthaltsverfügung, eine Kopie der Geburtsurkunde sowie die Pflegeelternausweise ausgehändigt, außerdem ein Termin für das Hilfeplan-Gespräch vereinbart. Tränenreich verabschiedeten sich Isabella und ihre Pflegemutti voneinander. Das Mädchen schulterte eine schwarze Reisetasche (die für den Urlaub vorgesehen war) sowie ihre rote Umhängetasche. Wir sagten auf Wiedersehen und traten in einen neuen Lebensabschnitt ein.

Inzwischen war es Mittag geworden. Isabella zeigte keine Scheu, sie schnatterte ohne Punkt und Komma drauflos. Sie hatte Hunger und wünschte sich ihr Lieblingsgericht: Spaghetti mit Tomatensoße und gebratenen Fleischwurstwürfeln. Sie wollte es sogar selbst zubereiten, also kauften wir entsprechend ein. Damit Isabella während der Ferien mit Bus und Bahn fahren konnte, bekam sie gleich noch ein Schüler-Ferienticket. Danach fuhren wir heimwärts, in ihr neues Zuhause.

Dort angekommen, führte ich sie durch unser Haus und zeigte Isabella ihr künftiges Zimmer. Die Tür gegenüber stand offen. Mein Sohn war zu Hause. Als er aufstand und zur Begrüßung auf das Mädchen zuging, zeigte es sich leicht schockiert ob seiner Größe. „Hallo, du bist also unser neuer Familienzuwachs. Wie heißt du?" Sie schaute ihn mit ihren rehbraunen Augen strahlend an und antwortete: „Hallo, ich bin Isabella oder einfach Isi, aber bitte nicht Bella." „So, so, ich bin Karl oder Kalle, aber bloß nicht Karli", stellte er sich vor und grinste sie vergnügt an. Er wandte sich an mich: „Und was gibt es heute zu essen?" „Spaghetti, aber die müssen wir noch kochen." „Kann ich helfen?", bot sich mein Sohn an. „Nicht nötig", schaltete sich Isabella ein, „das übernehme ich. Ich kann kochen!"

Isabella half mir geschickt bei der Küchenarbeit und erzählte munter drauflos. Sie wirkte locker und aufgeweckt, als hätte sie das Vergangene bereits vergessen. Beim und nach dem Essen unterhielten sich Kalle und Isi angeregt über angesagte Filme und Musik. Sie erzählte von ihrem großen Bruder aus der Pflegefamilie und freute sich, jetzt einen noch cooleren Bruder zu haben. Karl war erstaunt, etwas irritiert, blieb dennoch verständnisvoll und zugewandt.

Inzwischen kam Hartwig von der Arbeit. Er schaute kurz in die Küche und rief den beiden ein Hallo zu. Wahrscheinlich dachte er, das Mädel sei eine Kumpeline unseres Sohnes. Die Überraschung war perfekt, als ich ihm nach dem Begrüßungskuss eröffnete, dass Isabella unser neues Pflegekind sei. Ich hatte meinen Mann telefonisch nämlich nicht erreichen können, doch er wusste, dass eine Bereitschaftspflege im Notfall sofort erfolgen muss. Karl konnte ich allerdings vorwarnen. Isabella heftete sich förmlich an Kalle. Sie stand auf der Türschwelle zu seinem Zimmer, redete und redete. Später hockte sie in seinem Sessel, schaute zu, wie er am Computer herumbastelte. Ich bewunderte seine Geduld und sein Verständnis für das etwas aufdringliche Mädchen. Abends war Kalle sogar bereit, ihrem Freund eine SMS zu senden. Es kam aber keine Antwort. Die Kleine war tieftraurig.

Am nächsten Morgen, gegen acht Uhr, stürmte Isabella in Karls Zimmer und wurde sofort energisch hinausgewiesen. Später machte er ihr klar, dass sie anklopfen müsse und dass er nicht rund um die Uhr ihr zur Verfügung stehen könne oder wolle. Dennoch versuchte Isi sich immer wieder aufzudrängen. Das ging Kalle ordentlich auf die Nerven. Das Mädchen erwartete stete Aufmerksamkeit und Zuwendung. Ich erklärte ihr, welche Regeln und Gewohnheiten bei uns bestehen, dass ein respektvoller Umgang miteinander wichtig für das Zusammenleben sei. Ein Nein bedeute nicht Ablehnung oder Abwertung, auch eine andere Meinung nicht.

Isabella war manchmal erstaunt, dass wir so viel mit ihr sprachen und Zusammenhänge erklärten. Auch als Besuch kam, durfte sie selbstverständlich mit in der Runde sitzen und wurde in die Unterhaltung einbezogen. „Das kenne ich so *nich*", behauptete sie in ihrer etwas nachlässigen Sprechweise. Überhaupt verglich sie unser Familienleben mit dem in ihrer Pflegefamilie. Sie stellte zum Beispiel fest: „Mutti hat *nich jedn* Tag gekocht. Bei uns gab es oft Nudeln oder Dosensuppe." Ich fragte: „Hast du in der Schule zu Mittag gegessen?" „Ja, aber das hat oft eklig geschmeckt." Isabella aß nur sehr wenig, musste zum Trinken aufgefordert werden. Auch wenn sie nicht darüber sprach und es ihr nach außen hin kaum anzumerken war, fiel ihr die Anpassung an die neue Lebenssituation bestimmt nicht leicht. Kein Wunder, dass ihr der Appetit zunächst ausblieb.

Am Nachmittag des zweiten Tages machte ich mit Isabella einen Spaziergang durch unseren Ortsteil, zeigte ihr den Park, Jugendclub und Sportplatz, also die Orte, an denen sich die Jugend gern traf. Sehr erfreut war sie, als wir einem Mädchen, etwas jünger als sie, aus ihrer Schule begegneten. Die Mädels verabredeten sich gleich für den nächsten Tag.

Abends fragte Isabella, ob sie ihren Freund anrufen dürfe. Was das Telefonieren betraf, waren wir vorgewarnt. Deshalb forderte Hartwig: „Sage deinem Freund, dass wir keine R-Gespräche annehmen!" Er holte sein altes Handy, das noch ein Gesprächsguthaben von fünf Euro aufwies, und schenkte es Isabella. So konnte das Mädchen mit den Freunden aus ihrem Heimatdorf in Kontakt bleiben.

Donnerstagvormittag fuhr ich mit Isabella in die Stadt. Am Busbahnhof wartete ihr Freund. Er machte auf mich einen recht umgänglichen Eindruck. Ich lud beide zu einem Eisbecher beim Italiener ein. Isi wählte für sich den größten und teuersten aus; schaffte, wie erwartet, nur die Hälfte davon. Den Rest bekam ihr „Schatzi" aufgeschwatzt. Ich erklärte dem jungen Mann, wieso Isabella jetzt bei uns lebte und dass klare Absprachen nötig seien. Er versprach dafür zu sorgen, dass sie mit dem Bus 16.30 Uhr zurückfahren würde.

Isabella war pünktlich. Beim Stadtbummel hatte sie sich in verschiedenen Geschäften umgesehen, was diverse

Begehrlichkeiten weckte, zumal die Kleidung in ihrer Reisetasche nur für eine Woche ausreichte.

Abends hatte Karl einen Kumpel zu Besuch. Sie saßen draußen auf der Terrasse. Isabella setzte sich dazu, mischte sich in die Unterhaltung ein, drängte sich regelrecht auf. Als sie mitbekam, dass die Jungen noch ins Kino wollten, verlangte sie mitgenommen zu werden. Kalle erklärte: „Das geht nicht, Isi, meine Freunde sind nicht automatisch auch die deinen." „Wieso nich? Bei *meim* Bruder Eric war das *anderst.* Er hat mich immer gern mitgenommen. Ja und meistens warn wir zusammen im Jugendclub. Seine Freunde sind auch meine Freunde", behauptete sie. „Und oft, wenn er von der Spätschicht nach Hause kam, hat er bei mir angeklopft und gefragt, ob ich mit ihm noch einen Film ansehen will. Manchmal hat Eric sogar für uns Pizza bestellt und ich durfte ein Radler trinken und …" „Isi, du nervst!", stellte Kalle fest. „Träume weiter, wir gehen jetzt."

Vierter Tag, Freitag: Isabella brauchte dringend Kleidung, vor allem Unterwäsche, Strümpfe und Schuhe. Sie hatte nur ein einziges Paar Turnschuhe, das schon ziemlich ramponiert war, dabei. In der Innenstadt klapperten wir alle gängigen Geschäfte ab. Schließlich hatten wir eine gute Ausbeute zusammengetragen: Jeans und dazu ein kurzes Röckchen im Armee-Look, entsprechend der damaligen Mode, eine Jacke, zwei Tops, Schuhe. Bei der Unterwäsche bestand das Mädel auf String-Tangas. „Was *andres* ziehe ich *nich* an", behauptete es.
Zu Hause machte Isabella vor dem großen Spiegel in ihrem Zimmer Modenschau und probierte verschiedene Kombinationen aus. Ihr schulterlanges, dunkelblondes Haar war

frisch gewaschen und umschmeichelte ihr ovales Gesicht. Mit reichlich Schminke, die sie sich tags zuvor gekauft hatte, betonte sie ihre Rehaugen und den vollen Mund. Isabella ärgerte sich nur über die winzigen Sommersprossen und ein paar Pickel. Ansonsten war sie sehr zufrieden und baute sich als Gesamtkunstwerk vor mir auf. Sie fragte Beifall heischend: „Nun, Margret, wie gefalle ich dir?", drehte sich mit ausgebreiteten Armen um ihre eigene Achse, damit ich sie von allen Seiten betrachten konnte. „Toll", sagte ich, „man könnte dich für eine Sechzehnjährige halten." „Oder für achtzehn, da käme ich sogar in eine Disco rein", mutmaßte sie. „Mir gefällst du als die echte Isabella am besten. So viel Schminke hast du gar nicht nötig. Du bist von Natur aus schön." Sie freute sich sehr: „Danke für das Kompliment. Ob Kalle mich so mit zum Bowling nehmen würde?" „Wie kommst du denn auf die Idee?" „Na einfach so. Ich bin es *gewohne,* dass mein großer Bruder mich mitnimmt. Beim Bowling bin ich nämlich sehr gut und Billard kann ich auch schon", verkündete sie stolz.

Dieses Herausstellen ihrer Reize, das Geltungsbedürfnis und ihre Erzählungen von Discobesuchen, Partys, nächtlichem Gucken von Horrorfilmen in Erics Zimmer, die Rede von Mixgetränken (mit Alkohol?) machten mich hellhörig. Das konnte doch nicht die Wahrheit sein! Warum behauptete sie diese Dinge? Testete sie unsere Reaktion darauf? Oder war es ihr Wunsch, dass Karl die Rolle ihres Traumprinzen übernehmen sollte? Ich fragte: „Was haben deine Eltern zu diesen Unternehmungen gesagt?" „Na ja, alleine durfte ich *nich* weg. Aber sie haben Eric vertraut, er konnte mich zum Beispiel in den Jugendclub mitnehmen. Na ja, der war im Ort und ich konnte rechtzeitig zurück sein. Und wenn wir nachts auf seinem Bett lagen und uns Horrorfilme angesehen haben, haben sie das *nich* mitbekommen." „Und warst du dann am nächsten Morgen nicht müde?" „Das haben wir doch nur am Wochenende gemacht, wenn wir ausschlafen konnten. Mutti und Vati sind immer zeitig schlafen gegangen." „Was habt ihr sonst mit den Eltern unternommen?" „*Och, nüscht Besondres.* Wir sind zu Oma gefahren oder haben Fernsehen geguckt. Meine Eltern haben einen großen Garten. Da *gabs* immer genug Arbeit. Sie hatten wenig Zeit. Ich war oft mit unserm Hund Struppi unterwegs und musste mich um Jan kümmern." „Hm, du erzählst gern von Eric. Wie hast du dich mit deinem jüngeren Bruder verstanden?" „Geht so, eben mal so, mal so", war ihre knappe Antwort. „Möchtest du nicht darüber sprechen?", fragte ich.

Hartwig war nach Dienstschluss gleich einkaufen gewesen. Er stellte den Wochenendeinkauf in der Küche ab und begrüßte uns, gab mir einen Kuss, lächelte Isabella an: „Na Mädels, wälzt ihr gerade Probleme? Frauengeheimnisse? Oder nehmt ihr mich in eurer Runde auf?" „Nein, vor dir haben wir doch keine Geheimnisse", lachte ich. „Wir haben uns gerade über Isabellas Geschwister unterhalten." „Aha. Hast du außer Jan noch weitere Geschwister, wie alt sind sie?", fragte Hartwig. Das Mädel schluckte, bevor es antwortete: „Bei meinen richtigen Eltern hatte ich einen Bruder, Uwe. Er ist jetzt 19, vier Jahre älter *wie ich.*" Mein Mann nickte und stellte fest: „Also ist Uwe vier Jahre älter als du und du bist vier Jahre älter als Jan." „Ja, aber an Uwe kann ich mich nicht mehr erinnern und dass ich noch einen Bruder bekommen habe, wusste ich nicht, bis er auch zu meinen Pflegeeltern kam. In der Pflegefamilie habe ich eine große Schwester und einen großen Bruder." „Waren sie lieb zu dir?" „Ja, besonders Anke. Sie hat immer meine kleine Püppi zu mir gesagt. Aber jetzt ist sie erwachsen und wohnt im Westen." Isabella wirkte geknickt, sprach leise, ohne ihre flapsige Art. Hartwig fragte weiter: „Und der große Bruder?" „Eric wohnt noch mit im Haus. Er und seine Kumpels nennen mich Prinzessin und nehmen mich manchmal mit in den Jugendclub, äh, haben mich mitgenommen", gab Isabella bereitwillig Auskunft.

Mein Mann erzählte ihr: „Ich selbst habe noch acht Geschwister. Die Jüngste und der Älteste haben einen Altersunterschied von fast zwanzig Jahren." „Krass", staunte sie, „und ihr konntet alle bei euren Eltern bleiben, oder?" „Ja, aber in einer so großen Familie sitzen selten alle an einem Tisch. Die Großen mussten sich auch um die Jüngeren kümmern, jeder hatte seine Aufgaben und es gab klare Regeln. Den Luxus eines eigenen Zimmers gab es nicht." Ich fragte: „Wie war das für dich, als plötzlich noch ein jüngerer Bruder in die Familie kam?" Sie erzählte: „Zuerst wollte ich es nicht glauben, dass Jan mein richtiger Bruder ist. Plötzlich war ich große Schwester und sollte auf ihn aufpassen. Manchmal nervt er mich, aber ich habe ihn lieb."

Aus verschiedenen Erzählungen und Bemerkungen konnte ich heraushören, dass Isabella ziemlich eifersüchtig auf Jan reagierte. Er hatte sie quasi vom Sockel gestoßen. Als nunmehr große Schwester wurde Isabella viel Verantwortung übertragen. Der Junge hörte nicht auf sie, machte, was er wollte. Isabella war manchmal überfordert und fühlte sich oft ungerecht behandelt und zurückgesetzt. Sie meinte, dass der Bengel vorgezogen würde.

Während ich den Einkauf verstaute, bereitete Hartwig den Grill vor. Isabella machte auf ihre Neuerwerbungen aufmerksam:

„Schau mal Hartwig", flötete sie, „wie gefallen dir meine neuen Klamotten?" Er würdigte schmunzelnd ihr tolles Aussehen. „Kann ich dir beim Grillen helfen?", schmeichelte sich Isi ein, „ich kann das nämlich sehr gut."

Nach dem Abendessen zog sie sich in ihr Zimmer zurück. Hartwig, Karl und ich blieben noch beisammen und tauschten unsere Eindrücke über die ersten Tage mit Isabella aus. Ich überlegte damals: „Zwölf Jahre lebte Isabella in ihrer Pflegefamilie, bis es zu einem weiteren Beziehungsabbruch kam. Wie sieht es wohl in ihrer Seele aus?" Mein Mann meinte: „Nach außen gibt sie sich unbeeindruckt und versucht im Hier und Jetzt ihren Platz zu finden." „Ganz nach dem Motto: Take it easy, Isi!", bemerkte Kalle, „und was mich ganz besonders nervt, sind ihre aufdringlichen Versuche, mich für ihre Interessen zu vereinnahmen."

„Sie scheint um jeden Preis im Mittelpunkt stehen zu wollen. Es ist ja bekannt, dass Kinder, die im Säuglings- und Kleinkindalter nicht genügend Schutz, Fürsorge und Aufmerksamkeit erfahren haben, unsichere Bindungen zu ihren Bezugspersonen entwickeln. Viele zeigen es nicht, wenn sie Angst haben oder unter Trennungsschmerz leiden, geben sich so, als ob alles okay wäre", erklärte Hartwig. „Isabella zieht sich beleidigt zurück, wenn ihre Wünsche nicht erfüllt werden", sagte ich, „doch wenig später kommt sie wieder, schmeichelt und trickst, um ihr Ziel doch noch zu erreichen. Sie meint, ein großer Bruder müsse uneingeschränkt für sie da sein!" „Aber nicht mit mir!", gab Karl zu verstehen.

Ich sprach meine Überlegungen aus: „Isabella muss den Eindruck gewonnen haben, dass auf die Menschen in ihrem Umfeld kein Verlass ist; sie fühlt sich wahrscheinlich hin und her gerissen und zurückgesetzt. Jetzt testet sie, was sie von uns erwarten kann. Ihr Bedürfnis nach Anerkennung scheint unermesslich zu sein."

Was dahinter stecken könnte, war uns damals noch nicht klar. „Ich vermute, dieses Mädchen wird noch eine große Herausforderung für uns werden", orakelte mein Mann. Er sollte recht behalten!

Sonnabend, Tag fünf: Isabella hatte meine beste Freundin und ihre Familie bereits kennengelernt. Sie wohnen gleich nebenan. Der jüngere Sohn, Robert, ist nur wenig älter als Karl. Die beiden sind auch heute noch miteinander befreundet.

Vor Monaten, bevor Isabella in unser Leben trat, hatte Hartwig Konzertkarten bestellt. Nun fragten wir uns, ob das Mädchen abends allein bleiben würde? Oder sollten wir die Karten verfallen lassen? Sigrid und Robert versprachen uns, für Isabella da zu sein, wenn sie sich einsam fühlen sollte. Wir besprachen mit ihr die Angelegenheit. Sie versicherte: „Klar kann ich abends mal allein bleiben, ich bin schließlich fast erwachsen! Ihr müsst euch keine Gedanken machen. Außerdem könnte ich zu Familie Stöcklein *rübergehn*."

Auch Robert hatte für unser Pflegekind viel Verständnis. Er bot Isabella an, sich gemeinsam mit ihr einen Film anzusehen, stellte jedoch klar, dass sie danach nach Hause gehen müsse, weil er noch in die Stadt fahren wolle, um sich mit Kalle und Freunden zum Billardspielen zu treffen.

Als wir gegen 0.30 Uhr zurückkamen, war Isabella nicht da. Im Haus meiner Freundin war alles dunkel. Dort konnte sie nicht sein. Eine Nachricht hatte Isi nicht hinterlegt, sie ging auch nicht an ihr Handy. Beim nächsten Versuch meldete sich Karl, im

Hintergrund vernahm ich lautes Stimmengewirr. „Was ist los? Ist Isabella etwa bei euch?", fragte ich. „Leider ja", antwortete mein Sohn. „Das Weibsbild hat Robert gegenüber eine mächtige Szene gemacht, hat ihm die Ohren voll geheult, dass sie nicht allein bleiben könne, weil ihr Freund am Telefon mit ihr Schluss gemacht hätte. Sie wollte unbedingt zu mir. Robert rief mich an und hat sie notgedrungen mitgenommen. Jetzt spielt sie laienhaft, aber quietschvergnügt eine Runde mit." „Wo können wir sie abholen?" „Nicht nötig, in einer halben Stunde sind wir zurück. Bis dann!"

Mittlerweile war es 1.20 Uhr. Isabella stieg gut gelaunt, regelrecht aufgekratzt, aus dem Auto. Keine Spur von Trennungsschmerz und Trauer. Wir dankten den Jungen und bedauerten, dass Isabella sich aufgedrängt und ihnen den Abend verdorben hatte. Das Mädchen wollte uns begeistert vom Billardspiel erzählen, doch wir schickten sie ins Bett mit den Worten: „Gute Nacht. Wenn du ausgeschlafen hast, reden wir über alles."

Sonntagmorgen, während des Frühstücks, besprachen wir den Vorfall. Isabella erzählte: „Ich habe gestern Abend Max angerufen. Wir haben uns gestritten und ich habe ihm gesagt, dass er *nich* herkommen soll. Dann hat er mir gesagt, dass er mit mir Schluss macht. Da war ich fix und fertig. Ich bin zu Rob *rübergerannt* und habe mich bei ihm *ausgeheult*. Und dann habe ich gebettelt, dass er mich mitnimmt. Ja, so war das." Isabella schien das Schluss-Machen schnell verdrängt zu haben und erzählte stattdessen begeistert vom Billardspielen. Sie fühlte sich so erwachsen und behauptete, die Jungen hätten sie bewundert und ihr auf den Po und in den Ausschnitt geschaut. Sie erklärte: „Ich hätte sofort einen neuen Freund haben können, aber Kalle und

Rob haben auf mich aufgepasst. Jetzt bin ich nicht mehr traurig, dass mit dem alten Freund Schluss ist."

Karl erzählte dann, dass Isabellas Auftritt einfach nur peinlich war. Sie wollte sich stets in den Mittelpunkt des Geschehens drängeln, wurde nicht bewundert, sondern eher belächelt. Seiner Meinung nach hatte sie uns allen etwas vorgespielt, nur um ihren Wunsch durchzusetzen, beim Billard dabei zu sein.

Isabella half mir bei der Zubereitung des Mittagessens. Am Nachmittag wollte sie sich mit dem Mädchen aus ihrer Schule treffen und mit diesem zum Reiterhof radeln. Sie versprach pünktlich zurück zu sein. Welche Überraschung, Isabella erschien zur verabredeten Zeit. Doch nicht allein, sie kam Hand in Hand mit einem Jungen an. Am Gartentor verabschiedeten sie sich mit Küsschen. „Nanu, wen hast du denn da mitgebracht?", fragte ich. „Das ist Steve, mein neuer Freund." „Wann hast du ihn denn kennengelernt?" „Na heute." „So, so, da hast du den Jungen aber nicht lange zappeln lassen", meinte ich. „Doch, doch", erwiderte Isabella, „zwei Stunden habe ich ihn zappeln lassen, dann habe ich Ja gesagt, dass ich mit ihm gehen will." „Wie alt ist Steve?" „Fünfzehn, so wie ich; na, ja, bald bin ich auch fünfzehn."

Hartwig informierte Isabella, dass ihr Ex-Freund mehrmals bei uns angerufen hatte. „Ja, ich weiß, er hat mir eine SMS geschickt, aber aus ist aus." Wir sprachen mit ihr über den Grund der Trennung und erfuhren, dass der junge Mann enttäuscht war, dass Isabella nicht mit ihm ins Bett wollte. Für sie war die Sache schon abgehakt. Wirklich? Wir waren uns nicht so sicher.

Montag, 25. Juli: Isabella erzählte uns, dass Steve der Cousin ihrer Schulfreundin Nicole sei. Die drei schienen sich wirklich gut zu verstehen und trafen sich fortan fast täglich auf dem Sportplatz, im Park oder fuhren zum Baden. Steve sorgte dafür, dass Isabella pünktlich zu Hause war und begleitete sie. Ein netter Junge.

Am Abend bekam Kalle Besuch von einem Schulfreund. Isabella wirkte wie aufgedreht. Sie flitzte in ihr Zimmer, um sich umzukleiden, zog das kurze Röckchen an, hatte darunter nur einen String-Tanga. Schon beim leichten Bücken blitzte der bloße Po hervor. Isabella klopfte an Kalles Zimmertür und trat sofort ein. „Entschuldigung, ich wusste nicht, dass du Besuch hast", gab sie vor. „Hallo, ich bin Isabella oder einfach nur Isi. Und wie heißt du?" Kalle verdrehte die Augen. Sein Freund grinste: „Hi, ich bin Thomas oder kurz Tom." „Was willst du, Isi?", fragte Kalle verärgert. „Äh, ich wollte dich fragen, ob du mir mal 'ne neue CD ausborgen kannst?" „Was hörst du denn gern?", fragte Tom. Sie strahlte ihn an und antwortete: „Eminem und Linking Park. Hast du so was, Kalle?" „Da! Aber jetzt raus mit dir!" Mit einem Schmoll-Mündchen und Popo-Wackeln verzog sich Isi wieder. Kurz darauf schob sie einen Zettel unter der Tür durch mit den Zeilen:

Tommy, du siehst voll süß aus. Hätte ich nich grade ein neuen Freund kennen gelernt, würde ich dich fragen. Isi.

Keine Reaktion darauf. Nächster Anlauf per Zettelchen:

Hallo du schöner Unbekannter!!!
Wie geht es dir? Mir geht es gut. Bist du öfters mit Kalle unterwegs?
Ich habe mal eine Frage an dich. Hast du eine Freundin?
Ich bin nämlich eigentlich Solo und suche einen Freund.
Wie alt bist du eigentlich? Ich werde 15 dieses Jahr noch.

Wir können uns ja mal treffen mit Kalle. Kannst du mal auf mein Handy anrufen. Hier ist meine Nummer: 017823...
Bekomme ich auch deine Handynummer?
Tschau sagt erst mal Isi
P.S. Hab dich lieb. Schreib schnell zurück

Etwas amüsiert ließ sich Kalles Freund zu einer Antwort herab. Er schrieb auf dem gleichen Zettel zurück:

Mir gehts super!
Ja, bin öfter mit Kalle unterwegs.
Nein, nichts festes, aber bald wieder (sie ist viel hübscher und reifer als du).
Ist mir egal ob du solo bist! Will mich nicht mit dir treffen, bist zu jung!
Nein, bekommst du nicht, wozu auch? Brauche auch deine Nummer nicht!
P.S. Ich dich nicht!!!

Wenig später flattere ein Antwortschreiben zur Tür herein. Isi schrieb:

Woher willst du wissen wie reif ich bin. Ich bin reif genug für mein Alter.
Wie alt bist du überhaupt? Du hast mich noch nicht geschminkt gesehen als ich immer in den Club gefahren bin mit meinen Kumpels.

Tom ließ sich zu einer Antwort herab:

Ein Mädchen muss ohne Schminke süß sein. Ich kenne auch 2 Mädels die noch 15 sind und die sind reif für ihr Alter. Die machen z. B. nicht so 'ne Zettelscheiße wie du hier! Und da willst du mir sagen, du bist reif! Wie alt schätzt du mich eigentlich?

60

Und jetzt lass uns in Ruhe! Geh schlafen!

Die Reaktion ließ nicht lange auf sich warten, ein Zettelchen wurde unter der Tür durchgeschoben.

Schätze 17-20 Jahre.
Macht bitte nicht so laut ich möchte Schlafen gehen und das soll ein schöner Schlaf sein. Isi. P.S. Tommy komm mal rüber zu mir!

Isabella wartete vergeblich auf eine Antwort. Als sie kurz darauf wieder anklopfte und ins Zimmer stapfte, wurde es den Jungen zu bunt. Ihr Gehabe war ihnen peinlich. Wütend herrschte Kalle sie an: „Raus!" Er knallte die Tür zu. „Blödmann!", rief sie ihm nach und verzog sich in ihr Zimmer.
Hartwig hatte so seine Bedenken, als es oben laut zuging. Er erkundigte sich, was los sei. Kalle reichte ihm die Zettelchen und meinte nur: „Was habt ihr euch bloß für ein Kuckuckskind ins Nest setzen lassen?!" Dann verließen die Jungen das Haus. Mein Mann schaute nach Isabella. Sie tat ganz harmlos und sagte, dass sie nur einen Brief schreiben würde. Er forderte sie auf: „Komm noch ein Weilchen zu uns. Dann kannst du erzählen, weshalb es Streit gab." Wir besprachen die Situation und die Wirkung ihres Verhaltens auf andere. „Was meinst du, was junge Männer über Mädchen denken, die sich so aufdringlich aufführen, sich förmlich anbieten?", fragte ich. „Was meinst du mit Anbieten?", fragte Isabella schnippisch und zuckte mit den Schultern. „Woher hast du nur dieses Gehabe?" „Wieso Gehabe? Im Fernsehen läuft es doch auch so!" „Aha, das Fernsehen - Telenovela, Serien der Privatsender und so weiter. Meinst du, dass die Handlungen in den Serien aus dem Leben gegriffen sind?" „Wieso denn nicht?" Isabella sah mich verständnislos an. Sie wirkte in keiner Weise

nachdenklich. Wir sprachen auch über Sexualität und dass Männer bestraft werden können, wenn sie mit jungen Mädchen unter sechzehn Jahren, auch wenn das vermeintlich einvernehmlich sein würde, sexuelle Kontakte oder gar Geschlechtsverkehr aufnehmen würden.

Die Wirkung ihres aufdringlichen Verhaltens war Isabella völlig unklar. Sie wollte doch nur beachtet, von jedem bewundert und geliebt werden. Ich dachte mir: Gesunder Narzissmus ist normal, aber was ist mit dem Mädchen los? Isabella war letztendlich froh darüber, dass wir offen und ehrlich mit ihr gesprochen hatten, ohne Vorwürfe und Vorhaltungen. Sie erzählte uns noch, dass ihre (Pflege-) Eltern den Kontakt zu ihrem Ex - Freund verboten hatten und damit drohten, dass sie ihn in den Knast bringen würden. Ihr „Hasi" war ja schon volljährig, doch Isabella hatte keine Vorstellungen davon, was das rechtlich bedeutete. Gegen Verbote rebellierte sie eben, was zu Spannungen im Familienleben führte.

Als wir einige Tage später Isabellas persönliche Habe von den Pflegeeltern abholten, gaben sie uns auch einen abgefangenen Brief mit, den das Mädchen kurz vor dem Ferienbeginn geschrieben hatte, als es während einer geschwänzten Unterrichtsstunde vergeblich auf den Freund wartete:

Hallo mein Traumboy!!!
Wie geht es dir? Mir geht es gut. Habe zur Zeit kein Handy. Wir müssen uns Heimlich immer treffen. Meine Eltern rufen sonst die Bullen an und machen Anzeige gegen dich. Ich möchte nicht das du in den Knast kommst. Möchte hoffen das wir für immer zusammen bleiben. Möchte später eine Familie mit dir haben. Finde es scheiße das ich noch mit in den Urlaub muss. Wir zelten doch bei mir im

62

Garten. Musst mir nur sagen ob du kommst oder nicht. Das muss ich nämlich alles planen. Ich werde zu meinen Eltern sagen das ich schluss gemacht habe. Aber du musst auch das selbe zu deinen Eltern sagen. Tschau, sagt dein Traumgirl!!!

Dieser Brief und die durch R-Gespräche des Freundes verursachte Telefonrechnung von über 1000 Euro brachten das Fass zum Überlaufen. Die angeblichen Schläge des Vaters waren deutliche Worte, wirkten als verbale Schläge ins Gesicht Isabellas und trafen sie hart.

Dienstag, 26. Juli: Isabella war am Abend zuvor spät eingeschlafen. Daher kam sie erst gegen Mittag herunter. Hartwig hatte Frühschicht, sodass ich mit ihr allein zu Hause war. Als es klingelte, saß Isi noch beim Frühstück. Steve stand vor der Tür und wollte sie abholen. Ich vertröstete ihn auf den späten Nachmittag, da wir in die Stadt fahren wollten.
Für Isabella hatte sich der Einkaufsbummel mal wieder gelohnt: Neue Sandaletten, einen Bikini, ein Sommerkleid und eine Armbanduhr konnte sie jetzt ihr Eigen nennen. Wir nahmen noch einen Imbiss ein. Isabella hatte inzwischen einen gesunden Appetit entwickelt, von Essproblemen war keine Rede mehr.
Als wir 17 Uhr zurückkamen, warteten schon Isis Freund Steve und ein paar andere Jugendliche vor der Tür. Wir gestatteten ihr bis 19.30 Uhr Ausgang. Hartwig meinte an mich gewandt: „Schon seit einer Stunde streichen die Rüden ums Haus. Das gefällt mir gar nicht."

Am Mittwoch waren Isabella und ich tagsüber lange unterwegs. Wir holten meine Enkelin vom Kindergarten ab und gingen mit ihr noch in den Zoo. Abends fuhr uns mein älterer Sohn zurück.

Wieder lungerten mehrere Jungen vor dem Haus herum, pfiffen und riefen nach Isi. Sie verabredeten sich für den nächsten Tag, an dem sie einen Kinobesuch planten.

Isabella meldete sich pünktlich zurück und bekam noch bis 21 Uhr Ausgang. Als sie jedoch 21.30 Uhr nicht zu Hause war, begab ich mich auf die Suche. Im nahe gelegenen Bushäuschen überraschte ich Isabella, die knutschend und eng umschlungen mit einem mir fremden Jungen, der Welt entrückt war. Ich machte mich mit einem Räuspern bemerkbar. Erschrocken fuhren die beiden auseinander. Der junge Mann verdrückte sich schleunigst. Zu Isabella sagte ich nur knapp: „Ab, nach Hause!"

Zur Rede gestellt, versuchte das Mädchen uns rasch eine Geschichte aufzutischen. Isi behauptete kess: „Ich war die ganze Zeit mit meinen Freunden draußen vor dem Haus. Wir haben uns nur unterhalten, bis Nicole und Steve gehen mussten. Ja, und Mario, der Cousin von den beiden, hat sich auf den ersten Blick in mich verliebt, hat er gesagt. Wir wollten uns grade verabschieden. *Tschuldigung,* dass ich die Zeit vergessen habe." Wir nahmen diese Erklärung zur Kenntnis, machten ihr aber klar, dass wir uns um sie sorgen, wenn sie abends nicht pünktlich zu Hause ist. Da wir Isabella nicht ausschimpften und uns stattdessen dafür interessierten, wie ihr Tag so verlaufen war, erzählte sie gern weiter. Dabei kam heraus, dass die unzertrennlichen Drei im Kino auf Mario trafen. Sie konnten sich nicht auf einen Film einigen und trennten sich. Isi begründete: „Der Film, den ich eigentlich sehen wollte, kam nicht. Ich und Mario sind dann zum Italiener am Markt gegangen, haben dort Pizza gegessen. Die kennen mich dort schon." Mit vor Stolz geschwellter Brust erzählte sie weiter: „Der Kellner hat mich begrüßt und hat gesagt: ‚Ah, *buon giorno, Bella,* was darf's denn sein?' Und wie der mich dabei angeschaut hat!" Isabella plapperte und schwärmte, wie toll sie alle fänden und dass Mario sich für sie interessieren würde. Steve sei doch eher ein Kumpel, zu jung als Freund. Ihr Taschen- sowie das Kinogeld hatte sie verprasst. Hartwig gab ihr zu verstehen: „Isabella, du hast sicher schon mitbekommen, dass wir über alles, deine Sorgen, Vorstellungen und Wünsche, vernünftig sprechen können. Wir freuen uns auch, dass du so schnell Freunde im Ort gefunden hast. Uns ist es aber wichtig, dass du dich an Absprachen hältst. Verspiele nicht unser Vertrauen!" Ich fügte hinzu: „Kannst du dir vorstellen, dass wir uns Gedanken machen, wenn du dich deutlich verspätest und immer wieder mit einem anderen Jungen ankommst?" Isabella schaute uns verwundert an. Dann nickte sie und sagte: „Ich habe verstanden." „Wie alt ist Mario?", wollte mein Mann, nichts Gutes ahnend, wissen. „Weiß *nich* genau, glaube sechzehn", meinte Isabella schulterzuckend.

Am Freitag, nach dem Mittagessen, zog sich Isabella in ihr Reich zurück, um sich aufzuhübschen. Sie war ganz aufgekratzt, da Steve sie zum Geburtstag eingeladen hatte. Nach zwei Stunden Proben vor dem Spiegel war sie zufrieden mit ihrem Outfit. Für meinen Geschmack hatte sie sich übertrieben aufgedonnert, aber das war ihr Problem. Ich half ihr noch das Geschenk einzupacken, dann zog sie los.
Es war ein schwül-warmer Tag. Am Abend begann es zu regnen. Mein Mann und ich saßen noch auf der überdachten Terrasse. Ich hörte die Eingangstür sachte ins Schloss fallen und ging ins Haus, um nachzusehen, ob Isabella angekommen war. Tatsächlich, ich hatte richtig vermutet und bekam mit, dass sie

sich gerade mit Steve in ihr Zimmer schleichen wollte. „Hallo Isi", rief ich, „wir sitzen noch draußen. Wollt ihr noch eine Weile zu uns kommen?" „Nein, nein", rief sie zurück, „ich will Steve nur eine CD ausleihen, dann geht er sowieso nach Hause." Der Junge verabschiedete sich rasch.

Isabellas Ex-Freund Max nervte schon wieder mit R-Gesprächsversuchen. Er wollte wohl testen, wann und ob das Mädchen allein zu Hause ist.

Tags darauf, am Sonnabend, ging Isabella nachmittags wieder zum Jugendtreff. Robert, der Sohn meiner Freundin, rief mich an und wollte wissen, was mit Isi los sei. Sie hatte ihm vier Nachrichten gesandt und ihn zweimal angeklingelt, in der Erwartung, dass er zurückrufen würde. Ich versicherte ihm, dass dies eine ihrer Maschen sei, eben Wichtigtuerei und sagte dazu: „Sicher wollte sie ausloten, ob sie dich überreden könnte, sie am Abend wieder mitzunehmen. Hat ja schon einmal geklappt. Reagiere darauf am besten nicht!"

Als Isabella wieder zu Hause war, sprach ich die Aktion mit Robert an. Sie wollte wieder abwiegeln und behauptete, dass sie gar keine SMS geschrieben hätte, es sei Steve gewesen. Erneut erklärte ich ihr: „Du wirst mit Lügen und Trickserei nicht deine Wünsche durchsetzen können. Deine Spielchen werden durchschaut. Robert und Karl haben ihren eigenen Freundeskreis. Sie sind erwachsen und stehen nicht für dich zur Bespaßung zur Verfügung. Akzeptiere das bitte!" „Aber mein Bruder Eric und seine Freunde haben ...", setzte sie zur Widerrede an. Ich unterbrach sie: „Isi, das ist eine andere Geschichte. Wir sind hier nicht bei Wünsch - dir - was. Es kann sich nicht alles um Isabella drehen, verstehst du das?" „Schade, ich dachte, sie können mich alle gut leiden und sehen mich als Schwester und gute Freundin an. Ich musste mich doch auch immer um meinen kleinen Bruder kümmern, auch wenn ich was *andres* vorhatte", schmollte Isabella. „Und nun bist du bei uns die Kleine und erwartest, dass sich die Großen kümmern, stimmt's?" Sie nickte.

Am Abend spielten wir mit Isabella „Macke". Wir wurden durch das Telefonklingeln unterbrochen. Der Ex-Freund Max wollte Isi sprechen, doch sie lehnte ab. Daraufhin schrieb er ihr eine SMS. Sie antwortete: Aus ist aus, endgültig. Nun hatte sie keine Lust mehr zum Würfelspielen und zog sich verstimmt in ihr Zimmer zurück.

Am Sonntag war Isabella zeitig wach. Sie klagte über Kopfschmerzen. In der Nacht hatte sie Schweißausbrüche und einen schweren Albtraum gehabt. Wir mussten ihre Bett- und Nachtwäsche wechseln. Das Mädchen blieb in meiner Nähe, klebte mir förmlich am Rockzipfel. Hartwig gegenüber verhielt es sich abweisend, was wir uns nicht erklären konnten.

Meistens kochten wir sonntags gemeinsam, doch er war rücksichtsvoll und überließ Isabella das Feld. Sie hatte Redebedarf. Ich fragte: „Hast du öfter Albträume?" „Ja, aber der letzte war *besonderst* schlimm." „Kannst du dich an Einzelheiten erinnern?" „Hm, ja, es hatte was mit Maxe zu tun." „Möchtest du drüber reden?" Sie nickte, druckste aber herum, suchte nach Worten. Ich hatte eine Ahnung und fragte daher: „Hängt der Traum mit dem Schluss-Machen zusammen?" Sie nickte wieder, hatte einen Kloß im Hals. „Du hast mir erzählt, dass Max eure Freundschaft beendet hätte, weil du nicht mit ihm ins Bett gehen wolltest. Hat er von dir Dinge verlangt, die du nicht wolltest?"

„Ja... Zuerst haben wir nur geschmust. Dann hat er mich gedrängt, dass ich sein ..., na du weißt schon ..., na, dass ich sein Ding in den Mund nehmen soll. Ich weiß nicht, was mit mir los war, ich kriegte plötzlich tierische Angst und bin weggerannt." „Und diese Szene hast du im Traum wieder erlebt?", fragte ich. Isabella starrte nun ausdruckslos vor sich hin. Dann schüttelte sie sich und stöhnte: „Es war grauenhaft. Im Traum dachte ich, ich müsste ersticken." Ich erklärte ihr, dass niemand das Recht habe, ihr sexuelle Handlungen aufzuzwingen und dass ich es richtig finde, dass sie nichts mehr mit Max zu tun haben möchte. Nach dem Gespräch schien Isabella erleichtert zu sein. Als es klingelte, sprintete sie zur Tür und ließ unseren älteren Sohn mit Frau und Kind ins Haus. Bald darauf kam auch Kalle zum Mittagessen.

Als unsere Enkelin Mathilda Mittagsschlaf hielt, setzte sich Isabella zu ihren „Brüdern". Sie beanspruchte mal wieder volle Aufmerksamkeit, die sie aber nicht bekam. Da hatte das verrückte Ding eine Idee. „Ihr seid langweilig", maulte Isabella und ging weg. Kurz darauf sprang sie im kurzen Kleidchen vor den Männern herum und richtete plötzlich eine Spritzpistole auf sie. Das löste eine lustige, übermütige Wasserschlacht aus. Isabella landete schließlich im Planschbecken.

Am Nachmittag spielte sie sehr schön und ausdauernd mit Mathilda. In der großen Familienrunde fühlte sich Isabella sichtlich wohl und bekam beim Kaffeetrinken einen regelrechten Fressanfall. Sie verdrückte sechs Stück Kuchen! Abends meinte sie, dass das ein richtig schöner Tag gewesen sei.

Montag, 1. August: Nach dem Frühstück hatte Isabella Langeweile, wusste nichts mit sich anzufangen. Sie lauerte darauf, dass Steve sich melden würde. Isi suchte Zuwendung und jammerte mir die Ohren voll, hatte moralische Anwandlungen: „Ach, ich vermisse Eric so sehr, unseren Hund und die Katzen. Wann können wir endlich meine Sachen abholen?"

Als Nächstes ging sie Kalle auf die Nerven: „Fährst du mit mir Inliner oder Fahrrad? Bitte, bitte, lieber Bruder." „Ich bin nicht dein lieber Bruder, das hast du dir verscherzt. Dein Verhalten ist voll peinlich, besonders wenn Freunde von mir zu Besuch sind. Lass mich einfach in Ruhe! Ich bin nicht für dich zuständig." Beleidigt verzog sich Isabella in ihr Zimmer. Zum nötigen Aufräumen hatte sie keine Lust. Deshalb versteckte sie die auf dem Boden liegende Schmutzwäsche im Bettkasten, legte sich dann ins Bett und zog die Decke über den Kopf.

Nachmittags traf sich Isabella mit Nicole auf dem Reiterhof. Sie bekam von Hartwig Ausgang bis 20 Uhr. Ich selbst besuchte meine Eltern.

Am nächsten Tag, Dienstag, hatte ich einige Behördengänge zu erledigen und fuhr mit Karl in die Stadt. Hartwig hatte Frühdienst. Isabella blieb allein zu Hause, wollte ausschlafen und ihr Zimmer aufräumen. Während der Fahrt tauschten Karl und ich unsere Eindrücke über die ersten zwei Wochen mit Isabella aus. Mein Sohn sagte: „Das Mädel verhält sich nicht normal. Es ist für sein Alter noch sehr naiv und selbstverliebt. Die Geschichten, die Isi über Eric erzählt, kann ich nicht glauben. Gestern Abend hat sie mir mal wieder einen Zettel unter der Tür durchgeschoben. Habe ihn erst heute Morgen entdeckt." Er schob mir die dringende Nachricht zu. Isabella hatte geschrieben:

Kalle ich ritze mir gerade den linken unter Arm auf. Möchte hoffen es ist dir nicht egal. Isi.

„Verdammt, sie will dich allen Ernstes unter Druck setzen und manipulieren. Was geht nur in dem Mädchen vor? Hat Isi sich schon mal geritzt oder ist das wieder so ein Nachahmen einer Szene aus einer Seifenoper?", überlegte ich laut. „Hast du dich mal mit Sigrid darüber ausgetauscht? Schließlich ist sie Psychologin." „Bis jetzt war noch keine Rede von Selbstverletzung. Ich werde mich so bald wie möglich mit meiner Freundin zusammensetzen. Gut, dass du mir den Zettel gegeben hast. Nachher treffe ich mich mit Frau Braunkohl und werde mich mit ihr beraten. Meiner Meinung nach benötigt Isabella professionelle Hilfe." Karl setzte mich vor dem Jugendamt ab.

Ich berichtete der Sozialarbeiterin über das Leben mit Isabella in den ersten zwei Wochen nach der Herausnahme aus ihrer langjährigen Pflegefamilie. Frau Braunkohl machte sich Notizen. Ich fragte sie, ob das Mädchen schon einmal psychologisch betreut wurde. Es gab lediglich Hilfsangebote durch eine sozialpädagogische Beratungsstelle. Diese brachten keine Veränderung und wurden vorzeitig abgebrochen. Isabella war zur aktiven Mitarbeit nicht bereit. „Mein Mann und ich würden uns gern mit der Pflegefamilie unterhalten, um einige Fragen zu klären. Außerdem braucht Isabella ihre persönlichen Sachen", erklärte ich. Frau Braunkohl bestätigte die Notwendigkeit einer Zusammenkunft und sagte: „Ich habe mit Familie Muster bereits telefoniert. Würde es Ihnen am Donnerstag, 15.30 Uhr passen?" „Ja, das geht. Sollen wir Isabella mitbringen?" „Am Gespräch sollte sie nicht teilnehmen. Sie müsste in einem Nebenraum warten", meinte die Sozialarbeiterin vom Pflegekinderwesen. „Gut, Isabella könnte zu Hause bleiben. Unser Sohn hat Semesterferien und wird für sie da sein. Ich bin froh, dass die

Beratung noch vor unserem Urlaub stattfinden kann", sagte ich und verabschiedete mich.

Isabella war schon 16.30 Uhr wieder im Haus. Sie wollte auch nicht noch einmal weggehen. „Nanu, ist etwas vorgefallen?", fragte ich. *„Nüscht Besondres"*, nuschelte sie, „es gab nur Stress mit ein paar Mädels im Park. Die haben sich doch nur geärgert, dass die Jungs bloß mich beachtet haben und die *nich*." „Und was ist mit Steve?" „Ach der! Mir gefällt *nich*, dass der so eifersüchtig ist. Ist vielleicht doch *nich* der *richtje* Freund, noch zu unreif und kindisch!", tat sie deutlich kund. „Und nun?" „Weiß noch *nich*, will erst mal drüber schlafen."
Schnell wechselte sie das Thema und fragte: „Wie war es bei Frau Braunkohl? Habt ihr über meine Eltern gesprochen? Bekomme ich bald meine Sachen?" „Wir haben übermorgen im Jugendamt einen Gesprächstermin mit ihnen. Würdest du gern dabei sein?", fragte Hartwig. „Bloß *nich*! Ich will die noch *nich wiedersehn*. Sie waren so gemein. Bei euch geht es mir besser. Ihr redet wenigstens mit mir." „Gut, Isabella, du musst bei dem Gespräch nicht anwesend sein. Am Donnerstag wird Karl nachmittags zu Hause sein, damit jemand da ist, falls du Hilfe oder Gesellschaft brauchst. Ist das in Ordnung für dich?", fragte ich. Isabella freute sich: „Na klar, vielleicht fährt Kalle mit mir Inliner! Bekomme ich morgen meinen neuen Kleiderschrank? Sonst kriege ich meine Sachen nicht unter. Und packen muss ich auch noch für den Familienurlaub", plapperte sie munter weiter. Indem Isabella sich mit den Aussichten auf Urlaub und Vergnügen beschäftigte, verdrängte sie unangenehme Gedanken und Gefühle. Es war ihr sicher nicht gleichgültig, was die Erwachsenen miteinander zu

besprechen hatten. Zählte für das Mädchen wirklich nur das Hier und Jetzt?

Abends erhielt unser Sohn wieder „Post" von Isabella. Sie schrieb:

Komm mal kurz rüber Kalle. Muss mit dir mal reden.

Darauf reagierte er nicht. Später schob sie ihm das nächste Briefchen unter der Tür durch.

Hi Kalle habe wieder SMS von Maxe bekommen, Er will wieder mit mir gehen. Brauche deinen Rat!!! Ich weiß jetzt warum Max mit mir schluss gemacht hat. Weil ich nicht mit ihm schlafen wollte. Isi

„Hier, wieder etwas für deine Sammlung", sagte mein Sohn und reichte mir die Briefchen. „Danke, den nehme ich gleich mit zu Sigrid. Es wird Zeit, dass ich mir fachkundigen Rat hole."

„Hallo Sigrid, ich bin froh, dass du etwas Zeit für mich hast. Unser neues Pflegekind gibt mir Rätsel auf. Ich bin auch ernstlich beunruhigt." Meine Freundin goss uns Tee ein und sagte: „Na, dann erzähle mal, was dich bewegt!" Ich berichtete ihr von Isabellas Geschichten über den Pflegebruder, von meinem Eindruck, dass Isi versucht, Karl und Robert für sich zu vereinnahmen, über ihr aufdringliches Verhalten Karls Freunden gegenüber und dass sie sich jedem Jungen, der sie anbaggert, an den Hals wirft. Ich gab meiner Freundin die Briefchen zu lesen und äußerte meine Befürchtungen, dass Isabella in ihrer derzeitigen Ausnahmesituation sich eines Tages wirklich ritzen würde. Außerdem erzählte ich vom Gespräch über den Albtraum und sagte mit einem Seufzer: „Tja, nun ist die Psychologin Dr.

Stöcklein gefragt. Wie kann man das widersprüchliche Verhalten Isabellas erklären? Mal ist sie kindlich anschmiegsam, dann wieder eiskalt manipulierend und abweisend. Auch Hartwig ist sehr irritiert."

Meine Freundin hatte aufmerksam zugehört und äußerte sich in etwa so (den genauen Wortlaut weiß ich zwar nicht mehr, jedoch ist der Inhalt unseres Gespräches mir noch heute präsent): „Deine Sorgen und Befürchtungen kann ich sehr gut nachvollziehen. Auch ich denke, dass das Mädchen in seiner emotionalen und sozialen Entwicklung gefährdet ist, bzw. eine Persönlichkeitsstörung entwickeln könnte. Bei allem Verständnis und Engagement, das ihr für sie aufbringt, werdet ihr nicht um die Inanspruchnahme professioneller Hilfe durch eine erfahrene Kinder- und Jugendlichen-Psychotherapeutin herumkommen. Gewalterfahrungen, egal ob körperliche oder seelische, sexuelle Übergriffe oder Vernachlässigung sind traumatisch wirkende Erlebnisse und haben Einfluss auf die Entwicklung von Persönlichkeitseigenschaften. Auch die erneute Herausnahme aus einer Familie und der damit verbundene Beziehungsabbruch bedeuten eine weitere traumatische Erfahrung. Isabellas Reaktionen kann man als Überlebensstrategie verstehen, als Schutz vor Demütigung und Ausgeliefertsein, vor erneuter Enttäuschung sowie als Abwehr unangenehmer, nicht erklärbarer Gefühle. Wenn eine Gefühlswelle aus Trauer, Wut, Verzweiflung, Schuldgefühlen oder auch Scham-Angst über ein junges Mädchen hereinbricht, kann die Bewältigungsstrategie durchaus Gewalt gegen sich selbst sein und zur Selbstverletzung führen. Du siehst, eure Bedenken sind nicht grundlos."

Weiter fragte ich: „Könnte Isabellas Albtraum im Zusammenhang mit der sexuellen Nötigung durch den Freund

und der folgende Beziehungsabbruch ein Hinweis auf schon erlebten sexuellen Missbrauch sein?" „Das ist durchaus vorstellbar. Dann kommt hinzu, dass Mädchen, die ihre Weiblichkeit nicht durch einen liebevollen Vater gespiegelt bekommen, diesen Spiegel in anderen Männern suchen. Sie wollen immer gefallen und bewundert werden, gehen oft frühzeitig sexuelle Beziehungen ein." „Ach ja, diesen Spiegel sucht Isabella in Eric, Karl, Robert und in jedem Jungen, der ihr Aufmerksamkeit schenkt", schlussfolgerte ich.

„Aus meiner beruflichen Erfahrung heraus, gehen meine Gedanken und Befürchtungen darüber noch hinaus", nahm meine Freundin den Gesprächsfaden wieder auf. „Vielleicht handelt es sich aber nicht nur um die traumatischen und defizitären Erlebnisse in ihrer Lebensgeschichte, sondern sie hat noch gravierendere Ereignisse überleben müssen. Versuche doch einmal herauszufinden, ob Isabella womöglich existenziell bedrohliche Schockerlebnisse in ihrer Herkunftsfamilie hatte. Ich meine damit, ob sie hätte sterben können, ob sie Nahtoderlebnisse gehabt haben könnte." „Oh je, auf diese Überlegungen wäre ich allein nicht gekommen. Solche Themen spielten bei den Schulungen für Pflegeeltern keine Rolle. Ob sich die Mitarbeiterinnen des Jugendamtes damit auskennen? In der Lehrerausbildung kamen solche Fragen auch nicht vor. Ich werde mit Frau Braunkohl sprechen und fragen, ob in den Akten Hinweise zu finden sind", sagte ich darauf. „Wichtig wären solche Fragen wie: Wie war die Geburt? Wurde das Kind kontinuierlich beaufsichtigt, geschützt, gepflegt und ernährt? Was passierte insbesondere in den ersten drei Lebensjahren? Diese Fragen drängen sich mir auf wegen der Schwere der Persönlichkeitsänderung mit emotionaler Instabilität." Ich nickte

74

gedankenvoll. „Ach, und noch etwas, achte doch einmal unauffällig darauf, ob das Mädchen oberflächliche Narben an den Armen, Oberschenkeln oder am Bauch hat! Das könnten nämlich Hinweise auf Autoaggressionen durch Hautritzungen oder oberflächliche Schnittverletzungen sein", forderte mich meine sachkundige Freundin auf. „Diese Recherchen könnten für Fachkräfte und Psychologen sehr hilfreich sein, um eine geeignete Therapiemethode zu finden. Ich könnte mir vorstellen, dass bei Isi sogar eine komplexe posttraumatische Belastungsstörung vorliegen könnte", schloss Sigrid ihre Gedanken ab.

Mir schwirrte es im Kopf. Ich bedankte mich beim Abschied für die wertvollen Hinweise. Wahrlich, Isabella stellte für uns eine Herausforderung dar, die wir annehmen wollten.

Am Mittwoch blieb Isabella lange im Bett liegen. Sie rollte sich wie ein Fötus zusammen, wollte nicht aufstehen. Erst zum Mittagessen ließ sie sich sehen. Isi drruckste herum: „Du, Kalle, ich brauche deine Hilfe. Du musst nachher mit zum Sportplatz kommen. Die blöden Weiber wollen mich verkloppen. Vor dir haben die bestimmt Angst und lassen mich dann in Ruhe." „Ich muss gar nichts, Isi. Wenn du dich gestern daneben benommen hast, musst du die Sache selber klären. Dafür gibt es Redewendungen wie: Entschuldigung, ich habe das nicht so gemeint oder so ähnlich. Hat dir wirklich jemand Prügel angedroht?", hakte Karl nach. „Nee, *nich* wirklich, aber bei uns im Dorf war das bei Streit immer so und ich dachte, dass die hier *nich anderst* sind." „Aha, viel heiße Luft um nichts. Ich denke, Steve ist dein Beschützer?" „Na ja", sagte sie achselzuckend, „wir haben uns gestern gestritten." „Und deswegen traust du dich nicht mehr alleine raus?" Weiter mussten sie nicht diskutieren. Nicole und

Steve klingelten, um Isabella abzuholen. Aller Frust war vergessen. Karl beendete das Gespräch: „Du wolltest von mir einen Rat haben, was Max betrifft. Ich wäre an einer On - Off - Beziehung nicht interessiert und würde klare Verhältnisse schaffen." „Danke, Kalle, mit Max will ich *nix* mehr zu tun haben." Isabella wollte nur noch raus zu ihren Freunden. Das Drama war anscheinend vergessen, der Schrankkauf uninteressant.

Sie kam gut gelaunt pünktlich nach Hause, war wieder happy. Take it easy, Isi!

Am Donnerstag wirkte Isabella ruhelos. Sie machte sich sicher Gedanken darüber, was das Gespräch mit ihren Eltern bewirken würde. Zu Hause bleiben wollte sie auch nicht. Deshalb fragte Isi mich, ob sie nachmittags gemeinsam mit Frau Zet, Nicole und Steve in die Stadt fahren dürfte. Frau Zet klingelte persönlich, um Isabella abzuholen. Wir vereinbarten, dass sie spätestens 19 Uhr zu Hause sein sollte. Ich gab Isabella etwas Taschengeld und forderte von ihr Pünktlichkeit.

Hartwig kam direkt nach der Arbeit zum vereinbarten Termin. Wir trafen uns vor dem Verwaltungsgebäude. Die langjährigen Pflegeeltern waren schon eine halbe Stunde früher einbestellt worden. Es ging um Isabellas Bruder, der weiterhin in der Familie lebte und durch die neue Situation auch verunsichert war.

Während wir im Jugendamt Probleme wälzten und nach Lösungen suchten, ließ Isabella es sich gut gehen. Ein Einkaufsbummel war Balsam für die Seele. Frau Zet kaufte nicht nur für ihren Sohn Kleidung, sondern auch für die Nichte einen hübschen Pulli. An Isabella nagten Neid und Begehrlichkeit.

„Ach", sagte sie, „das ist ja ein tolles Teil. Ich muss immer wieder das gleiche anziehen, habe keine modernen Oberteile. Meine Mutter kauft mir nichts Neues, weil ich heute meine alten Sachen wiederbekomme. Und die sind wirklich oll! Na ja, Hauptsache heil und sauber, wie Oma immer sagt." Sie seufzte theatralisch. Das tat Frau Zet leid. Isabella bekam ein Shirt, mit Glitzersteinen besetzt, geschenkt. Als die Gruppe am Eisstand vorbeikam, bemerkte sie: „Hier schmeckt mir das Eis am besten. Aber heute nicht, ich habe nur noch 50 Cent, das reicht nicht für eine Kugel." Ha, das Jammern und Barmen zahlte sich aus. Zwei Portionen Eis durfte Isi sich aussuchen. Sie bedankte sich artig.

Die Eheleute Muster waren erfahrene, anerkannte Pflegeeltern und uns sogleich sympathisch. Warum ihnen Isabella in der Pubertätsphase so viel Ärger bereitete, konnten sie sich nicht erklären. Bei ihrer leiblichen Tochter war diese Zeitspanne kürzer und nicht so heftig. Auch die Mitarbeiterinnen vom Pflegekinderwesen hatten darauf keine Antwort. Ob die frühkindlichen Erfahrungen, die nicht bewusst erinnert werden können, jetzt noch eine Rolle spielen? Wir wussten es nicht.
Herr Muster erklärte seine Sicht: „Seit etwa einem Jahr beobachten wir, dass Isabella wohl stark mit der Pubertät zu kämpfen hat und die Aufmerksamkeit von jungen Männern auf sich ziehen möchte. Als sie mit einem Freund ankam, haben wir, bzw. meine Frau, eindringlich mit ihr gesprochen. Der Kerl war schon fast achtzehn, sie vierzehn. Gegen Grenzen und Verbote rebellierte Isi und traf sich heimlich mit dem Jungen. Der große Krach kam, als wir eine Telefonrechnung von über eintausend Euro erhielten. Es stellte sich heraus, dass der Freund spätabends R-Gespräche mit Isabella führte. Vor Empörung ist mir der

Kragen geplatzt. Ich habe sie angebrüllt, aber nicht geschlagen, das möchte ich klarstellen." Frau Muster ergänzte: „Schon als kleines Kind behauptete Isabella, wenn sie ausgeschimpft wurde, besonders von einem Mann, dass sie gehauen wurde. Sie stellte immer eine Verbindung zwischen Schimpfen und Schlagen her, bis heute noch." Frau Braunkohl sagte dazu: „Das könnte durchaus ein Hinweis auf frühe Erfahrungen im Elternhaus sein. Aus den Akten und Gesprächen mit den leiblichen Eltern geht hervor, dass Isabella kurz vor der Inobhutnahme schlimme Szenen mit Gewaltanwendung miterleben musste. Einerseits Geschrei und Prügel zwischen den Eheleuten, aber auch Gewalt durch Fremde gegen die Eltern." Mein Mann sagte: „Jetzt verstehe ich auch Isabellas widersprüchliches Verhalten mir gegenüber. Manchmal ist sie zugewandt, fast schmeichlerisch, andermal wieder abweisend, distanziert – besonders dann, wenn ich Kritik, was den Umgang mit Jungen betrifft, geäußert habe. Sie bietet sich regelrecht an, das finde ich abstoßend. Die männliche Jugend aus dem Ortsteil lungert schon vor unserem Haus herum, ruft und pfeift nach Isi." Ich konnte das nur bestätigen: „Wir fühlen uns zeitweise mitten in eine Seifenoper hineinversetzt, voller Lügen, Tricksereien, Liebeleien, Eifersucht, Schlussmachen und so weiter. Isabella glaubt, dass das Leben so wie im Fernsehen funktioniert. Sie ist regelrecht erstaunt, wenn wir ihr Zusammenhänge und mögliche Folgen ihres Handelns erklären und ihr spiegeln, wie wir uns fühlen, wenn sie versucht uns zu belügen und zu hintergehen."

Die zweite Sozialarbeiterin, Frau Finder, die bisher die Familie betreut hatte und weiterhin für Jan zuständig war, fasste zusammen: „Isabella scheint derzeit emotional sehr durcheinander zu sein. Bitte, liebe Familie Muster, sehen Sie die

Konflikte mit ihr nicht als ihr persönliches Versagen an. Sie haben bisher eine beispielhafte Arbeit geleistet und kümmern sich weiterhin um den jüngeren Bruder. Familie Stein hat sozialpädagogische Erfahrungen und kann Isabella daher professioneller begegnen. Wir sind auch durch die Hinweise von Frau Ziegel-Stein zu dem Schluss gekommen, dass Isabella einer Fachärztin für Kinder- und Jugendpsychiatrie vorgestellt werden sollte. Kollegin Braunkohl wird sich um einen zeitnahen Termin kümmern und alles Erforderliche in die Wege leiten. Die Fortschreibung des Hilfeplans wird entsprechend ergänzt."

Es wurden noch organisatorische Fragen geklärt. Frau Braunkohl, die unsere Ansprechpartnerin war, hatte entsprechend meiner Nachfragen zur frühkindlichen Entwicklung Isabellas einige Kopien aus den Akten angefertigt, die wir uns in Ruhe ansehen sollten und wurden gebeten, besondere Verhaltensweisen sowie Vorkommnisse zu dokumentieren und dem Jugendamt mitzuteilen.

Da Familie Muster Isabellas Kleidung und persönlichen Sachen nicht mitbringen konnte, entschlossen wir uns, diese abzuholen. So hatten wir die Gelegenheit, uns intensiver über das Mädchen auszutauschen. Ich informierte Kalle telefonisch, und dass Isi spätestens 20 Uhr zu Hause sein sollte.

Im Haus der ehemaligen Pflegefamilie lernten wir Jan und Eric kennen. Der Jüngere hatte an den Gesprächen der Erwachsenen kein Interesse und zog sich in sein Zimmer, welches ursprünglich Isabella bewohnt hatte, zurück. Wir informierten den jungen Mann darüber, was Isabella über das Verhältnis zu ihm behauptet hatte. Die Musters waren bestürzt, Eric regelrecht empört: „So eine Göre! Von wegen, meine Freunde gleich ihre Freunde, nächtliches gemeinsames Filme gucken in meinem Zimmer! Ich fasse es nicht! Alles erstunken und erlogen!" „Das dachten wir uns schon", versuchte ich Eric zu beschwichtigen. „Sie hat auch unserem Sohn diese Geschichten aufgetischt und sich damit erhofft, dass er die Rolle des Wunschbruders übernimmt. Isabella hat Sie idealisiert und bewundert. Wissen Sie, dass Isi in einem T-Shirt von Ihnen schläft?" Eric stöhnte: „Was sollen die Leute von mir denken, wenn sie solche Lügen herumerzählt. Nicht, dass mir noch sexueller Missbrauch unterstellt wird!"

Hartwig erklärte: „Wir denken keinesfalls so. Isabella unterscheidet nicht zwischen Wunschtraum und Wirklichkeit. Vielleicht ist das ihre unbewusste Strategie, das Unangenehme in ihrer derzeitigen Situation auszublenden, indem sie sich eine Phantasiewelt schafft. Wir werden mit ihr reden und sie mit Ihrer Sichtweise konfrontieren." Ich bekräftigte: „Wir, die langjährige und die neue Pflegefamilie, sollten uns nicht gegeneinander ausspielen lassen, sondern in Kontakt bleiben." Die Musters stimmten mir zu, schienen auch erleichtert zu sein. Sie übergaben uns mehrere große Plastiksäcke und Kartons mit Isabellas Hab und Gut.

Wir kamen gegen 19.30 Uhr daheim an, stellten die Sachen in Isis Zimmer ab. Den neuen Kleiderschrank hatten Hartwig und Karl am Abend zuvor aufgebaut. Nun war das Mädchenzimmer komplett. Karl hatte das Abendessen vorbereitet, wir erwarteten nur noch Isabella. 20.30 Uhr war sie immer noch nicht da. Ich rief bei Familie Zet an und erhielt die Auskunft, dass das Mädchen pünktlich 19 Uhr nach Hause gebracht wurde. Ihr Sohn und die Nichte seien auch nicht noch einmal weggegangen. Meine Freundin ging nicht ans Telefon, aber Robert, der mir sagte, seine Mutter sei mit Isabella per Fahrrad unterwegs. Er wunderte sich, wieso Isi nicht Bescheid gesagt hatte. Wir warteten nicht weiter mit dem Abendbrot. Vor dem Haus schlichen wieder ein paar Kerle herum.

Endlich kamen meine Freundin und Isabella zurück. Isi plapperte gleich entschuldigend los: „Tante Sigrid hat mich gefragt, ob ich Lust auf eine Radtour hätte, dann bin ich ..." „Moment mal, Isabella, bleib bei der Wahrheit! Du hast nachgefragt und behauptet, dass die Eltern erst 21 Uhr zurück sein werden und du so lange Ausgang hast, dass du Karl Bescheid gesagt hättest. Ich habe dir vertraut und bin jetzt verärgert, fühle mich benutzt." Isabella senkte den Kopf und stammelte: „*Tschuldigung*, ich konnte das Warten *nich* aushalten und wollte schnell was erleben." „Das verstehen wir ja", erwiderte Kalle, „doch mit einer Nachricht wäre dir kein Ärger entstanden." Hartwig meinte: „Eigentlich wollten wir mit dir noch über die Beratung beim Jugendamt und den Besuch bei Familie Muster sprechen, doch jetzt ist es zu spät. Ich muss morgen früh raus." Ich ergänzte: „Schade, nun gehst du sicherlich mit einem unguten Gefühl ins Bett. Nur so viel: Wir haben uns sehr gut mit deiner Pflegefamilie unterhalten und sollen dich von ihnen und Jan grüßen. Sie wünschen dir alles Gute." „Danke, hauchte Isabella, „ich möchte jetzt in mein Zimmer gehen. Und nein, ich habe keinen Hunger." „Gut, ich schaue in einer Stunde noch mal nach dir", sagte ich.
Bevor meine Freundin sich verabschiedete, stellte sie noch klar: „Isi hatte mich gesehen, als ich mit dem Rad losfahren wollte, kam angerannt und fragte, ob ich sie mitnehmen könnte. Angeblich wollte sie Karl Bescheid sagen. Sie holte ihr Rad und drängte mich, doch in Richtung Schule zu fahren, vielleicht, um wie zufällig jemanden zu treffen. Ich hingegen wollte ihr

stattdessen die herrlichen Wege durch Wiesen und Felder zeigen. Die Radtour war keine Freude für mich. Ständig hatte das Mädchen was zu meckern: mal war der Weg zu schmal, dann zu steinig, zu sandig, zu langweilig und so fort!" Ich stellte verärgert fest: „Also hat Isabella versucht, auch dich zu manipulieren. Doch auf die Idee, dass du sie durchschauen könntest, kam sie nicht." Sigrid stellte fest: „Dass Isabella es wagte, mich zu belügen, hätte ich nicht gedacht. Für eine Vierzehnjährige ist sie im sozial- emotionalen Bereich ziemlich unreif. Einerseits gibt sie sich klein-mädchenhaft, andererseits behauptet sie erwachsen zu sein und interessiert sich stark für sexuelle Themen. Isabella möchte um jeden Preis Beachtung finden, ist narzisstisch sehr bedürftig. Typisch für Jugendliche, die in ihrer frühen Kindheit emotional vernachlässigt wurden, keine sichere Bindung erfahren haben." „Das beobachten wir täglich", bestätigte ich. „Es geht dabei wie in einer Seifenoper zu: Der Ex hat Schluss gemacht, jetzt beteuert dieser, dass er es bereut und wieder mit ihr gehen möchte. Den nächsten, Steve, hat sie zwei Stunden zappeln lassen, dann nahm sie ihn zum Freund. Nebenbei macht Isi noch andere Jungs an, überlegt, ob sie den alten Freund doch dem neuen vorziehen sollte, diesen wieder abstößt oder sich lieber ganz neu verlieben möchte. Irgendwo wartet bestimmt der Traumprinz auf sie. Im Übrigen denke ich, dass Isabella nicht auf eine sexuelle Beziehung aus ist, sondern nur bewundert und verwöhnt werden möchte." „Dabei versucht sie jeden auszunutzen, um die Befriedigung ihrer Wünsche und Bedürfnisse zu erreichen, egal ob dich, mich, Karl oder Robert", stellte meine Freundin fest. Ich fügte hinzu: „Gut, dass wir das Spiel durchschauen und psychodynamisches Hintergrundwissen besitzen. Wer weiß, welche Überraschungen uns noch

bevorstehen! Danke, dass du dich um Isi gekümmert hast." „Gute Nacht." „Fortsetzung folgt bestimmt", lachte ich auf. „Schlaf gut!"
Als ich 22 Uhr nach Isabella schaute, schlief sie schon, zusammengerollt mit einem Plüschhund im Arm.

Am nächsten Morgen unterhielt ich mich mit Isabella über die Ereignisse des letzten Tages. Ich erklärte zum wiederholten Mal, dass sie durch Lügen und Trickserei unser Vertrauen verspielt: „Du kannst mit uns über alles sprechen, wir hören dir zu. Wenn du es wünschst, helfen wir dir, Lösungen für Probleme zu finden. Auch Kalle, aber er möchte nicht für deine Zwecke ausgenutzt werden ..., genauso wenig wie Eric ..." Ich machte eine Pause und schaute Isabella an. Sie darauf: „Wieso? Was ist mit Eric?" „Er war entsetzt, als wir ihm deine tolldreisten Storys, die du uns aufgetischt hast, erzählten. Du weißt, welche ich meine?" Sie zuckte mit den Schultern: „Welche Storys denn?" Ich nannte ihr einige Stichpunkte: „Partys im Jugendclub, Horrorfilme gucken, dabei auf Erics Bett liegen zum Beispiel. Deine Eltern waren ebenso geschockt. Auch wir wussten nicht so recht, was davon zu halten ist. Wunschtraum oder Wahrheit? Kannst du mich aufklären?" Isabella schwieg und schluckte, sah mich nicht an. „Sage mir, wer hat gelogen, Eric oder du?" „Ich", gab sie kleinlaut zu. „Was wolltest du mit diesen Behauptungen erreichen?" Sie wich aus und fragte: „Seid ihr mir jetzt böse und schickt mich ins Heim?" „Nein, Isabella, wir sind eher traurig und möchten verstehen, was dich bewegt. Wir wissen, dass deine jetzige Lage nicht einfach für dich ist. Vielleicht hilft es dir, darüber zu reden." Isabella erklärte: „Ich bin doch nun fast erwachsen. Kalle und Rob sind bloß fünf, sechs Jahre *älter wie* ich.

Ich möchte so gern ihre Freundin sein und sie könnten mich mitnehmen, wenn sie was unternehmen. Ich will auch in die Disco gehen, zum Billard spielen oder zum Bowling. Immer wird mir alles verboten!" „Dachtest du etwa, dass wir die coolere Familie seien und dir all deine Wünsche erfüllen könnten?" „Na ja, ihr habt mich nicht wie ein dummes Kind behandelt, habt euch auch dafür interessiert, was ich denke. Kalle hat mich am Anfang auch ernst genommen. Ich will gleichberechtigt sein!" „Aha. Hast du inzwischen erkannt, dass eine knapp Fünfzehnjährige nicht die gleichen Freiheiten wie volljährige junge Erwachsene haben kann, dass es einen Unterschied zwischen Wunschtraum und Wirklichkeit gibt?" Sie nickte und sagte: „Ich mache das nie wieder. Ich unternehme lieber was mit meinen neuen Freunden. Darf ich jetzt raus?" Sie hatte das Rufen und Pfeifen wahrgenommen. „Achte nicht auf die Pfiffe, du bist schließlich kein Hund", lachte ich. „Du kannst dich für den Nachmittag verabreden. Bitte räume erst deine Sachen in den Schrank und packe deine Reisetasche. Denke auch an einen warmen Pullover, eine wetterfeste Jacke und Schuhe." „Mache ich", rief sie wieder fröhlich, flitzte nach draußen, um einen Treffpunkt auszumachen. Auch ich hatte noch einiges für den bevorstehenden Familienurlaub zu packen und zu organisieren.

Familienurlaub

Wir hatten kurzfristig zwei Bungalows am Kummerower See für acht Tage gebucht. Nicht nur das Wetter wirkte wenig ermutigend, sondern auch der Zustand des Urlaubsquartiers. Eine Putzaktion war unumgänglich. Alle packten mit an, so war die Arbeit schnell erledigt. Isabella spielte derweil mit unserer Enkelin. Danach erkundeten wir die Umgebung der kleinen Ferienanlage, die sicher schon bessere Zeiten erlebt hatte. Die erste Enttäuschung für Isi: kein Handyempfang. Zweite Enttäuschung: keine Jungen in der Nähe auszumachen, nur Familien mit kleinen Kindern. Dritte Enttäuschung: Es gab bloß einen winzigen Fernseher, der erst mit einer provisorischen, selbst gebastelten Zimmerantenne aus Draht in Gang gesetzt werden konnte. Und schon maulte das große Kind: „Hier ist es langweilig. Wie soll ich das denn aushalten?" Unsere Tochter, die einen Teil ihres Urlaubs traditionell mit uns verbringen wollte, tröstete Isabella. „Ärgere dich nicht, wir machen es uns eben schön. Was hältst du vom Shoppen? Wir zwei könnten in die Stadt fahren und alles Nötige besorgen." Sofort hellte sich Isabellas Mine auf. Nach dem Einkauf suchten beide im Wald nach geeignetem Naturmaterial, um daraus hübschen Tischschmuck zu basteln. Isabella gefiel das. Sie hängte sich förmlich an „ihre neue große Schwester".
Leider lud das Wetter nicht zum Baden ein. Deshalb unternahmen wir mit Isabella viel, zum Beispiel Ausflüge nach Rostock und Stralsund. Abends wurde gegrillt, beim Lagerfeuer gescherzt und gequatscht oder wir machten Gesellschaftsspiele. Solange Isabella aktiv beschäftigt und bespaßt wurde, zeigte sie sich zufrieden und umgänglich. Aber als unsere beiden Söhne,

Tochter und Schwiegertochter mal etwas ohne Isabella unternehmen wollten, benahm sich Isi sehr zickig, wollte unbedingt mitgenommen werden. Schließlich fügte sie sich und beschäftigte sich mit Mathilda. Beim Spiel wollte sie der Zweijährigen ihre Ideen aufdrängen, was der Kleinen deutlich missfiel. Ich musste der Großen erklären, dass sie erst herausfinden müsse, wann kleine Kinder bereit zum Toben oder Spielen sind.

Am vorletzten Urlaubstag wurde das Wetter richtig schön. Endlich konnten wir das angemietete Boot mit Außenbordmotor nutzen. Isabella nahm den Platz am Bug ein und posierte, theatralisch die Arme ausgebreitet, den Kopf in den Nacken gelegt, als Galionsfigur. Sie wurde zwar pitschnass, aber das störte sie nicht. Hartwig überließ ihr später sogar kurzzeitig das Steuer. Das Mädel war mal wieder schwer begeistert und mächtig stolz auf sich und seine Fähigkeiten.

Am nächsten Tag stand die Rückreise an. Wir legten einen Zwischenstopp ein, um eine Schwester Hartwigs zu besuchen. Wieder wurde es Isabella unter den Erwachsenen langweilig. Sie beteiligte sich nicht am Gespräch, begann dann aber von sich zu erzählen und beschwerte sich: „Mir hört ja keiner zu. Ich will endlich nach Hause!" Dabei hielt sie ihr Handy in der Hand. Sie hoffte auf Anrufe oder SMS, das eigene Gesprächsguthaben (15 Euro) war bereits aufgebraucht. Wir wollten schon aufbrechen, als der jugendliche Sohn – unser Neffe – eintraf. Er begrüßte uns freudig und fragte: „Nanu, wen habt ihr da mitgebracht?" Als ob Isabella einen Schalter umgelegt hätte, begann sie nun zu strahlen: „Hallo, ich bin Isi, deine neue Cousine." Er schaute uns irritiert an. „Pflegetochter", informierte

Hartwig. „Tja und ich bin Konrad", sagte er und setzte sich zu uns. Plötzlich hatte es Isabella gar nicht mehr eilig nach Hause zu fahren. Sie textete den Jungen gleich zu, achtete nicht darauf, dass Konrad, den sie sofort Konny nannte, gerade eine Frage seiner Mutter beantwortete. Das wurde meinem Mann zu bunt. Er gab das Signal zum Aufbruch.

Am späten Sonntagnachmittag kamen wir an. Isabella wurde schon erwartet. Sie konnte noch bis 19 Uhr draußen bleiben. Isi erschien zwar pünktlich, forderte jedoch eine Ausgangsverlängerung. Um ihren Wunsch zu bekräftigen, brachte sie Nicole, Steve und noch einen Jungen mit, der mir irgendwie bekannt vorkam. Ich vertröstete die Truppe auf den nächsten Tag.

Nach dem Urlaub

Nach unserem Familienurlaub, am Montagvormittag, fuhren Hartwig und ich zum Einkaufen. Isabella wollte ihre Sachen sortieren und aufräumen, damit sie nachmittags wieder mit ihren Freunden losziehen konnte. Ihr Interesse galt Mario, dem Cousin von Steve und Nicole, deren Väter Brüder sind. Mir war eingefallen, wo mir der junge Mann schon begegnet war. Er ist der Typ, mit dem Isabella vor unserem Urlaub im Bushäuschen Zärtlichkeiten austauschte.

Es stellte sich heraus, dass Mario Zet, was man ihm nicht ansah, bereits 21 Jahre alt war. Wenn er zugegen war, durften Isabellas Freunde wegtreten. Das erfuhr ich am nächsten Morgen an der Haltestelle von Nicoles Mutter. Sie sagte noch, dass ihr Neffe nicht der richtige Umgang für Isabella wäre. Ich bedankte mich für die Hinweise und teilte die Befürchtungen.

Auch unserem Sohn war nicht entgangen, dass Isabella sich einen neuen Freund an Land gezogen hatte. Sie schrieb ihm:

Kalle ich bin Hals über Kopf verliebt. Hilf mir bitte.
Wenn du was gegen meinen Freund hast dann sage es mir und gib mir Tips die ich auch anwenden kann. Isi

Am Dienstag hatte ich bereits 9 Uhr einen Termin bei Frau Braunkohl im Jugendamt, um weitere Schritte abzusprechen. Ich erzählte von Isabellas wechselnden Freunden, und dass sie jetzt mit Mario Zet gehe, dem Cousin von … „Bloß nicht!“, stöhnte die Sozialarbeiterin auf. Dabei schlug sie die Hände vors Gesicht. „Das dürfen wir nicht zulassen! Die Familie des jungen Mannes ist seit zwanzig Jahren dem Jugendamt bekannt. Mario Zet trinkt viel Alkohol, geht keiner Arbeit nach, hat keinen guten Ruf. Wegen mehrerer Delikte stand er schon vor Gericht. Das könnte ihm wieder passieren, denn er ist 21 Jahre alt und würde sich strafbar machen, wenn er Isabella zum Sex überreden würde." „Das gefällt mir aber gar nicht", stöhnte ich nun. „Mein Mann und ich werden uns noch heute die beiden vorknöpfen, das heißt natürlich, vernünftig mit ihnen reden." Frau Braunkohl informierte mich, dass sie einen Gesprächstermin bei der zuständigen Ärztin in der Kinder- und Jugendpsychiatrie organisieren konnte. Gleich am nächsten Tag sollten wir 17 Uhr mit Isabella in die Klinik kommen. Da wir noch Urlaub hatten, konnte ich dem Terminvorschlag zustimmen. Frau Braunkohl händigte mir weitere Kopien von Entwicklungsberichten aus der Akte aus, die wir uns durchlesen sollten, um ein Verständnis für Isabellas Kindheitserfahrungen mit den Umbrüchen in ihrem Leben entwickeln zu können, bzw. Kenntnis von diesen zu erhalten.

Abends vertieften wir uns in die Lektüre. Erschütternd! Das Schicksal dieses Mädchens ist unfassbar! Isabella kann sich an Ereignisse aus ihrer frühen Kindheit nicht erinnern; diese können nicht benannt werden. Doch Gefühle von Verlassensein und Angst sowie verschiedene traumatische Erfahrungen werden im Unterbewusstsein gespeichert, wabern dort wie Nebelschwaden, werfen Schatten auf die verletzte Seele.
Die langjährige Pflegemutti hatte uns bereits einige Begebenheiten aus der Anfangszeit mit ihr erzählt. Isabella zeigte in bestimmten Situationen panische Angst. Sie schreckte vor dem dunklen Kellerfenster im Haus zurück, zuckte zusammen, wenn sie laute Männerstimmen hörte, fing dann an zu weinen, nässte

bei hochgradiger Erregung sogar ein. Wenn Isabella an den Wochenenden wach war, krabbelte sie gern ins Bett der großen Schwester zum Spielen und Toben. Vor dem großen Ehebett der Pflegeeltern erstarrte sie und jammerte: „*Nis in Bett! Mama autehn.*" Verwahrlosung, physische und psychische Gewaltanwendung in frühester Kindheit, die mehrmalige Trennung von der Mutter, das Entbehren einer verlässlichen Bezugsperson, die Schutz und Sicherheit hätte bieten können, haben tiefe Spuren hinterlassen. Äußerlich sah man das dem Kind nicht an. Isabella zeigte sich meistens unbeschwert, lachte gern, ging offen, ohne das alterstypische Fremdeln, auf andere Menschen zu. Allerdings wirkte ihr Verhalten mitunter distanzgemindert oder sogar aufdringlich, was sich bis heute noch beobachten lässt. Mehrere Umbrüche in ihrem jungen Leben führten zu einem unsicheren, ambivalenten Bindungsverhalten gegenüber den Bezugspersonen.

Es war an der Zeit, dass Isabella eine verhaltenstherapeutische oder andere psychotherapeutische Begleitung erhalten sollte. Unsere Aufgabe bestand nun darin, das Mädchen dabei zu unterstützen und ihr ein sicheres Umfeld zu bieten. Eine anspruchsvolle Aufgabe!

Isabella konnte es kaum erwarten, dass ich aus der Stadt zurückkam. Sie lief mir entgegen und wollte aushandeln, dass sie bis zum Abendessen draußen bleiben könnte. Doch es war nötig, mit ihr über den Hilfeplan, das Therapieangebot sowie den Umgang mit Mario zu sprechen. Äußerst unwillig stimmte sie zu und hoffte, danach noch die Freunde zu treffen.

Da wir im Vorfeld schon über die Notwendigkeit und Chancen einer Verhaltenstherapie gesprochen hatten, akzeptierte Isabella den kurzfristigen Termin. Zu Mario Zet befragt, erklärte sie, dass der junge Mann für sie nur ein Kumpel sei, den sie durch Nicole und Steve kennengelernt habe und der öfter seine Verwandten besuchen würde. Er quatsche eben gern mit ihr.

Wenn man vom Teufel spricht, ist er oft gleich zur Stelle. Mario stand vor dem Haus und pfiff nach Isabella. Hartwig lud ihn ein, am Gespräch teilzunehmen. Wir erklärten, dass wir keine Kontaktverbote aussprechen würden, gewisse Regeln aber notwendig seien. Hartwig machte dem jungen Mann unmissverständlich klar, dass Isabella knapp fünfzehn Jahre alt sei und er sich bei der Aufnahme sexueller Handlungen strafbar machen würde. Dieses Gespräch war Mario Zet äußerst unangenehm. Er beteuerte, dass sie sich doch nur nett unterhalten hätten. Außerdem seien sein Cousin und die Cousine stets dabei gewesen. Isabella bestätigte das heftig nickend. Beide wussten nicht, dass Nicoles Mutter mir etwas anderes berichtet hatte.

Am nächsten Morgen sah Isabella übernächtigt und blass aus. Mein Mann fragte, ob es ihr nicht gut ginge, doch sie zischte nur: „Das geht dich gar nichts an! Lass mich in Ruhe!" Hartwig fühlte sich wie vor den Kopf gestoßen, konnte sich nicht erklären, weshalb das Mädchen so abweisend war. Zu mir sagte er: „Irgendetwas stimmt mit Isabella nicht. Vielleicht redet sie mit dir."

Tatsächlich, sie war froh mit mir sprechen zu können: „Ach Margret, ich hatte wieder diesen schrecklichen Traum!" „Ist dir der Traum noch in Erinnerung oder waren es einzelne Bilder, die dich gequält haben?" „Es fühlte sich echt an. Jemand hat mich verfolgt. Ich wollte wegrennen, war aber wie gelähmt und kam kaum vorwärts. Dann bin ich hingefallen. Ein großer Mann – der sah wie ein Gespenst aus – setzte sich auf meine Beine und hielt meine Hände fest. Dann … Dann hat der mir was in den Mund gedrückt. Ich hatte Angst, dachte, dass ich ersticken muss. Davon bin ich wach geworden. Weil ich Angst hatte, dass der Traum weitergeht, bin ich aufgestanden und habe mich vor den Fernseher gesetzt. Und jetzt bin ich müde." Ich nahm Isabella in den Arm und versicherte ihr: „Bei uns bist du sicher, wir beschützen dich."

Die Schilderung ihres Albtraums machte mich betroffen. Was hinter den Traumbildern stecken könnte, wollte ich mir besser nicht vorstellen. Mir war klar, dass Albträume als Ausdruck seelischer Konflikte auftreten und mit Angsterlebnissen einhergehen.

Sigrid erklärte mir später einmal, dass das Gehirn die Erfahrung eines Nahtod-Erlebnisses als unausweichliches Schicksal im Mandelkern speichert, die Weiterleitung zur Großhirnrinde jedoch nicht erfolgt. Bei einer Retraumatisierung werden die Ängste mit den psychovegetativen Sensationen wieder aktiviert, da das Bewusstsein überlebt zu haben, nicht in der Großhirnrinde angekommen ist.

Vorstellung und Anamnese in der KJP

Mittwoch, 17. August – wir fuhren mit unserer Pflegetochter in die Klinik für Kinder- und Jugendlichen-Psychiatrie. Während wir mit der Ärztin und Frau Braunkohl sprachen, füllte Isabella unter Anleitung einer Psychologin zur Anamnese einen Persönlichkeitsfragebogen aus.

Die Sozialarbeiterin umriss die bisherige Entwicklung des Mädchens und las ihren Bericht vor: „Anfangs lebte Isabella mit ihrem vier Jahre älteren Bruder in einer noch intakten Familie. 1990 wurden beide Eltern arbeitslos. Der Vater entwickelte eine Alkoholabhängigkeit, die Mutter litt unter Depressionen und hatte später ebenfalls ein Alkoholproblem. Beide Eltern begaben sich mehrmals in Therapien, die Kinder wurden in Obhut genommen. Danach konnten die Kleinen, mit Unterstützung des Jugendamtes, des ASD und einer Familienhelferin, zunächst wieder im elterlichen Haushalt leben. Wenig später zog die Familie um, nahm die Hilfen nicht mehr in Anspruch. Der Mann wurde rückfällig, die Kindesmutter erlitt erneut einen Krankheitsschub. Es kam zu häuslicher Gewalt und Vernachlässigung der Kinder, die wieder in Obhut genommen werden mussten. Isabella wurde zunächst stationär behandelt, da sie an Unterernährung, Krätze und Kopfläusebefall litt, sie hatte eitrige Kratzwunden an Armen, Beinen und Körper. Nachdem das zweijährige Mädchen wieder körperlich genesen war, kam es zunächst in ein Kinderheim und kurz darauf in die Bereitschaftspflege zu Familie Muster, deren leibliche Kinder damals zehn und vierzehn Jahre alt waren. Dort erlebte Isabella eine stabile und harmonische Familienatmosphäre, sodass anfängliche Ess- und Schlafstörungen, häufiges Einnässen sowie Angstzustände sich bald abschwächten.

Da das Pflegeverhältnis zeitlich begrenzt angelegt und nach erfolgreicher Therapie der Eltern eine Rückführung in die Herkunftsfamilie vorgesehen war, wurde dieses Ziel im Hilfeplan festgehalten. Die Pflegeeltern arbeiteten sehr kooperativ mit dem Jugendamt zusammen und begleiteten die Wiederaufnahme des Kontakts zwischen Eltern und Kind in den Räumen des Jugendamtes. Es fanden mehrere Begegnungen statt, die auf das kleine Mädchen sehr verstörend wirkten. Jedes Mal verlief die erneute Trennung für beide Seiten schmerzlich. Allerdings vermochten Isabellas Eltern die Auflagen des Jugendamtes nicht auf Dauer und zuverlässig einzuhalten, erschienen mehrmals nicht zu vereinbarten Terminen. Sie verfielen erneut in ihre alten Verhaltensmuster und Gewohnheiten. Ihr Zusammenleben war geprägt von Zank, Streit, Gewalttätigkeiten unter den Eheleuten und anderen Personen, wieder Versöhnung, Verleugnung der Probleme, Geldnot, Verschuldung, schließlich Wohnungslosigkeit, erneute Erkrankung, Klinikeinweisung. Die Konsequenz war zunächst der Entzug des Aufenthaltsbestimmungsrechts für die Kinder, später sogar Entzug des Sorgerechts." Frau Braunkohl holte tief Luft und setzte ihren Bericht fort: „Die Eheleute Muster übernahmen die Dauerpflege für Isabella, zu der die gesamte Familie ein enges, liebevolles Verhältnis entwickelt hatte. Im Kindergarten brachte das Mädchen aufgrund seiner Lebhaftigkeit und Umtriebigkeit häufig Unruhe in die Kindergruppe. Isabella fiel es schwer sich einzuordnen. Mittels Zank und Streit versuchte sie ihre Interessen durchzusetzen. Sie konnte sich nie lange konzentrieren, wechselte häufig die Beschäftigung, verlor rasch wieder das Interesse an einem eroberten Spielzeug. In der feinmotorischen sowie sprachlichen Entwicklung zeigte das Kind Rückstände und erhielt deshalb Frühförderung. 1997 wurde Isabella altersgemäß eingeschult. In der Grundschule erzielte sie durchschnittliche Leistungen. Auffälligkeiten bestanden in den Bereichen Aufmerksamkeit, Konzentration, Lernmotivation sowie im Sozialverhalten.

Isabella erfuhr viel Aufmerksamkeit, Verständnis und Rücksichtnahme sowie individuelle Förderung." Wir hörten gespannt zu. „Gibt es Fragen dazu?" Die Ärztin wollte wissen, seit wann die gravierenden Verhaltensprobleme bestehen und ob es womöglich dafür eine auslösende Situation gab.

Die Sozialarbeiterin vom Pflegekinderwesen erklärte ihre Vermutung: „Im Jahr 2001, in den Sommerferien zwischen der vierten und fünften Klasse, nahm Familie Muster ein weiteres Pflegekind auf. Ausgerechnet den jüngeren, leiblichen Bruder Isabellas, von dessen Existenz sie keine Ahnung hatte!" Ich schlussfolgerte: „Als nunmehr große Schwester war Isabella faktisch entthront. Ich entnehme aus dem, was sie bisher erzählte, dass Isabella zwischen Liebe, Neid und Missgunst ihrem Bruder gegenüber schwankte. Der erneute Umbruch in ihrem Leben, die Angst vor Liebesentzug und Zurückweisung, dazu pubertäre körperliche Veränderungen, bedeuteten für das Mädchen ernstzunehmende Probleme." Frau Doktor X. nickte bestätigend und stellte weitere Fragen. Der nächste Punkt umfasste die schulische Entwicklung. Dazu hatte ich aus den mir zur Verfügung stehenden Unterlagen und den Aussagen der Pflegeeltern einen Bericht zusammengestellt, den ich der Ärztin übergab.

Isabella blieb im Lernen zurück. Sie konnte ab der sechsten Klasse, trotz Gewährung eines Nachteilausgleichs und individueller Förderung, die schulischen Anforderungen, besonders in Mathematik und Deutsch, nicht mehr ausreichend erfüllen, wurde nach dem siebenten Schuljahr nicht versetzt.

Ab der 8. Klasse besuchte Isabella eine Förderschule für Lernbehinderte. Wieder in einer neuen Klasse, suchte Isabella ihren Platz sowie Anerkennung, indem sie sich Freundschaft erkaufte. Sie verschenkte Süßigkeiten oder auch Geld. Reichte ihr Taschengeld nicht aus, bediente sie sich heimlich aus dem Portemonnaie der Mutti. In ihrer Freizeit war das Mädchen meistens unterwegs, besuchte Schulfreundinnen oder Nachbarn. Häufig gab es Ärger, weil Isabella zu spät nach Hause kam, da sie kein Zeitgefühl besaß. Sie erledigte ihre Hausaufgaben nur, wenn sie direkt dazu aufgefordert wurde oder gab vor, keine aufzuhaben.

Isabella erreichte an der Förderschule ohne Mühe gute und sehr gute Lernergebnisse, wurde selbstständiger und selbstbewusster. Sie ging nun gern zur Schule, fand Freundinnen und auch Anerkennung bei den Jungen. Doch Isabellas Unbeständigkeit, wechselnde Freundschaften, das Einmischen in die Belange anderer führten immer mehr zu Streitereien und schließlich zur Ablehnung. Nach wie vor versuchte das Mädchen seine Interessen durchzusetzen und sich in den Mittelpunkt zu drängen, was wiederum zu Konflikten führte.

Frau Braunkohl erklärte, dass auch das Familienverhältnis unter Spannungen litt, da Isabella ihr gesetzte Grenzen und Regeln häufig missachtete. Im Alter von vierzehn Jahren freundete sie sich mit einem annähernd Achtzehnjährigen an, was die

Pflegeeltern nicht akzeptierten. Isabella rebellierte, das Vertrauen in sie war zerrüttet. Sie beendete ihren Bericht mit der Erklärung: „Im Juli spitzten sich die Konflikte so zu, dass die Pflegeeltern Hilfe beim Jugendamt suchten. Familie Ziegel-Stein hat die Bereitschaftspflege übernommen und ist bereit, Isabella während einer Langzeit-Therapie zu begleiten."

Mein Mann und ich berichteten von unseren Beobachtungen und Erlebnissen mit Isabella. Besonders kritisch sahen wir ihre Darstellungen über das Verhältnis zum Pflegebruder sowie die Ansprüche, die sie an unseren Sohn stellte.

Auf das Erstgespräch mit den Erwachsenen folgte die Gesprächsrunde mit Isabella, in der alle Beteiligten Fragen zur aktuellen Situation und zum eigenen Befinden beantworten sollten. Isabella wurde zum Beispiel aufgefordert, auf einer Skala von 1 bis 6 einzuschätzen, wie belastend sie ihre aktuelle Situation empfindet, wobei 1 wenig und 6 sehr stark bedeutet. Sie verstand die Aufgabenstellung nicht und erzählte stattdessen, dass es bei uns sehr schön sei, wir genug Zeit für sie hätten und viel mit ihr reden würden. Dann sprach sie über ihre neuen Freunde und behauptete die Großen hätten sie sogar gern zum Billard spielen mitgenommen. Begeistert wollte sie ausführlich von besagtem Abend erzählen, doch die Ärztin gab zu verstehen, ihr seien Einzelheiten nicht wichtig.

Auch wir als neue Pflegeeltern sollten unsere Sichtweise dazu darlegen. Aus dem Gesprächsverlauf ging hervor, dass Isabella nicht in der Lage war, die Folgen ihres Handelns einzuschätzen, sie verstand unsere Bedenken nicht. Von der Sozialarbeiterin musste sich das Mädel sagen lassen, seine Wünsche und Ansprüche seien nicht altersangemessen. Die Ärztin fragte: „Isabella, woher hast du diese Ideen und Vorstellungen, wie du deine Freizeit verbringen und dich kleiden möchtest?" Völlig unbekümmert antwortete sie: „Na aus dem Fernsehen, vom Musiksender und den Serien."

Isabella sollte während des abschließenden Gesprächs zwischen der Ärztin und den Erwachsenen ein paar Minuten draußen warten. Frau Doktor X. vermutete, dass aufgrund der intellektuellen Voraussetzungen eine Gesprächspsychotherapie wahrscheinlich wenig bringen würde, was sie aber erst nach ein paar Einzelgesprächen und weiteren Tests genauer einschätzen könne. Isabella sollte an einem Sozialtraining teilnehmen und Ergotherapie erhalten. Erste Termine wurden festgelegt.

Nach dem Familiengespräch hatte Hartwig Kegel-Training, während Isabella und ich mit der Tram in die City fuhren, um Schulmaterial einzukaufen. In die Straßenbahn stieg ein stark angetrunkener, übel riechender Mann ein, der Selbstgespräche führte. Eigentlich war sein lautes Reden ein Dialog mit einer imaginären Frau – er sprach beide Rollen in unterschiedlicher Stimmhöhe und Lautstärke. Der Mann schien wütend zu sein, schlug mit der Faust gegen die Scheibe. Dann schrie er: „Ich bin der schlimmste Verbrecher von Deutschland!" Isabella sackte neben mir zusammen, machte sich klein und möglichst unsichtbar. Sie war sehr blass, saß zusammengesunken - die Hände, ineinander verkrampft, zwischen den Knien - unfähig sich zu regen, abwartend da. Leise, sie sachte am Arm berührend, sagte ich zu ihr: „Isabella, komm, wir steigen aus." Sie schreckte wie aus einem Albtraum auf. An der nächsten Haltestelle verließen wir die Bahn. Das Mädchen atmete hörbar aus. Ich fragte: „Wie hat der Mann auf dich gewirkt?" „Schrecklich, ich habe fürchterliche Angst gehabt und zittere jetzt noch." „Auf mich wirkte das Verhalten auch erschreckend. Kannst du dir vorstellen, dass der Mann womöglich Vater ist und seine Kinder auch lieb hat?", wollte ich wissen. „Die armen Kinder!", flüsterte Isabella erschauernd. Ich ahnte, dass tiefsitzende Empfindungen bei Isabella reaktiviert wurden und versuchte zu erklären: „Wenn ein Elternteil alkoholabhängig oder psychisch krank ist, kann dieser sich nicht mehr ausreichend um seine Kinder kümmern und für sie sorgen." „Dann kommen sie ins Heim oder in eine Pflegefamilie – wie ich und mein Bruder", seufzte Isabella. Ich vermutete: „Deine Angst wurde womöglich durch Erfahrungen aus deiner frühen Kindheit ausgelöst. Du hast die Möglichkeit, beim nächsten Therapiegespräch darüber und auch über deine Albträume zu sprechen. Und wir sind für dich da." Sie nickte stumm.

Nach dem Einkauf holten wir Hartwig von der Kegelbahn ab und fuhren gemeinsam nach Hause. Isabella wirkte am Abend sehr still und in sich gekehrt, sie zog sich gleich in ihr Zimmer zurück.

Hartwig, Karl und ich saßen noch lange zusammen und fragten uns, wieso Isabella in ihrem Verhalten so zwiespältig und wechselhaft war. Ich vermutete, dass besondere Situationen als Auslöser wirken könnten und berichtete vom Erlebnis mit dem Alkoholiker in der Straßenbahn. Hartwig erinnerte mich an einen Erfahrungsaustausch mit anderen Pflegeeltern, bei dem die Pflegemutter eines Dreijährigen von einer Familienfeier erzählte: Der Kleine wurde am späten Abend wach und bekam eine Panikattacke, sodass er lange nicht zu beruhigen war. Die Erklärungsversuche für diese Situation gingen damals auch in die Richtung, dass Ereignisse aus früher Kindheit nicht bewusst, aber gefühlsmäßig erinnert wurden. Erregte Stimmen und lautes Lachen, Gerüche nach Tabak und Alkohol könnten Angst auslösend gewirkt haben. Meine Freundin sprach diesbezüglich von Triggern.

Auch Familie Muster hatte uns von Begebenheiten erzählt, die sie sich nicht erklären konnten. Isabella zeigte zu Beginn des Pflegeverhältnisses starke Auffälligkeiten. Sie hatte Angst vor dunklen Räumen sowie vor Männern und sprach oft vom „Schneemann" oder „Weißem Mann", der sehr böse sei. Isabella weinte, wenn sie zu Bett gebracht werden sollte. Nach überstandener Krätze quälte sie noch lange heftiges Hautjucken, häufig nässte sie nachts ein, erlitt im Traum Weinkrämpfe und ließ sich danach nur schwer beruhigen.

Ich habe noch heute großes Mitleid mit dem kleinen Mädchen von damals und verspüre Hochachtung vor den Pflegeeltern, die dem belasteten, verunsicherten Kind zuverlässig Liebe und Sicherheit in einer stabilen Familie gegeben haben. Anfang der Neunziger Jahre waren Kenntnisse über Posttraumatische Belastungsstörungen sowie die Auswirkungen von Bindungsstörungen bei Pflegekindern allgemein noch nicht bekannt. Die kindlichen Verhaltensweisen wirkten rätselhaft. Erzieher, Lehrer oder Pflegeeltern fühlten sich oft hilflos oder glaubten sogar, dass sie versagt hätten.

Im Wechselbad der Gefühle

Am nächsten Tag verbrachte Isabella ihre Freizeit wieder mit Nicole und Steve. Wir forderten sie auf, pünktlich um 19 Uhr zurück zu sein, weil wir abends Freunde besuchen wollten. 18.45 Uhr klingelte Karls Telefon. Isabella war dran: „Hi Kalle, bist du schon zu Hause? Ich habe ein Problem. Mein Handy sendet keine SMS mehr. Ich kann meinen Freund nicht erreichen. Du musst mir helfen! Frage doch gleich mal die Eltern, ob ich, wie alle anderen auch, bis 21 Uhr draußen bleiben kann. Du könntest ja auf mich aufpassen. Komm doch gleich zum Sportplatz und bringe mir eine Flasche Wasser mit!" „Sonst noch Wünsche? Im Übrigen bin ich nicht dein Diener. Frage selber, ob du bleiben kannst!", forderte Karl und reichte mir das Handy. Verärgert sagte ich: „Wir erwarten, dass du pünktlich hier bist und abends, wie abgesprochen, daheim bleibst. Bis gleich!" 19.30 Uhr war sie noch nicht da. Wir gingen ihr entgegen. Es stellte sich heraus, dass die anderen Teenies bereits zu Hause waren. Wieso verlangte Isi Ausgang bis 21 Uhr? Wollte sie sich etwa mit Mario treffen? Hartwig nahm ihr das Handy ab, weil sie innerhalb von zwei Stunden die fünfzehn Euro ihres Gesprächsguthabens bereits aufgebraucht hatte. Nur unwillig und schmollend folgte sie uns.

Wir hatten oft das Gefühl, dass Isabella selten zufriedenzustellen war. Sie wollte stets beschäftigt werden, viel erleben, gesehen werden. Anfänglicher Begeisterung folgten rasch Unlust und Langeweile, wie tags darauf im Erlebnisbad. Eigentlich sollte Nicole mit dabei sein, aber ihr Vater erlaubte es nicht. Darüber war Isabella richtig sauer.

Isi nutzte jeweils einmal die Riesenrutsche, den Strömungskanal und das Wellenbad, setzte sich danach auf eine Liege und meckerte herum, dass ihr langweilig sei. Sie wollte zurück, wir dagegen wollten ausgiebig schwimmen und uns entspannen. Als wir uns wieder zu ihr gesellten, hatte Isabella ihre Meinung schon wieder geändert, sich einer Familie mit zwei kleinen Kindern angeschlossen und spielte mit diesen.

Abends waren wir bei Stöckleins zum Grillen eingeladen. Isabella fühlte sich für die Unterhaltung zuständig. Sie las Schüler- und Lehrerwitze vor und wollte deren Sinn erklären. Kalle, Robert und seine Freundin fragten nach, machten entsprechende Zwischenbemerkungen, die Isi gar nicht mitbekam, was die Sache für die jungen Leute sehr lustig machte. Manchmal grübelte Isabella auch, wo die Stelle zum Lachen sei und welcher Sinn dahinter stecken könnte. Beispiel gefällig? Sie las vor: „ ‚Papa, stell dir vor, wir lernen jetzt in der Schule Orthografie!', erzählt Fritzchen stolz. ‚Typisch! Die sollten euch lieber mal die Rechtschreibung beibringen!' ... Also ich weiß nicht, wieso das ein Witz sein soll", schüttelte Isi ungläubig den Kopf. Kalle erwiderte: „Da fällt mir gleich der nächste ein. Fritzchen fragt: ‚Papa, was ist ein Vakuum?' ‚Hm, warte mal, ich hab's im Kopf.' " Nun war Isabella völlig verwirrt. Sigrids älterer Sohn hatte den nächsten parat: „Ein Bayer steigt in den Paternoster und sagt zum Mitfahrer: ‚Grüß Gott.' Der junge Mann antwortet: ‚Entschuldigung, so weit nach oben fahre ich nicht.' " „Hä? Ihr seid doof! Das sind doch keine Witze!", beschwerte sich Isabella und klappte ihr Witze-Buch zu.

Sonnabend, 20. August: Wir begleiteten Hartwig zu einem Punktspiel seines Kegelvereins. Isabella verlor schnell das Interesse und langweilte sich. Zum anschließenden Mannschaftstreffen im Garten eines Kegelfreundes wollte sie nicht mehr mitkommen. Sie hatte am Vortag ein weiteres Mädchen aus der Nachbarschaft kennengelernt. Nora war sechzehn Jahre alt und lebte ebenfalls in einer Pflegefamilie. Die beiden hatten sich für den Nachmittag verabredet.

Wir vereinbarten, dass Isi spätestens 20.30 Uhr im Haus sein sollte und dass wir sie über das Festnetz anrufen würden. Falls sie sich nicht an die Absprache halten würde, müsste sie in Zukunft bei uns bleiben. Diesmal hatte alles gut geklappt. Isabella erzählte, dass sie mit Nora eine Radtour gemacht habe und dass diese jetzt ihre beste Freundin sei.

Zwei Tage später erfuhr ich von Noras Pflegemutter, dass Isabella abends, auch noch nach 20.30 Uhr, mehrfach bei ihnen geklingelt hatte, weil sie mit Nora per Fahrrad zur Disco fahren wollte. Das gestatteten die Pflegeeltern natürlich nicht.

Unser Sohn informierte uns, dass das verrückte Ding am Sonnabend nachmittags fast einen Verkehrsunfall verursacht hätte. Wir stellten unsere Pflegetochter zur Rede, welche die gefährliche Situation herunterspielte und behauptete, dass sie Kalle nur ein bisschen ärgern wollte. Bei ihrer Radtour erkannte sie auf der anderen Straßenseite Richtung Ortsausgang Karls Auto und fuhr abrupt in die Straßenmitte. Isabella beachtete jedoch nicht das nach ihm fahrende Fahrzeug. Den völlig überraschten Fahrern gelang gerade noch rechtzeitig eine Vollbremsung. Bei Gegenverkehr wäre ein Unfall nicht zu verhindern gewesen. Für Isabella war die Aktion nur ein Spaß, die Gefahrensituation konnte und wollte sie nicht realistisch einschätzen, ein Unrechtsbewusstsein sowie Bedauern waren nicht zu erkennen.

Nach den Sommerferien

Die Ferienzeit neigte sich dem Ende zu. Am Montag begannen für mich die Vorbereitungstage in der Schule, Hartwig hatte noch eine Woche Urlaub, in der er ein Auge auf Isabella werfen konnte. Wie würde sich die Betreuung des unsteten Mädchens gestalten lassen, wenn wir beide wieder arbeiten mussten?

Jedenfalls gestattete mein Mann ihr, mit Steve und Nicole zum Baden ins Freibad zu fahren. Als Isabella wie vereinbart gegen 17.30 Uhr ankam, war ich über ihren Aufzug erstaunt. Sie hatte sich auffällig geschminkt, trug ein kurzes Sommerkleid und dazu gefütterte Stiefeletten mit Absatz. Das sah nicht nach einem Freibad-Besuch aus! Ich fragte: „Na Isi, wie war's beim Baden?" „Och, wir sind doch nicht ins Bad gegangen. Das war überfüllt und es gab keine Schattenplätze mehr", behauptete sie. „Woher wusstest du das?", fragte Hartwig. Sie antwortete: „Das hat man schon von draußen gesehen, da sind wir gleich wieder umgekehrt." Es war klar, dass Isabella uns mal wieder angelogen hatte. Ihr war nicht bewusst, dass wir die Örtlichkeiten des Freibades gut kannten. Von außen ist ein Einblick gar nicht möglich. Wir ließen die Aussage erst mal so stehen. Hartwig fragte: „Und wie hast du den Tag dann verbracht?" „Wir sind durch die Stadt gebummelt und waren Eis essen. Dann hat uns Steves Mutter mit dem Auto nach Hause gefahren."

Isabella wollte gern nach dem Abendessen wieder losziehen. Das lehnten wir ab und machten den Vorschlag, lieber eine Runde Karten zu spielen. Bald gesellte sich Karl noch zu uns. Wir saßen gemütlich bei einem Feuerchen und Kerzenschein zusammen. Isabella fragte ihren „großen Bruder", ob sie ihm was zu essen mitbringen sollte. Er meinte: „Wenn du das unbedingt willst, dann nimm ein Brötchen, höhle es etwas aus, stecke eine Scheibe Käse, gewürzt mit Salz und Chili, hinein. Lege das Käsebrötchen auf einen Teller und stelle ihn für fünfzehn Sekunden in die Mikrowelle!" Isi wiederholte: „Brötchen aushöhlen, Käse mit Salz und Chili rein, fünfzehn Sekunden Mikrowelle." Es dauerte eine Weile, bis sie wieder erschien. Ich vermutete, dass sie die Zeitangabe missverstanden haben könnte. Leider hatte ich recht! Nach fünfzehn Minuten brachte sie kichernd ein Stück „Kohle" mit heraus, hatte aber in der Zwischenzeit einen Obstteller hergerichtet.

Am Dienstag hatten wir den nächsten Termin bei der Kinder- und Jugendlichen-Psychiaterin. Diese fragte Isabella, wie die letzte Woche aus ihrer Sicht verlaufen sei, was gut und weniger gut war. Sie sagte nur: „Die Woche war gut." Ihre Antworten fielen kurz und ziemlich einsilbig aus. Auf die Frage, was mir eventuell nicht gefallen haben könnte, erwähnte sie die Radtour vom Sonnabend. Isabella sollte genauer darüber berichten; sie beschönigte die Situation. Daraufhin wurde ich befragt, was aus meiner Sicht gut, beziehungsweise weniger gut gewesen sei. Mit meiner Antwort überraschte ich Isabella. Sie konnte ja nicht wissen, dass ich morgens im Bus mit Nicoles Mutter gesprochen hatte. Von ihr erfuhr ich, dass Isabella am Montag gar nicht mit zum Baden gefahren war, sondern sich mit ihrem Neffen Mario im Park herumgetrieben hatte. Als ich davon erzählte, senkte Isabella den Kopf, zeigte aber keine weitere gefühlsmäßige Reaktion und schwieg. Die Ärztin verdeutlichte dem Mädchen den Ernst seiner Situation, aber auch die Chancen, die eine Therapie, mit unserer verständnisvollen Begleitung, bieten könnte. Knallhart stellte sie klar: „Solltest du weiterhin lügen und gefährliche Situationen herbeiführen, dann kommt nur noch eine Heimeinweisung für dich infrage!" Auch dazu schwieg Isabella.

Karl holte uns von der Klinik ab. Vor unserem Haus warteten schon Nicole und Steve. Bevor ich sie wegschickte, sprach ich mit ihnen darüber, dass sie sich von Isabella nicht benutzen lassen sollten, dass zur Freundschaft Ehrlichkeit und Zuverlässigkeit gehören.

Isabella wollte sich gleich in ihr Zimmer verziehen, doch ich bat sie um eine Aussprache im Familienkreis. Ich informierte Hartwig und Karl über den Ablauf der Therapiestunde. Beide reagierten feinfühlig und verständnisvoll, obwohl sie auch Ärger verspürten. Hartwig fragte: „Isi, kannst du dir denn nicht vorstellen, dass du offen mit uns reden kannst? Warum musst du Lügengeschichten erfinden, um dich mit einem Freund zu treffen?" Sie sagte nur: „Ich dachte, dass ihr mir das verbieten würdet." Mein Mann machte dem Mädchen wiederum unmissverständlich klar, dass Absprachen und Regeln unbedingt einzuhalten sind, damit wir uns aufeinander verlassen können. Isabella schien erleichtert zu sein, dass wir sie nicht sofort für das Lügen und den Vertrauensmissbrauch bestraften. Sie sagte: „Entschuldigung und danke, dass ihr mit mir sprecht."

Für sie war nun alles wieder gut. Isi folgte mir in die Küche, sie hatte noch Redebedarf. Wollte sie schmeicheln oder steckte der ehrliche Wunsch nach Zugehörigkeit dahinter, als sie mich fragte, ob ich es bemerkt hätte, dass sie mich im Auto Karl gegenüber Mama genannt hatte? „Ich habe es gehört, aber nicht als Anrede verstanden", erklärte ich. „Du weißt ja, dass wir nur vorübergehend familienähnlich zusammenleben. Darüber, wie es nach der Therapie weitergeht, entscheiden dein Vormund und das Jugendamt. Deshalb sollten wir dabei bleiben, dass du uns beim Vornamen nennst."

Mittwoch, 24. August: Es war Isabellas letzter Ferientag. Sie schlief nochmal gründlich aus, ordnete dann ihr Schulzeug, räumte auf und wartete auf mich. Sie wirkte unruhig und unsicher. Wir besprachen mit ihr den Schulbeginn. Isi wusste, dass auch ihr jüngerer Bruder, der ja noch bei Familie Muster lebte, ab dem neuen Schuljahr ebenfalls die Förderschule besuchen würde. Einerseits freute sie sich auf das Wiedersehen, andererseits befürchtete sie, dass Jan sie ignorieren oder gar verachten würde.

Wir hatten am Abend mit der Klassenleiterin telefoniert, ihr Isabellas besondere Situation geschildert sowie gleich einen Gesprächstermin vereinbart.

Isabella war am Donnerstagmorgen sehr aufgeregt und auch erleichtert, dass sie nicht allein mit dem Schulbus fahren musste. Nicole wartete bereits auf sie. Hartwig hatte versprochen, dass er sie nach dem Unterricht abholen würde.

Wir hatten uns mit der Klassenlehrerin verabredet. Da bereits eine Stunde früher als erwartet der erste Schultag beendet war, wurde Isabella mit den anderen Schülern nach Hause geschickt. Frau Wind hatte nicht viel Zeit. In aller Kürze besprachen wir organisatorische Fragen. Ich bat darum, dass Mitteilungen und Einträge möglichst nicht in das Hausaufgabenheft geschrieben werden sollten, sondern in ein extra Pendelheft. Dabei dachte ich an ihr altes Schülertagebuch, das uns Frau Muster mitgegeben hatte. Dieses enthielt weniger Einträge für Hausaufgaben als rot geschriebene Tadel und Beschwerden von Fachlehrern sowie seitenweise Schmierereien von Isabella. Die Lehrerin informierte uns noch, dass sich der ehemalige Schüler Mario Zet schon morgens auf dem Schulhof aufhielt und mit Isabella sprach. Sie stellte klar, dass der junge Mann Hausverbot habe und in der Schule unerwünscht sei.

Isabella wartete vor dem Haus auf uns. Sie sprudelte gleich drauflos, wollte ihre Erlebnisse sofort mitteilen. Das Treffen mit Mario verschwieg sie. Viel wichtiger war ihr die Tatsache, dass ihre Mitschüler verblüfft waren, denn wie üblich provozierten sie das Mädchen, doch es reagierte nicht wie erwartet. Isi rastete nicht aus, sondern ignorierte die dummen Bemerkungen, ging den Angreifern aus dem Weg. Während der Hofpause starteten sie einen erneuten Versuch. Einigen aus der Klasse blieb nicht verborgen, dass ihr Bruder jetzt ebenfalls die Förderschule besuchte. Sie forderten den Jungen auf, Isabella anzurempeln und zu treten, was er auch prompt ausführte. Jan spuckte Isi an und meinte, dass sie nicht mehr seine Schwester sei und dass er nichts mehr mit ihr zu tun haben wolle.
Darüber war das Mädel sehr aufgebracht. Wir fragten, wie sie sich jetzt fühle und wie sie sich den Umgang mit Jan vorstelle. Isabella wünschte sich einfach Ruhe und Frieden. Ich äußerte die Vermutung, dass auch ihr Bruder mit der Situation überfordert und verunsichert sein könnte. Vielleicht konnte er nicht damit umgehen, dass seine Schwester nun in einer anderen Familie lebte.

Am nächsten Tag stellte Isabella Jan zur Rede. Sie sagte ihm, dass sie sich auf ein Wiedersehen gefreut hatte und nicht verstehen konnte, dass er so garstig zu ihr war. Jan verhielt sich abweisend und beantwortete knapp die Fragen nach der Familie. Er hatte die Order bekommen, sich von seiner Schwester fernzuhalten und sagte: „Du gehörst nicht mehr zur Familie, kannst gar nichts erwarten, weil du mit deiner ewigen Telefoniererei bei den Eltern einen großen Schaden angerichtet hast. Das haben sie mir erzählt." Er drehte sich um und rannte weg.

Der zweite Schultag verlief ansonsten ohne Vorkommnisse. In der Klasse war man weiterhin erstaunt, dass Isabella sich zurückhaltend verhielt. Es herrschte scheinbar eine entspannte Atmosphäre, wenn nicht diese unterschwelligen Provokationen – Blicke, Gesten, Bemerkungen – gewesen wären.

Am Nachmittag zeigte mir mein Mann die Telefonrechnung des letzten Monats. Diese war deutlich höher als gewöhnlich. Er stellte fest, dass Isabella, wenn sie allein zu Hause war, ausgiebig telefoniert hatte – auch mit ihren Ex-Freunden. Als Konsequenz richtete er für das Festnetztelefon einen Pin ein. Somit musste Isabella mit ihrem Handyguthaben sparsamer umgehen oder fragen, wenn sie das Festnetz nutzen wollte. Damals gab es ja noch keine Telefonflatrate.

Abends fuhren Isabella und ich mit Kalle zum Stadtfest. Nachdem wir den Treffpunkt und die Zeit für die Rückfahrt ausgemacht hatten, ging er seine eigenen Wege. Auf dem Festgelände gab es neben den üblichen Verkaufsständen und Fressbuden verschiedene Karussells sowie mehrere Bühnen mit Unterhaltungsprogrammen. Isi zog es zur Veranstaltung eines Radiosenders. Dort trafen wir meine Freundin Sigrid, die mit Robert und dessen Freundin unterwegs war. Während wir Frauen am Rand standen und zuschauten, begaben sich die jungen Leute weiter nach vorn, denn Isabella wollte ganz nah am Geschehen sein. Als der Moderator zwei Freiwillige suchte, die sich zutrauten auf der Bühne einen Sirtaki mitzutanzen, meldete sich Isi spontan und gleich darauf ein Mann - in Jeans-Kleidung, mit grauen Schläfen und Fokuhila-Frisur -, der allerdings nicht mehr ganz nüchtern war. Isabella gab ihr Bestes, sonnte sich im Scheinwerferlicht und kam so richtig in Partystimmung. Daher war sie enttäuscht, dass wir gleich nach dem Feuerwerk das Festgelände verließen.

Isabella wollte am nächsten Tag unbedingt wieder zum Stadtfest, was wir jedoch nicht eingeplant hatten. Daher tischte sie uns eine Geschichte auf und behauptete, dass Nicoles Mutter angeboten hätte, sie nachmittags mitzunehmen. Hartwig glaubte ihr nicht. Als er Frau Zet anrufen wollte, gab Isi kleinlaut zu, dass sie sich das zwar gewünscht hatte, aber nichts daraus geworden sei. In Wahrheit wollte sie sich mit Mario treffen, der sich mit einem Zettelchen im Briefkasten angekündigt hatte. Schließlich war sie doch bereit, mit uns eine Radtour zu unternehmen.

Die Welt dreht sich um Isabella

Am späten Nachmittag traf sich Isabella mit ihrer Clique auf dem Sportplatz und kam sogar pünktlich zurück. Zu gern wäre sie länger draußen geblieben.

Nach dem Abendessen spielten wir mit ihr Karten. Sie verlor gleich die erste Runde. Plötzlich fing Isi an zu jammern und hielt sich den linken Arm. „Was ist denn los?", fragte Hartwig. Sie erzählte, dass sie mit einigen Jungs Fußball gespielt hatte und bei einer Rempelei hingefallen war. „Und jetzt tut mir der Arm *übelst* weh", klagte sie. In der Tat, der linke Ellenbogen war etwas geschwollen und wurde daher gekühlt. Später jammerte Isabella, dass sie in den Fingern ein Kribbeln verspüre und kaum noch ein Gefühl darin habe. Meinem Mann wurde ihr Herum-Barmen zu bunt, sodass er die Sache abklären lassen wollte. So suchten wir nach 21 Uhr den Notdienst auf und mussten eine ganze Weile warten.

Die Ärztin sprach Isabella mit Sie an und ließ sich den Hergang schildern. Während der Untersuchung klagte das Mädel übertrieben stark. Es war unklar, ob eine ernstere Verletzung vorliegen könnte. Also wurden wir zum Röntgen geschickt. Wieder warten. Danach gingen wir mit der Aufnahme zurück zur Ärztin. Erleichterung unsererseits, kein Knochenbruch. Darüber war die wehleidige Patientin gar enttäuscht. Sie erzählte der Ärztin, dass sie aber einen Gips haben möchte, denn dann könnten alle aus der Klasse ihre Unterschrift darauf schreiben. Der Arm tue doch so weh! Halb irritiert, halb belustigt sprach die Ärztin wie zu einem jüngeren Kind: „Tja, wenn du so schlimme Schmerzen hast, müssen wir dich noch neurologisch untersuchen lassen. Wenn dann alle Befunde vorliegen, wird der Chirurg entscheiden, ob du einen Gipsverband bekommst." Wir waren etwas ratlos. Spielte Isabella Theater? Genoss sie es, dass sich alles um sie drehte?

Der nächste Arzt erklärte dem Mädchen, dass es zu einem inneren Hämatom (Bluterguss) im Ellenbogengelenk kommen könnte, was zu einer Operation führen würde. Deshalb müsste noch eine Sonografie durchgeführt werden, um die Flüssigkeitsansammlung im Gelenk beurteilen zu können. Nach zweieinhalb Stunden Diagnostik kam die Entwarnung. Das Taubheitsgefühl rührte wahrscheinlich von der Stauchung des „Musikantenknochens" sowie Reizung des Nervs her. Isabella bekam einen Salben-Verband verpasst, für den sie eine grüne Binde auswählte. Schließlich gab sie sich mit dem auffälligen Verband und einer Sportbefreiung zufrieden. Die ganze Prozedur hatte sie sehr ermüdet, denn wir kamen erst nach Mitternacht wieder zu Hause an.

Montag, 29. August: Obwohl Isabella wenig geschlafen hatte und noch Schmerzen verspürte, wollte sie zur Schule gehen. Ich schrieb eine Information für die Klassenlehrerin ins Mitteilungsheft.

Nachmittags beschwerte sich Isabella, dass einige Mitschüler keine Rücksicht genommen hätten. Im Gegenteil, sie wurde ausgelacht und angerempelt. Sie erzählte empört: „Kevin hat mich mit Absicht geschubst. Da bin ich fast ausgerastet und habe ihn angeschrien: ‚Du Blödmann, *verpiss dich*!' Aber es gab auch hilfsbereite Mädchen. Sie haben mir aus der Jacke geholfen, den Ranzen getragen, Schulsachen aus- und eingepackt. Ihnen tat es leid, dass ich Schmerzen hatte." Ich dachte mir, dass Isi es dennoch genießen konnte, so viel Aufmerksamkeit zu bekommen und erkundigte mich nach den Schmerzen und Missempfindungen in den Fingern. Erfreulich, das Taubheitsgefühl war weg!

Mittwoch, 31. August: Hartwig hatte Frühschicht und auch ich verließ vor Isabella das Haus. Wir mussten uns darauf verlassen, dass sie rechtzeitig zum Schulbus ging. Gewöhnlich wurde sie von Nicole, der treuen Seele, abgeholt.
Isabella war wie abgesprochen nachmittags zu Hause. Hartwig fuhr sie zur Therapie und brachte sie anschließend wieder zurück. Da er noch zum Kegeltraining musste, übernahm Kalle die „Bespaßung" des Mädchens. Ich kam erst nach 20 Uhr wieder daheim an. Isi verkündete erfreut, dass ihr Arm wieder in Ordnung sei und dass es in der Schule diesmal keinen Ärger gegeben hätte. Sie wollte zeitig schlafen gehen. Ich fühlte mich nach dem anstrengenden Tag müde und wie ausgelaugt, ahnte nicht, dass Isabella die Schule geschwänzt hatte.

Das erfuhr ich am nächsten Morgen an der Bushaltestelle. In unserem Stadtteil verhielt es sich ähnlich wie in einem Dorf – es blieb aufmerksamen Mitmenschen nichts verborgen. Eine junge Frau, die in einer betreuten Wohngemeinschaft lebte, sprach mich an: „Sie sind doch die Mutter von Isabella. Wieso verbieten Sie ihr alles, warum darf sie nicht rausgehen? Wieso kaufen Sie ihr keine neuen Sachen? Sie haben doch bestimmt genug Geld. Das finde ich gemein!" Erstaunt fragte ich die junge Frau: „Woher kennen Sie das Mädchen? Hat es Ihnen solche Geschichten aufgetischt?" Frau Zet hatte zugehört und erklärte: „Die beiden haben sich bei uns kennengelernt. Wir unterstützen die junge Frau öfter mal, sie hat doch keine Angehörigen. Ich habe mich

114

gestern Mittag schon gewundert, als ich Isi mit Elisabeth auf der Straße traf. Meine Tochter hat mir erzählt, dass ihre Pflegetochter nicht in der Schule war." So erfuhr ich, dass Isabella sich bei Elisabeth die Zeit vertrieben hatte, statt zum Unterricht zu gehen. Dort ließ sie sich beköstigen und verschiedene Sachen schenken. Die junge Frau glaubte ohne Argwohn dem Erzählten und war mitfühlend. Mit einem gekonnten Seufzen hatte sich Isabella an die neue Freundin gewandt: „Oh, du hast aber eine hübsche Nachttischlampe. So eine hätte ich auch gern. Aber die würden meine Pflegeeltern nie für mich kaufen. Na ja, die alte tut es ja auch." Und schon bekam sie das Objekt ihrer Begierde geschenkt. Und weil das so gut geklappt hatte, wurde noch ein Versuch gestartet: „Die Schuhe sind aber schick! Ich hatte noch nie Hacken-Schuhe", sprach sie und schwups, gingen diese in ihren Besitz über.

Am Nachmittag holte Isabella mich vom Bus ab. Sie hatte die Absatzschuhe und ein mir unbekanntes, tief ausgeschnittenes Oberteil an. Was würde sie mir wohl diesbezüglich auftischen? Ich fragte aber zunächst: „Wie war's in der Schule?" „Wie immer, komme klar." „Hast du deine Hausaufgaben schon erledigt?" „Nein noch nicht", erklärte sie, „ich habe den Schlüssel im Haus vergessen und die Tür zugezogen. Deswegen konnte ich nach der Schule nicht rein." „Wo hast du den Ranzen gelassen?" „Im Schuppen, ich hole ihn gleich." Wir schlenderten nach Hause. Isabella jammerte: „Ich habe ja solchen Hunger. In der Schule habe ich nicht viel gegessen, hat nicht geschmeckt. Soll ich uns einen Obstsalat machen?" Das Angebot nahm ich gern an. Inzwischen kam auch Hartwig von der Arbeit. Isabella wollte sich zurückziehen, angeblich um noch zu lernen. Ich sagte: „Bleib noch ein Weilchen bei uns. Wir essen gemeinsam deinen köstlichen Obstsalat und können uns in Ruhe unterhalten." Hartwig stimmte mir zu und fragte: „Wie kommst du mit dem Lernen und deinen Mitschülern zurecht?" „Alles in Ordnung. Die anderen haben sich dran gewöhnt, das ich nicht mehr austicke", behauptete Isabella und setzte dann eine bekümmerte Miene auf: „Ich bin nur traurig, dass Jan mir aus dem Weg geht und gesagt hat, dass ich nicht mehr seine Schwester sein kann." Mein Mann hakte nach: „Hast du eine Idee, was du oder auch wir unternehmen könnten, damit ihr wieder freundlich miteinander umgehen könnt?" Sie zuckte mit den Schultern. „Sollen wir mal mit der Mutti sprechen?", fragte ich. Hastig lehnte Isabella das Angebot ab: „Nein, nein, das kann ich allein klären." „Gut, wenn du Unterstützung brauchst, sage uns Bescheid. So, nun bringe bitte dein Hausaufgabenheft und das Pendelheft her!", forderte ich sie auf. „Wir haben nichts aufbekommen und Frau Wind hat auch nichts eingeschrieben", behauptete sie. „So, so, das sollen wir glauben?" „Warum denn nicht?", erwiderte Isabella beleidigt. Hartwig schaute mich fragend an. Er ahnte schon, dass etwas nicht stimmte. „Warum belügst du uns?" Mit gespielter Empörung begehrte sie auf: „Ich lüge nicht!" Sie zerrte das Pendelheft aus dem Ranzen und warf es auf den Tisch: „Hier, überzeuge dich! Da steht nichts drin!" „Wenn es so ist, musst du dich auch nicht so aufregen", versuchte Hartwig sie zu beschwichtigen und bemerkte: „Du hast ja heute ein gewagtes Oberteil an. Damit warst du hoffentlich nicht in der Schule." „Ach wo, das würde ich nie machen. Das Shirt habe ich geschenkt bekommen. Ich konnte heute Nachmittag nicht rein, weil ich den Schlüssel liegengelassen habe. Da bin ich zu einer Freundin gegangen. Und die hat mir Sachen gegeben, die ihr nicht mehr passen", erklärte Isabella mit Unschuldsmiene. „Hm, das stimmt nur zum Teil. Ich weiß, dass du zumindest gestern die Schule geschwänzt hast!"

Weiter kam ich nicht, das Telefon klingelte. Frau Wind fragte nach, ob Isabella noch krank sei, denn dann würde sie eine schriftliche Entschuldigung benötigen. Nicole hätte ihr Bescheid gesagt. So erfuhr ich, dass unser Pflegekind bereits zwei Tage der Schule ferngeblieben war und dass es in der Klasse unter den Mädchen einen großen Krach gegeben hatte.

Ich konfrontierte Isabella mit den Tatsachen. Ihr fehlten die Worte. Sie vergoss bittere Tränen. Dann erzählte sie, dass einige Mädchen sie mobben würden. Und weil sie das nicht mehr aushalten würde, habe sie geschwänzt. „Hast du so wenig Zutrauen zu uns, dass du uns Geschichten auftischst, statt mit uns zu reden?", fragte Hartwig mit Nachdruck. Wir versicherten ihr, dass sie sich auf unsere Unterstützung verlassen könne. Isabella versprach hoch und heilig, den nächsten Tag wieder zur Schule zu gehen. Ich ließ mir noch erklären, wie sie Elisabeth kennengelernt hatte und weshalb sie so gern mit ihr zusammen war.

Irgendwie fühlte sich unser Pflegekind zu den sehr einfach strukturierten, aber freundlichen Menschen aus dem Betreuten Wohnen hingezogen. Isabella verstrickte sich in Lügengeschichten, weil sie eine Standpauke befürchtete. Wieder erstaunte es sie, dass wir anders als erwartet reagierten, obwohl sie unseren Unmut spürte, aber auch dass wir uns aufeinander vertrauend einig waren. Natürlich waren wir verärgert, doch es gab weder ein Anbrüllen noch Schuldzuweisungen. Stattdessen fragten wir nach den Beweggründen für ihr Handeln, sprachen mit ihr über zwischenmenschliche Beziehungen. Letztendlich hielten wir die ausgehandelten Vereinbarungen schriftlich fest und auch die logischen Konsequenzen, falls diese nicht eingehalten würden.

Am nächsten Tag legte Isabella unaufgefordert ihr Mitteilungsheft vor und entschuldigte sich nochmals. Die Klassenlehrerin bat um einen Gesprächstermin. Isabella erzählte, dass ihr Bruder von sich aus mit ihr geredet hätte. Er teilte ihr stolz mit, dass er am Sonnabend mit dem Vati ins Stadion zum Fußballspiel gegen „Schalke" gehen würde. Voller Neid und Verbitterung sagte sie: „Ich durfte nie mit ins Fußballstadion! Immer wird Jan vorgezogen! Wenn ich mal was geschenkt kriegte, musste ich es wieder abgeben. Aber mein Bruder braucht nur zu betteln, dann werden seine Wünsche erfüllt!" „Ich kann mir gut vorstellen, dass dich das oft gekränkt hat. Manchmal fühlt es sich so an, als ob das jüngere Geschwisterkind mehr geliebt und bevorzugt wird. Ob es so ist, weiß ich nicht", erwiderte ich.

Sonnabend, 3. September: Wir saßen gemeinsam beim Frühstück. Hartwig fragte Isabella, wie die Stimmung in der Klasse inzwischen sei und ob sie sich mit Jan ausgesprochen hätte. Sie berichtete ehrlich und war aufgebracht, dass ihr Bruder das Fußballspiel live erleben dürfe. Sie sei doch auch Schalke-Fan und würde zu gern dabei sein. „Eigentlich hast du dies gerade nicht verdient! Wir wollen nicht nachtragend sein, da du dir ernsthaft vorgenommen hast, die Probleme in der Schule anzugehen und in Zukunft ehrlich zu sein. Nun gut, wir nehmen dich mit", gab ihr Hartwig zu verstehen. „Wie mitnehmen, wohin?", fragte Isabella verwirrt. „Ich habe schon vor zwei Wochen drei Karten für das Spiel heute Nachmittag gekauft! Deine Karte wollte ich

118

eigentlich ..." „Juchhu! Juchhu! Danke!", freute Isabella sich überschwänglich.

Im Fußballstadion war es brechend voll. Unsere Isi hielt es nicht auf ihrem Platz. Sehen und gesehen werden – das war ihr Ziel. Ständig sah sie sich um, ob sie Bekannte entdecken könnte. Bald hatte Isabella auf der gegenüberliegenden Seite den Fan-Club ihres Heimatortes ausgemacht. Dort vermutete sie auch ihren Bruder und den Pflegevater. Endlich - ganz in der Nähe ein bekanntes Gesicht – ein Junge aus unserem Ortsteil! Den quatschte sie sogleich an. Das Spiel schien ihr nun weniger zu bedeuten. Wichtiger war für sie dabei gewesen zu sein, mitreden zu können.

In der folgenden Woche hatte Hartwig Spätschicht und bekam Isabella dadurch kaum zu Gesicht. Somit war ich ihr wichtigster Ansprechpartner. Ich hatte den Eindruck, dass sie sich besonders bemühte mir zu gefallen. Sie kam pünktlich nach Hause, erledigte ihre Schulaufgaben, legte unaufgefordert das Pendelheft vor, half im Haushalt. Wir hofften inständig, dass Isabella inzwischen verstanden hatte, dass sie sich bei uns nicht verstellen muss, dass über alles geredet und gemeinsam nach Lösungen im Konfliktfall gesucht werden kann.

Lügengeschichten und Schulstress

Am Freitag entschuldigte sich Isabella bei mir, dass sie ihr Hausaufgaben- sowie Pendelheft unter der Schulbank vergessen hätte. Sie versicherte, dass aber alles in Ordnung sei und meinte noch kess, ich könne ja Frau Wind anrufen. Tja, so etwas kann passieren, ich wollte ihr Glauben schenken. Isabella bekam Ausgang bis 20 Uhr. Alles in Ordnung? Von wegen!

Abends rief die Lehrerin an. Sie äußerte den begründeten Verdacht, dass das Mädchen versuche, uns gegeneinander auszuspielen. Isabella hatte am Mittwoch in der Schule gefehlt, aber sich telefonisch entschuldigt, dass sie den Schulbus verpasst hätte. Eine schriftliche Entschuldigung, bzw. Unterschrift im Mitteilungsheft konnte sie nicht vorweisen, behauptete jedoch, sie hätte das Heft zu Hause vergessen. Die Klassenlehrerin wollte sich erkundigen, ob das stimme und erzählte, dass es in der Klasse wieder häufiger zu Konflikten zwischen Isabella und einigen Mitschülern gekommen sei. Mehrere Kolleginnen und besonders der Physiklehrer beschwerten sich mehrfach, dass durch die verbalen Auseinandersetzungen der Fachunterricht gestört würde.

Isabella erschien überpünktlich und hatte im Schlepptau Nicole und Steve mitgebracht. Sie fragte: „Darf ich noch eine Stunde länger draußen bleiben? Bitte. Die anderen haben auch bis 21 Uhr Ausgang", was ihre Freunde bestätigten. Meine Antwort: „Heute nicht. Verabschiede dich!" Isabella wollte protestieren. Ich sagte etwas schärfer: „Nein!" Schmollend wollte sie sich in ihr Zimmer zurückziehen. Ich folgte ihr nach oben und verlangte: „Gib mir sofort das Hausaufgaben- und das Pendelheft!" „Aber ich habe dir doch gesagt, dass ich beides in der Schule liegengelassen habe!" „Das soll ich glauben? Ich möchte, dass du den gesamten Inhalt deines Ranzens auf den Tisch packst." „Wieso das? Was habe ich denn verbrochen, dass du so mit mir redest?", empörte sich Isabella übertrieben heftig und kippte alles auf ihrem Bett aus. „Hier, kannst du nachgucken, die Hefte sind nicht drin!" Nur eine Brotbüchse mit angeschimmelten Schnitten fiel mir in die Hände, an die sie nicht gedacht hatte. „Bist du jetzt überzeugt?", ätzte sie. Ihre leere Schultasche hatte sie rasch vor der Schreibtischablage platziert, was mich stutzig machte. Ich schob sie beiseite und griff nach dem Zettelstapel, den Isabella mir entreißen wollte. Ganz unten lagen die gesuchten Hefte mit den entsprechenden Einträgen. Es war nicht meine Art in ihren Sachen, für die sie selbst verantwortlich war, herumzuschnüffeln. Doch von Zeit zu Zeit bestand die Notwendigkeit, in ihrem Beisein eine Kontrolle vorzunehmen. Mit den Tatsachen konfrontiert, versuchte Isabella sich herauszureden: „Wie ich dir schon gesagt habe, habe ich am Mittwoch den Schulbus verpasst, weil ich dringend noch aufs Klo musste. Es war ja niemand mehr zu Hause, der mich hätte fahren oder entschuldigen können", behauptete sie. „Und weil Frau Wind mir nicht geglaubt hat, hat sie den Eintrag eingeschrieben. Ich habe das Heft versteckt, weil ich am Wochenende keinen Ärger wollte." „Den hast du dir damit mal wieder gründlich eingehandelt. Kannst du dir nicht vorstellen, dass wir deine Lügengeschichten aufdecken könnten? Wo warst du am Mittwoch?" Isabella gestand, dass sie sich den ganzen Vormittag in der Wohnung von Elisabeth, der jungen Frau aus dem Betreuten Wohnen, aufgehalten hatte. Ich seufzte frustriert: „Kind, Kind, so kann das nicht weitergehen. Schau mich an! Meinst du nicht, dass es besser gewesen wäre, gleich die

Wahrheit zu sagen? Wir hätten uns alle viel Ärger ersparen können!" Isabella nickte und wischte sich eine Träne weg. Sie schwieg, ohne mich anzusehen. „Wir überlegen uns morgen in Ruhe, wie wir in Zukunft besser solche Probleme vermeiden oder lösen können. Am Wochenende bleibst du im Haus oder auf dem Grundstück. Ist das klar?" „Ja, ich bin einverstanden. Bitte schickt mich nicht ins Heim", hauchte sie, „und ich will mich wirklich bessern."

Während Isabella im Bad war, schaute ich mir ihr Hausaufgabenheft genauer an. Wieso schwänzte sie ausgerechnet am Mittwoch die Schule? Aha, der Stundenplan ließ eine Vermutung zu: eine Stunde Physik und zwei Stunden Wirtschaft – Technik. Nicht alle Lehrerinnen oder Lehrer nutzten das Pendelheft für Mitteilungen. So fand ich verschiedene Einträge, rot und fett geschrieben: Isabella musste den Physikunterricht verlassen, weil sie Briefe im Unterricht schrieb und dem Lehrer gegenüber frech wurde. Und weiter fand ich Hinweise wie: Hausaufgaben in Geschichte nicht erledigt, fehlendes Arbeitsmaterial in Chemie, zu spät zum Mathematikunterricht erschienen. Zwischen den Seiten des Hausaufgabenheftes befanden sich mehrere Zettelchen, darunter ein Briefchen von ihrem Verehrer Mario:

Hallo Isabella!
Wie geht es dir? Isi du fehlst mir so seher ich kann keine Nacht mehr schlafen weil ich immer an dich Denken muss ich weiss was ich für scheise gebaut habe. Bitte komm zurück zu mir ich würte mich vrören wenn wir mal zusammen Kommen sollten dan keine streiterei Ich liebe Dich immer noch wo du mich an der Bus halte Stele Küsst hast da

habe ich gehdacht wir kommen wieter zusamm aber du hast dich
schon behstiemd schon anderst enntschiete!!!
Tschau sagt dein Mario
Bitte Lehsen wehn du aus der Suhle Komst

Das Antwortschreiben, in der Physikstunde verfasst, fiel mir auch
noch entgegen. Isabella schrieb:

Hy Hasi!!!
Wie geht es dir? Mir geht es gut. Ruf bitte nicht mehr an. Ich rufe dich
immer an Okay. Ich bekomme bald wieder Geld aufs Handy. Ich
schreibe dir dann ne SMS. Du rufst jedes Mal an wenn ich schlafen
will das Stresst nach den Zeit Hasi. Ich fange wieder an mit Kaffee
trinken weil ich immer Kopfschmerzen habe. Meine Eltern rufen die
Bullen an wenn du noch mal anrufst. Ich kann dir aber nicht helfen
aber ich lass es nicht zu das du in Knast kommst. Habe eine sehr
schöne Überraschung.
Deine Mausi Isabella

Am Sonnabend gesellte sich Isabella erst kurz vor dem
Mittagessen zu uns. Als wir zu dritt am Tisch saßen, sagte sie:
„Entschuldigung, dass ich euch wieder angelogen habe. Das wird
nun nie, nie wieder vorkommen." Hartwig meinte: „Das hoffe
ich. Lügen haben nämlich kurze Beine. Irgendwann erfahren wir
doch die Wahrheit."
Aus heutiger Sicht weiß ich, dass solche Mädchen denken, dass
jeder lügen würde, um etwas zu bekommen oder zu erreichen,
beziehungsweise um eine unangenehme Situation zu vermeiden.
Sie haben keine Schuldgefühle. In manchen Fernsehserien, die
sich Isabella gern anschaute, lügen einige Protagonisten und
versuchen andere manipulativ zu beeinflussen, um sich Vorteile

zu verschaffen. Damit wird beim Zuschauer Spannung erzeugt. Das Mädchen könnte darin womöglich eine Art Handlungsanweisung gesehen haben.

Nach dem Essen besprachen wir die Klassensituation und erkundigten uns, weshalb sie nicht alle Hausaufgaben einschreiben würde. Isabella erklärte, dass die Lehrer oft erst nach dem Pausenklingeln die Aufgaben ansagten. Aber dann sei es schon so laut im Raum, dass sie nicht alles mitbekommen würde. Sie hatte aber auch gleich eine Lösung parat: „Ich werde dann meine Banknachbarin fragen, ob sie mir nochmal sagen kann, was wir aufhaben."

„Was hast du heute geplant?", fragte ich. „*Och, nüscht Besondres. Ich will mein Zimmer aufräumen und das Schulzeug in Ordnung bringen und noch einen Entschuldigungsbrief an Frau Wind schreiben. Am Nachmittag möchte ich gern mit Nicole rausgehen. Darf ich?"* „Hast du es schon wieder vergessen, dass du heute keinen Ausgang bekommst?", fragte ich. „Du musst dich allerdings selbst beschäftigen, wir können dich nicht bespaßen, da wir viel zu arbeiten haben", ergänzte mein Mann. Isabella erledigte ohne zu murren ihre Aufgaben sehr ordentlich.

Am Sonntagnachmittag fragte Nicole schüchtern an, ob Isabella zum Spazierengehen und Hund ausführen mitdürfte. Wir bewilligten eine Stunde, also bis 16 Uhr.

Isabella wagte es, dreißig Minuten später als vereinbart zu erscheinen. Sie erklärte zerknirscht, dass sie unterwegs Elisabeth getroffen und sie sich verquatscht hätten.

Meine Freundin Sigrid war zu Besuch und bekam mit, dass Isabella mal wieder unpünktlich war. Wir sprachen erneut mit dem Mädchen über die Themen Verantwortung, Zuverlässigkeit, Vertrauen und forderten es auf, mal einen Perspektivwechsel vorzunehmen. Isabella sollte sich vorstellen, was es für uns bedeutet, wenn sie unehrlich und unzuverlässig ist. Sie hörte gar nicht richtig zu. Isi erwartete Strafe, lenkte sich mit Ersatzhandlungen ab, wie Flaschenöffner drehen, Serviette falten. „Dann gebt mir doch eine Woche Stubenarrest!", platzte sie heraus.

Ich nehme an, sie verstand die Art der Gesprächsführung nicht. Es entsprach nicht Isabellas Erfahrungen, dass sie gefragt wurde, welche Wünsche und Vorstellungen sie habe, was sie glaube, wie ihre Handlungen und Reaktionen auf andere wirken würden. Immer wieder neu versuchten wir in kleinen Schritten ihr Möglichkeiten der Konfliktbewältigung aufzuzeigen. Wie bitter nötig das war, sollte sich alsbald herausstellen.

Am Montag, dem 12. September, an der Bushaltestelle: Hier erwies sich mal wieder der Dorfcharakter unseres Wohngebietes. Isabella war in aller Munde und ich wurde schief angesehen. Frau Zet fragte betont beiläufig, ob Isi am Mittwoch schulfrei gehabt hätte. Sie hatte mitbekommen, dass das Mädchen mit Elisabeth unterwegs war. Eine andere Frau bemerkte spitz: „Da haben Sie sich ja ein tolles Früchtchen ins Haus geholt! Das Weibsbild wirft sich ja jeden Tag einem anderen Kerl an den Hals." Die nächste meinte: „Passen Sie nur auf, dass die nicht bald mit einem Balg ankommt!"

Das war ziemlich heftig und die Häme nicht zu überhören. Ich versuchte den Frauen zu erklären, dass unsere Pflegetochter derzeit in einer komplizierten Lebenssituation stecke und Zuwendung sowie Bestätigung suche und dass ich dankbar dafür sei, dass sie mir ehrlich ihre Beobachtungen mitteilen würden. Meine Empörung über das oberflächliche Gerede wollte ich mir nicht anmerken lassen. Ich hörte noch beim Einsteigen in den Bus ein paar geflüsterte Wortfetzen: „Lehrers Kinder, Pastors Vieh, ...“

Isabella hatte Probleme mit dem Alleinsein, was sich für sie wie ein Verlassensein anfühlte. Die Schatten aus ihrer frühen Kindheit – sich selbst überlassen, voller Angst und unversorgt zu sein – begleiteten sie unausweichlich. Fast zwanghaft suchte das Mädchen die Gesellschaft anderer Menschen, weil sein Selbstwertgefühl davon abhängig war, geliebt und anerkannt zu werden.

Isi wusste nichts mit sich anzufangen, hatte keine besonderen Interessen. Am liebsten war sie mit ihren Freunden unterwegs und suchte immer wieder neue Beachtung sowie Zuwendung. Jüngeren gegenüber gab sie gern den Ton an. Ihr war bewusst, dass sie ein hübsches Gesichtchen hatte und dass die Jungen offen Interesse zeigten. Wenn sie aus der Schule kam, waren wir noch nicht zu Hause. Isabella suchte dann Anschluss. Das Handy war für sie zum unverzichtbaren Mittel geworden Beziehungen aufrechtzuerhalten oder zu kontrollieren.

Ich dachte an das Gespräch mit meiner Freundin, die die Vermutung geäußert hatte, dass sich Isabella als sehr junges Kind in realen lebensbedrohenden Situationen befunden haben könnte. Das junge Mädchen steckte in seiner Vergangenheit fest und war dabei immer wieder bestrebt, vielleicht unbewusst, das zu bekommen, was ihm in früher Kindheit fehlte. Womöglich war das im Unterbewusstsein eine Strategie, aufkommende Gefühle und Ängste abzuwehren.

In den Akten vom Jugendamt war zwar etwas über schlimme Tatsachen der Vernachlässigung, jedoch ohne nähere Details, zu lesen. Doch es gab wohl keine Augenzeugen für die damaligen Ereignisse, die sich im Elternhaus hinter verschlossenen Türen abspielten. Ich fragte mich, ob die Mutter nicht in der Lage war, ihr Kind zu schützen, war sie selbst Opfer oder gar zur Täterin geworden? Jedenfalls hatte das Mädchen die Auswirkungen der Ereignisse, die wir nur erahnen konnten, zu tragen. Die Schatten der Vergangenheit lagen auf ihrer Seele.

Gezielt versuchte Isi uns weiterhin auszutricksen, wenn wir aufgrund einer vollgepackten Arbeitswoche nicht genug Zeit für ständige Kontrollen hatten. Das Nachfragen und sich Ereignisse erzählen lassen, waren leider nicht ausreichend. Nach jeder Aussprache gelobte Isabella Besserung.

In der folgenden Woche bemühte sie sich ehrlich Eigenverantwortung zu übernehmen. Es gab keine nennenswerten Vorkommnisse. Auch in der Schule schien alles recht gut zu klappen. Dennoch kam mir die Ruhe trügerisch vor. Ich fühlte mich stark angespannt und ausgelaugt, war hin und her gerissen zwischen Verständnis, Mitgefühl und Enttäuschungswut.

Am Mittwoch hatte Isabella wieder eine Therapiestunde. Hartwig begleitete sie, doch Isi lehnte seine Teilnahme am Gespräch ab, wollte allein mit der Therapeutin sprechen. Ob sie dabei offen und ehrlich war?

Als mein Mann mit ihr zurückkam, stand Mario mit seinem Fahrrad vorm Haus.

Er wollte Isabella abholen und dringend mit ihr reden. Hartwig sagte: „Kommen Sie herein, wir würden uns auch gern mit Ihnen unterhalten." Isi gab ihm ein Zeichen, dass sie später anrufen würde und zog sich rasch zurück. Dem jungen Mann war die Situation unangenehm. So gab er vor, wenig Zeit zu haben. Also sprachen wir am Gartentor mit ihm. Hartwig erklärte unsere Einstellung zu einer „Beziehung" mit Isabella. Marios Meinung war: *„Isi will aber mit mir gehn. Ich würde sie nich anfassen, wenn sie das nich will. Ja und ich weiß, dass sie noch nich sechzn is."* „Davon bin ich nicht überzeugt", meinte ich. *„Doch, das weiß ich besser als wie Sie!"*, entgegnete der Einundzwanzigjährige, schwang sich auf sein Fahrrad und fuhr eilig davon. Isi versicherte: „Ich hatte keine Ahnung, dass Mario vorbeikommen wollte. Er ist genau wie Steve nur ein Kumpel. Da ist nichts!"

Wer's glaubt wird selig! Dass ich die Briefchen gelesen und wir darüber gesprochen hatten, daran dachte Isabella nicht mehr.

Die Woche verlief ansonsten ruhig. Wir hofften sehr, dass es so bleiben würde. Lange bevor Isabella in unser Leben trat, hatte ich mich zu einer fünftägigen Weiterbildung, von Samstag bis Mittwoch, angemeldet. Seit mehreren Jahren schon begleitete ich meine Freundin zum Psychotherapie-Kongress, da ich mich als Beratungslehrerin auch mit pädagogischer Psychotherapie beschäftigte und die Teilnahme als Fortbildung anerkannt wurde. Hartwig und Kalle versicherten mir, dass ich beruhigt fahren könnte, sie würden sich gemeinsam um die Betreuung des Mädchens kümmern.

Auf den Sonntag freute sich Isabella besonders, denn Hartwig hatte mit den langjährigen Pflegeeltern abgesprochen, dass er zusammen mit Isi vormittags Jan abholen würde. Hartwig fuhr mit den Geschwistern in einen Freizeitpark, was für alle ein schönes Erlebnis war.

Am Montag hatte Isabella einen Termin beim Kieferorthopäden. Sie musste alleine in die Stadt fahren. Hartwig rief von der Arbeit aus in der Praxis an, ob Isabella dort angekommen war. Zwar mit Verspätung, aber es hatte alles geklappt.
Abends musste mein Mann noch zum Elternabend in die Förder-Schule fahren. Er schärfte dem Mädchen ein, dass es im Haus bleiben sollte.
Doch kaum war er außer Sichtweite, tänzelte Isabella ordentlich aufgedonnert auf der Straße herum. Sie erwartete ihren Freund. Mario ließ nicht lange auf sich warten. Sie unterhielten sich lautstark und alberten herum - Küsschen hier und Küsschen da. Beide hatten kein Zeitgefühl. Plötzlich hielt ein Auto neben ihnen. Mario erkannte meinen Mann und flüchtete panisch. Isabella behauptete: „Mario hat gerade erst geklingelt. Du kannst mir glauben, dass ich ihn wegschicken wollte. Aber er ist einfach dageblieben." „Und wieso bist du nicht gleich wieder ins Haus gegangen?", fragte Hartwig. Er bekam keine Antwort.

Am folgenden Tag erschien Isabellas Freund auf dem Schulhof. Er wurde als unerwünschte Person von der Aufsicht führenden Lehrerin aufgefordert, das Schulgelände zu verlassen. Mario blieb, beleidigte und beschimpfte die Lehrerin und rief nach Isi. Erst als der Schulleiter androhte die Polizei anzurufen, verschwand der junge Mann. Die Situation war für Isabella äußerst peinlich. Es gab genügend Publikum sowie hämische, abwertende Kommentare.

Mittwochabend, ich wurde allseits sehnlichst zurückerwartet. Isabella fiel mir um den Hals und plapperte sogleich drauflos. Sie erzählte begeistert vom Ausflug mit ihrem Bruder und dass sie sich in den großen Pausen in der Schule oft treffen würden und miteinander redeten.

Von Kalle erfuhr ich, dass Isi ihm mal wieder ein Briefchen unter der Tür zugeschoben hatte. Sie schrieb ihm, dass sie endgültig mit Mario Schluss gemacht und sich in einen anderen Jungen verliebt hätte. Sie bräuchte unbedingt seinen Rat. Diese Spielchen nervten unseren Sohn sehr.

Nach dem Abendessen - Kalle hatte für alle gekocht – konnte ich endlich ausführlich mit Hartwig reden.

Das Hauptthema war natürlich Isabella! Er hatte sich seine Aufzeichnungen zurechtgelegt und berichtete vom Elternabend. Dort ging es hoch her! Es wurde massiv über Isabella geklagt – man hatte die Schuldige für alle Konflikte in der Klasse gefunden. Besonders ihr Sozialverhalten wurde angeprangert und dass es mit ihr schlimmer geworden sei, seit das Mädchen bei uns lebte! Es ginge schon früh im Schulbus los. Bereits bei kleinsten Anlässen würde Isabella herumschreien und üble Schimpfwörter benutzen.

Wie niederschmetternd muss es für Eltern mit einem (neudeutsch: „verhaltensoriginellem") verhaltensauffälligem Kind sein, wenn alle Schuld diesem zugewiesen wird, stets verbunden mit dem unausgesprochenen Vorwurf, in der Erziehung versagt zu haben! Wir konnten damit glücklicherweise professioneller umgehen, da wir beide eine sozialpädagogische Ausbildung hatten. Dennoch sind solche Angriffe unangenehm und im ersten Augenblick kränkend.

Mein Mann war beim Elternabend äußerlich ruhig geblieben. Er hatte offen mit den Eltern gesprochen und damit für mehr Klarheit sorgen können. In Konfliktsituationen müssen beide Seiten gesehen werden. Er bat darum, dass sich die Eltern einmal in Isabellas Lage versetzen sollten. Auch wenn das Mädchen, so wie mit uns besprochen, sich nicht provozieren lassen und zurückhalten wollte, wurde durch Mitschüler immer wieder versucht, sie aus der Reserve zu locken. Oft genug klappte das auch, denn der „Knopf zum Anschalten" war schnell gefunden. Unter den Mädchen herrschte Zickenkrieg, der auch hinter dem Rücken der Lehrer und Lehrerinnen durch Mimik und Gestik sowie gezielte Bemerkungen weitergeführt wurde.

Frau Wind erwies sich als eine sehr verständnisvolle und engagierte Klassenlehrerin. Sie analysierte die Klassensituation hinsichtlich des Lern- und Sozialverhaltens und forderte die Eltern auf, über Lösungsmöglichkeiten mit nachzudenken. In der gesamten Klasse ließen nämlich die Lernhaltung und der häusliche Fleiß zu wünschen übrig. Dabei sei der Abschluss der 9. Klasse so wichtig für den Übergang in eine Kooperationsklasse, um im zehnten Schuljahr den Hauptschulabschluss zu erlangen. Sie stellte noch einmal klar, dass der Abschluss der Förderschule nicht für die Aufnahme einer Berufsausbildung ausreiche. Frau Wind erklärte weiter, dass in der Klasse Grüppchen-Bildung vorliege, die Schüler würden sich gegenseitig „zerfleischen", trügen die Konflikte aus den Pausen mit in den Fachunterricht hinein.

Vor der Diskussionsrunde stellte die Lehrerin den Arbeitsplan mit Terminen für das Schuljahr vor, der unter anderem eine Klassenfahrt im Januar vorsah. Eine Mutter äußerte Bedenken, ob man Isabella aufgrund ihrer Verhaltensprobleme überhaupt mitnehmen könne. In der folgenden lebhaften Diskussion ging es um konkrete Maßnahmen. Die Elternvertreter schlugen die Organisation eines Elternstammtisches vor, möglichst noch vor den Herbstferien. Auch könnte man betroffene Eltern und Schüler zu einer Klassenkonferenz einladen, um mit den Mitteln der Mediation (Streitschlichtung) Lösungen zu finden. Frau Wind äußerte die Idee zu einem Grillabend, an dem sich Schüler und Eltern beteiligen könnten. Dieser Vorschlag wurde allseitig begrüßt und am nächsten Tag mit der Klasse besprochen.

Sonnabend, 24. September: Wir waren zum Geburtstag meiner Freundin eingeladen. Isabella wirkte seltsam zurückhaltend und geistesabwesend. Komisch, sonst drängte sie sich gern in den Mittelpunkt, besonders wenn junge Männer anwesend waren. Diesmal druckste sie herum, sie hätte Kopfschmerzen, ihr sei nach dem Kaffeetrinken übel geworden. Sie wollte sich eine Weile hinlegen. Ich begleitete Isabella nach Hause und fragte: „Was ist los mit dir? Gibt es wieder Ärger?" Sie meinte: „Ach, es ist *nix*, habe nur Regelprobleme." „Hast du Schmerzen?" „Nicht direkt. Ich bin überfällig und habe einen Blähbauch." „Kann es sein, dass du schwanger bist?" „Nein, nein, ich hatte doch noch nie Sex mit einem Jungen! Mario hat mich nicht angerührt, das musst du mir glauben! Es muss was anderes sein, hoffentlich nichts Schlimmes", meinte sie. „Na, komm, beruhige dich, es lässt sich alles klären. Hol mal deinen Regelkalender her!", forderte ich sie auf. Isabellas Stimmung sank merklich auf den Nullpunkt ab, denn er war nicht vollständig. Wir vereinbarten, dass ich ihr einen Termin bei einer Frauenärztin besorgen würde.

Als Isabella am Montag nach Hause kam, erklärte sie aufgebracht in ihrer schnoddrigen Aussprache: *„Alle Jungen sin doof! Ich will nüscht mehr was von denen was wissen. Nich von Steve, Mario, Max oder ein andren Vogel!"* Sie berichtete mir, dass es in der Schule erneut Stress gegeben hatte. Sie wurde als Nutte bezeichnet. Ein verflossener Liebhaber, nämlich ihr erster EX, der Max, war auf dem Schulhof aufgetaucht und bedrängte sie.

Mittwoch, der 28. September, war wieder so ein Tag, an dem Isabella ihre Zuverlässigkeit hätte unter Beweis stellen können. Hartwig hatte Kegeltraining und ich Elternabend in der Schule. Isi versprach hoch und heilig, auch allein im Haus zu bleiben. Sie wollte sich einen Film ansehen.

Als Karl gegen 19 Uhr an der Bushaltestelle vorbeifuhr, entdeckte er dort Isabella, die mit der jungen Frau aus dem Betreuten Wohnen schwatzte. Als er sie zur Rede stellte, behauptete das Mädel: „Ich will doch bloß Mama abholen." Das könnte stimmen, dachte er sich, denn der Bus müsste gleich ankommen.

Es stellte sich heraus, dass Isi es mal wieder nicht ertragen hatte allein zu sein. Sie besuchte einfach Elisabeth, zu der sie sich stark hingezogen fühlte. Ich fragte: „Wieso bist du neuerdings so gern mit Elisabeth zusammen?" „Ach", seufzte Isi theatralisch, „Elli braucht mich eben, sie hat keine Freunde, keine Familie. Elisabeth ist im Heim groß geworden. Sie hat mir ihre Geschichte erzählt. Das ist alles so furchtbar traurig! Wusstest du, dass sie mit siebzehn ein Kind gekriegt hat, das sie ihr weggenommen haben?" Ich hatte davon gehört. Isabella war zutiefst betroffen und dachte über ihre eigene leibliche Mutter nach. Sie konnte sich nicht vorstellen, wieso jemand sein eigenes Kind weggeben oder weshalb man einer Mutter das Kind wegnehmen konnte. Durch

Elisabeth erfuhr unsere Pflegetochter etwas über die Nöte einer Mutter, deren Kind vom Jugendamt in Obhut genommen wurde. Isabella begann zu schluchzen und meinte, dass ihre wahre Mama vielleicht auch um ihre verlorenen Kinder weint. Wir sprachen über Gründe, weshalb manche Jungen und Mädchen nicht bei ihren leiblichen Eltern leben können und was sie sich selbst in Bezug auf ihre Herkunftsfamilie wünschen würde.

Kampf um die Kinder

Für Anita war das Leben zur Hölle geworden – wieder einmal. Die Einweisung in die Psychiatrie – wegen starker Depressionen und Suizidgefahr – erinnerte sie schmerzlich an die früheren Heimaufenthalte in ihrer Jugend, sie fühlte sich minderwertig, kontrolliert und handlungsunfähig. Wieder musste sie ein Kind, ihre geliebte Tochter Isabella, hergeben. Wenn doch wenigstens ihr Mann Peter zuverlässig gewesen wäre, dann hätte die Kleine zu Hause bleiben können. Aber nein, der Suffkopp hatte sich nicht gekümmert, das Kind, die Wohnung und sich selbst vernachlässigt. Ihr ehemals stattlicher, tatkräftiger Ehemann war durch den übermäßigen Alkoholmissbrauch nur noch ein Schatten seiner selbst. Und er zeigte sich im Wesen stark verändert, war reizbar sowie aggressiv geworden. Peter machte seine Frau für die Misere verantwortlich – weil sie diejenige sei, die die Familie im Stich gelassen hätte, deshalb würde er jetzt trinken. Anita war schon mehrfach vor seinen Schlägen geflüchtet, übernachtete mit Isabella bei Bekannten. Ihr Sohn Uwe war bei der Oma in Sicherheit. Wenn die Kinder nicht gewesen wären, hätte sie ihren Mann längst verlassen. Doch Peter zeigte sich in lichten Momenten reumütig und schwor ihr seine Liebe aufs Neue.

Oma Renate fühlte sich mit der dauerhaften Betreuung des hyperaktiven Enkels überfordert, und ihr Mann verlangte, dass sie den Jungen abgeben sollte. So wurde auch Uwe durch das Jugendamt zunächst in eine Bereitschaftspflegefamilie vermittelt. Nachdem Anita, sie war inzwischen siebenunddreißig Jahre alt, sowie der fünfundvierzigjährige Peter jeweils eine stationäre

Therapie absolviert hatten, schöpften sie wieder Hoffnung, wollten gemeinsam noch einmal neu beginnen, ihr Familienleben ordnen. Sie stellten beim Jugendamt, beziehungsweise beim Familiengericht den Antrag, dass ihnen das Aufenthaltsbestimmungsrecht für ihre Kinder wieder erteilt würde und dass die beiden zurück ins Elternhaus kommen sollten.

Sie mussten sich gedulden. Ihnen wurde erklärt, dass sich die Kinder in den Pflegefamilien gut eingelebt hätten, dass man sie nicht ohne Weiteres herausreißen könne. Eine Rückführung müsse deshalb behutsam vorbereitet und die Beziehung zu ihnen neu aufgebaut werden. Den enttäuschten, ungeduldigen Eltern wurde eine Familienhilfe zur Seite gestellt, damit die häuslichen und materiellen Bedingungen für die Rückführung der Geschwister geschaffen werden konnten.

Endlich war es so weit, dass Anita und Peter ihre kleine Tochter wiedersehen sollten. Beide waren sehr aufgeregt. Sie mussten mit dem Zug anreisen, da die Pflegefamilie in einem anderen Landkreis wohnte. Das Treffen fand in den Räumlichkeiten des Jugendamtes statt. Zunächst sprach eine Mitarbeiterin des Pflegekinderdienstes mit ihnen und erklärte die Verfahrensweisen bis zur eventuellen Rückführung der Tochter in die Familie. Es würde also mehrere Termine für begleitete Treffen sowie unangekündigte Hausbesuche geben.

Anita und Peter wurden in den Beratungsraum geführt. Isabella saß auf dem Schoß der Pflegemutter, daneben der Pflegevater. Alle waren gespannt auf die Reaktion des kleinen Mädchens. Peter hatte ein Kuscheltier in der Hand und hockte sich auf den Boden. Er rief Isabella zu sich. Sie zögerte zunächst, lief dann zu ihm, sagte fragend: „Papa?" Der Mann war erleichtert, dass seine Tochter ihn erkannt hatte. Isabella nahm das Spielzeug und rannte zurück zur Pflegemutter, um es ihr zu zeigen. Daraufhin nahm Frau Muster die Kleine an die Hand und ging mit ihr zu Anita. Diese hatte Tränen in den Augen, als sie der Tochter einen Schokoriegel reichte und mit zitternder Stimme sprach: „Hallo Isabella, mein Schatz, schau, was deine Mama dir mitgebracht hat!" Sie nahm ihr Kind auf den Arm und drückte es inniglich an sich. Das kleine Mädchen erkannte auch seine leibliche Mutter wieder. Beide weinten. Peter kam dazu und umarmte sie. Dann durften die Eltern (unter Aufsicht einer Sozialarbeiterin) eine Weile mit ihrer Tochter spielen sowie Familienfotos ansehen. Nach Ablauf einer Stunde mussten sie Isabella wieder den Pflegeeltern übergeben und sich verabschieden. Das zerriss ihnen fast das Herz! Sie bekamen einen Zettel mit den Terminen für weitere begleitete Treffen mit. Wieder draußen auf dem Flur, hörten sie Isabella Mama und Papa rufen, dann schrie das Kind nur noch. Peter war stark erregt. Er herrschte seine Frau an: „Hör auf zu flennen! Wir werden um unsere Kinder kämpfen!"

Wieder zu Hause angelangt, warf sich Anita aufs Bett und vergoss bittere Tränen. Ihr Mann hielt es in der Enge der Wohnung nicht mehr aus. Er sagte nur: „Ich brauche Bewegung", und verließ das Haus. Erst spätabends kam Peter alkoholisiert zurück. Anita machte ihm Vorwürfe, dass er sein Versprechen, trocken zu bleiben, gebrochen hätte: „Du weißt ganz genau, dass schon ein Schnaps oder Bier ausreicht, um wieder in den Suff zu verfallen!" Der Mann versetzte ihr wutentbrannt einen Faustschlag ins Gesicht. Am nächsten Tag befanden sich beide in einer elenden

Verfassung. Den Termin zur Anhörung beim Amtsgericht hatten sie vergessen.

Als es den Eheleuten wieder besserging, wandte sich Anita erneut an das Jugendamt und bat um Hilfe. Sie erhielten einen neuen Termin für die verpasste Anhörung.

Beide beteuerten, dass sie ihre Ehe- sowie gesundheitlichen Probleme überwunden hätten und sich sehr gut, wie lange nicht, verstehen würden. Sie fühlten sich sehr wohl in der Lage, für ihre Tochter und den Sohn wieder selbst zu sorgen. Außerdem freuten sie sich auf ein weiteres Kind. Dieses solle natürlich mit seinen Geschwistern aufwachsen, argumentierten sie. Die Eltern versprachen, alle geforderten Bedingungen zu erfüllen und eng mit dem ASD (Allgemeiner Sozialer Dienst) sowie den Pflegeeltern zusammenzuarbeiten, damit die Rückführung bald ermöglicht werden könne.

Das Ehepaar hörte sich die schon bekannten Argumente ziemlich deprimiert an, dass der Kontakt zwischen Kindern und leiblichen Eltern nur allmählich und behutsam wieder aufgebaut werden sollte. Man müsse abwarten, wie die kleine Tochter das Wiedersehen verkrafte. Außerdem wären die Kinder in den Pflegefamilien heimisch geworden, sie würden verlässliche sowie stabile Beziehungen benötigen. Die Eltern würden aber in die Hilfeplanung, die das Ziel der Rückführung beinhalte, mit einbezogen werden. Durften sie Hoffnung schöpfen oder wurden sie hingehalten?

Anita freute sich sehr auf das nächste Treffen und Wiedersehen mit ihrer Tochter. Sie hatte sich extra sorgfältig zurechtgemacht, um einen günstigen Eindruck zu hinterlassen. Doch Peter war alkoholisiert, was den Sozialarbeiterinnen des Jugendamtes nicht verborgen blieb. Dagegen half auch kein Kaugummi kauen. Den Eltern wurde unter diesen Umständen der Kontakt zu ihrem Kind versagt, was für die Mutter eine riesige Enttäuschung war.

Als ihr Sohn Uwe noch bei der Oma lebte, trafen sie sich hin und wieder außerhalb der Wohnung. Der Junge verhielt sich den Eltern gegenüber zunehmend zurückhaltend, sogar abweisend. Peter wollte seine Frau deshalb nicht mehr begleiten. Außerdem mochte er seine Schwiegermutter nicht. Anita versuchte dem Sohn zu erklären, dass sie ihn sehr lieb habe, sich aber durch ihre Erkrankung nicht genügend um ihn kümmern konnte. Uwe sagte dazu: „Ja, ich weiß, du und Papa, ihr wart in der Klapsmühle. Meine Schwester habt ihr weggegeben und mich braucht ihr auch nicht. Ich will bei Oma bleiben!" Anitas Mutter bekräftigte den Wunsch des Kindes: „Uwe hat recht, bei mir ist er besser aufgehoben. Ihr müsst euch erst mal um euch selbst kümmern." Mutter Renate forderte: „Du musst dich endlich von dem Suffkopp trennen, sonst kommst du selbst unter die Räder! Schau doch mal in den Spiegel, wie du aussiehst! Du musst zum Zahnarzt gehen und dich besser pflegen!" Es kam zu einem heftigen Streit. Das Kind war Augenzeuge, hielt sich verzweifelt die Ohren zu und schrie: „Aufhören!" Uwe rannte weg und verkroch sich auf dem Spielplatz in der Röhrenrutsche. Von da an verstärkten sich die Verhaltensauffälligkeiten des Jungen, er war unruhiger und reagierte aggressiver als gewöhnlich. Auch wenn es Oma Renate schwerfiel, sie suchte Hilfe beim Jugendamt, zumal ihr Mann drohte sie zu verlassen, wenn der Junge weiter bei ihnen bliebe.

Als Anita erfuhr, dass ihr Sohn in eine Pflegefamilie gegeben wurde, war sie empört und forderte beim Jugendamt lautstark die Herausgabe ihres Kindes. Sie wollte den Sohn wenigstens sehen können! Doch ihr wurde gesagt, dass Uwe sich in seinem neuen Zuhause erst richtig einleben und zur Ruhe kommen müsse. Die Sozialarbeiterin dozierte: „Kinder sind darauf angewiesen, entsprechend ihrer Bedürfnisse versorgt und liebevoll begleitet zu werden. Gestatten Sie doch ihrem Sohn, eine gute Beziehung zur Pflegefamilie aufzubauen! Er weiß ganz genau, dass Sie derzeit nicht in der Lage sind, seine Bedürfnisse zu erfüllen. Sie können ihm schreiben und die Briefe, auch Bilder und kleine Aufmerksamkeiten hier beim Jugendamt abgeben. Wir leiten alles weiter."

Anita fühlte sich wie vor den Kopf gestoßen. Doch sie war entschlossen zu kämpfen und alles daran zu setzen, wenigstens dem Kind, das unter ihrem Herzen heranwuchs, eine gute Mutter zu sein und später die Tochter und den Sohn zu sich zu holen. Deshalb beantragte sie beim Sozialamt finanzielle Unterstützung und wieder eine Familienhilfe. Nachdem Anita die Behördenwege erledigt hatte, kehrte sie nach Hause zurück.

Was sie dort vorfand, verschlug ihr den Atem. Die Wohnung war verwüstet, Schränke durchwühlt, Geschirr zerbrochen. Peter lag volltrunken und zusammengeschlagen auf dem schmutzigen Fußboden. Als Anita eintrat, ließen zwei ihr unbekannte Männer von dem Bewusstlosen ab und wandten sich ihr drohend zu: „Wir kommen morgen wieder. Und wenn dein Mann die Schulden nicht zurückzahlt, bist du dran!" Dann verschwanden sie. Zitternd und zutiefst erschrocken wählte Anita den Notruf der Polizei. Peter wurde in ein Krankenhaus eingewiesen.

Am nächsten Tag erhielt Anita die fristlose Kündigung der gemeinsamen Wohnung, denn es hatten sich Nachbarn über Lärm- sowie Geruchsbelästigung beschwert, außerdem hatte das Paar Mietschulden.

Anita kam vorübergehend im Frauenhaus unter, bis sie einen Platz im Betreuten Wohnen und psychosoziale Hilfen bekam. Sie brachte einen gesunden Jungen zur Welt und konnte ihn einige Jahre mit Unterstützung des Jugendamtes auch selbst betreuen.

Peter wollte auf den Alkohol nicht verzichten, sich nichts von irgendwelchen Behörden vorschreiben lassen. Er kam mal bei dem einen oder anderen Kumpel unter, lebte zeitweise auf der Straße oder im Obdachlosenasyl. Hin und wieder suchte er Anita auf und forderte, dass sie ihn bei sich wohnen lassen sollte. Sie sei schließlich immer noch seine Frau.

Anita fühlte sich überfordert und hatte Angst vor erneuten Übergriffen. Ihre Krankheitsschübe häuften sich, sie musste wieder stationär behandelt werden. Ihr Jüngster, Jan, kam deshalb in eine Bereitschaftspflegefamilie. Wegen der chronifizierten psychischen Erkrankung Anitas musste für Jan eine Dauerpflegestelle gesucht werden. Familie Muster nahm ihn als zweites Pflegekind auf.

Anita traf sich manchmal mit Peter. Sie hoffte noch immer, dass er vom Alkohol loskommen würde. Bei beiden stand der Unfähigkeit, sich verantwortlich um ihre Kinder zu kümmern, der Wunsch gegenüber, doch wenigstens den Kontakt zu ihnen aufrechterhalten zu können. Anita wünschte sich so sehr, die Kleinen besuchen zu dürfen, regelmäßig Bilder und Berichte über ihre Entwicklung zu bekommen. Doch auch der Briefkontakt wurde immer spärlicher. Manch ein Brief war für die Kinder sicherlich auch nicht förderlich. So schrieb sie einmal:

Liebe Isabella, lieber Jan!
Heute möchten wir euch wieder ein paar Zeilen zukommen lassen. Mutti und Vati saßen lange draußen auf der Bank und schauten zum Himmel und beobachteten Die Tomaten, die am dunklen Himmel leuchteten. Nachts ist es immer dunkler als draußen. Vati ist jetzt auf dem Klo und löffelt seinen Schokopudding. Den Kaffee trinkt er am liebsten aus dem Nachttopf. Morgen gehen wir zum Fleischer Geld holen. Dann gehen wir zur Sparkasse Brot kaufen. Das Wetter soll schön werden. Es ist Regen angesagt. Prima dann kann man endlich den Schlitten nehmen. Im Radio läuft gerade ein Trickfilm. Vati schaut den sich an und lacht. Mutti musß noch einen Gartenschlauch kaufen, damit sie sich die Haare föhnen kann. Langsam muß ich zum Ende kommen weil mein Strohhalm nicht mehr Schreiben will, er ist alle. Mutti und Vati hören schon die Enten zwitschern. Es wird langsam hell und der Mond geht auf. Liegt bei euch auch schon Regen? Bitte schreibt uns doch, wie es euch geht. Wir sind sehr traurig daß ihr auf einem anderen Planeten seid. Aber die Aliens vom Jugendamtgalaxisstern müssen euch bald nach Hause bringen.
Es grüßen euch zwei kleinen grünen Männchen eure Außerirdischen, Mutti und Vati!

An die Pflegefamilie wandte sie sich auch:

Sehr geehrte Familie Muster!
Nun wieder ein paar Zeilen von uns. Wir haben uns sehr über die Fotos gefreut. Doch der Brief von Ihnen war wieder sehr kurz und bündig. Bitte nehmen Sie sich doch mehr Zeit zum schreiben. Eines steht fest, wir kämpfen weiter, um beide Kinder wiederzubekommen. Das letzte Wort ist noch nicht gesprochen. Nun, wir finden aber, der

Kontakt muss aufrecht erhalten bleiben. Aber nicht nur so kurz und bündig. Wir würden uns sehr freuen, wenn die Kinder ein Bild malen würden. Wir waren auch sehr enttäuscht, zu Ostern noch nicht mal eine Karte bekommen zu haben. Schicken Sie uns Bilder wo die Kinder zusammen spielen! Was essen sie gern? Wie ist es in der Schule bei Isabella? In der Hoffnung bald Antwort zu bekommen möchten wir heute den Brief beenden. Wir warten auf Fotos und Post von unseren Kindern. Es sind unsere Kinder! Wir haben ein Recht darauf!
Mit den besten Grüßen
Anita und Peter A.
P.S. Ganz liebe Grüße und Küsse an Jan und Isabella. Wir haben beide sehr lieb!

Anita konnte sich nicht damit abfinden, dass ihre Kinder bei Fremden aufwuchsen. Isabella lebte schon sieben Jahre bei Familie Muster, Jan erst ein paar Wochen. Sie hatte sich wieder mit Peter versöhnt, er brauchte sie. Aus Sicht der Eheleute könnten sie es schaffen, wieder eine richtige Familie zu sein. Doch die psychische Erkrankung der Mutter sowie die Alkoholabhängigkeit des Vaters standen dem entgegen. Seitens der Ämter und der Pflegefamilien galten die leiblichen Eltern als unzuverlässig, unfähig und verantwortungslos. Ihnen wurde dauerhaft das Sorgerecht und Aufenthaltsbestimmungsrecht aberkannt. Die Geschwister bekamen einen amtlichen Vormund.

Es bestand die Meinung, dass solche Eltern nur stören, die Kinder müssten vor ihnen geschützt werden. Als Erwachsene könnten sie jedoch selbst entscheiden, ob sie Kontakt aufnehmen möchten.

Weitere Herausforderungen

An besagtem Mittwochabend, als Isabella allein zu Hause bleiben musste, hatte ich mein Handy auf dem Tisch liegenlassen. Nachdem das Mädel schon im Bett war, verfolgte ich zurückliegende Anrufe und SMS. Und siehe da, Isabella hatte die Gelegenheit ausgenutzt! Es stellte sich heraus, dass sie dem EX-Freund Nr.1, Max, eine Nachricht geschrieben hatte. Dieser versuchte mehrfach Isabella zu erreichen. Auch mit EX-Freund Nr. 2, Mario, hatte sie telefoniert, bevor sie zu Elisabeth ging.

Am Tag darauf brachte ich einen „Lügendetektor" mit. Bevor er zum Einsatz kommen sollte, wollte ich noch über die unerlaubte Nutzung meines Handys sprechen. Isabella stritt alles ab und tat erstaunt, konnte sich angeblich nicht erklären, wie ihr EX an meine Telefonnummer gekommen sein könnte. Das Thema konnten wir nicht zu Ende diskutieren, denn es kam Besuch. Isi nutzte die Gelegenheit, sich aus der Affäre zu ziehen, meinte, dass sie noch lernen müsse und verschwand in ihr Reich.

Als Hartwig von der Spätschicht nach Hause kam, wollten wir uns bei einem Tee noch ein Weilchen entspannt unterhalten. Plötzlich klingelte mein Handy, es war bereits 23 Uhr. Der Anrufer war Max. Als ich mich meldete, legte er erschrocken auf. Beim Rückruf reagierte er nicht. Daraufhin rief Hartwig den jungen Mann an und untersagte ihm die Nutzung meiner Telefonnummer. Der Kerl glaubte, dass Isabella eine neue Handynummer hätte, stammelte eine Entschuldigung.

Donnerstag, 29. September: Am Morgen klagte Isabella, dass sie übelste Halsschmerzen hätte, ihr Schädel brumme, auch hätte sie Schüttelfrost gehabt und kaum geschlafen. Jammer, Jammer …

144

„Und dann haben wir heute noch Sport!" Ich brachte ihr ein Fieberthermometer und schaute ihr in den Hals. Keine Rötung, kein Fieber! Entsprechend meiner Vermutung sagte ich: „Kann es sein, dass du dich elend fühlst, weil du mit einer Lüge ins Bett gegangen bist?" Sie nickte. „Aber mir kratzt der Hals wirklich", versuchte Isi es noch einmal. In ihr Mitteilungsheft trug ich ein, dass Isabella etwas unpässlich und deshalb nicht voll leistungsfähig sei und bat um Rücksichtnahme.

Am Nachmittag setzte ich mich mit Isabella zusammen und sprach nochmal das Thema Telefonieren mit meinen Handy an. Wieder versuchte sie mir eine Lügengeschichte aufzutischen. Widerlegende Argumente ignorierte sie, blieb bei ihrer Version, wie Max an meine Nummer gekommen sein könnte: „Vielleicht hat Kalle was damit zu tun. Ich kann mir das nicht erklären und außerdem kann ich mich nicht mehr so genau erinnern."
Nächster Punkt: „Ich mache mir Sorgen, da deine Regel ausgeblieben ist und schlage vor, noch vor dem Frauenarzttermin einen Schwangerschaftstest durchzuführen, damit auch du sicher sein kannst." Dieser Vorschlag verunsicherte das Mädchen sichtlich. Es schien Angst davor zu haben und meinte, dass Freundinnen gesagt hätten, dass diese Tests nichts taugen und sowieso nicht richtig funktionieren würden. Ich fragte: „Gibt es einen Grund dafür, dass du den Test fürchtest?" Hastig wiegelte Isi ab: „Nein, nein, ich habe doch schon gesagt, dass ich nicht mit einem Jungen geschlafen habe. Nur in der Schule wird herumerzählt, dass ich im zweiten Monat schwanger sein würde. Das stimmt aber nicht!" Ich fragte: „Liegt es nicht in deinem eigenen Interesse, eine Bestätigung dafür zu haben, dass du ehrlich bist?" Unsicher willigte Isabella ein. Gespannt warteten

wir auf das Ergebnis: Das Testfenster färbte sich rötlich, oh Schreck! Entwarnung, es zeigte sich nur die Kontroll-Linie, die zweite, entscheidende, fehlte. Wir waren erleichtert und das Mädel hatte wieder gute Laune.

Am Freitag zeigte sich Isabella besonders hilfsbereit, half beim Kochen, wischte die Küche, hatte auch ihr Zimmer aufgeräumt. Sie fragte artig, ob sie noch bis 19.30 Uhr raus dürfe.
Es wurde 20 Uhr, Isabella ließ sich nicht blicken. Ich beschloss nach ihr zu suchen, lief durch eine kleine Gasse Richtung Hauptstraße. Im Dunkeln nahm ich zwei Gestalten wahr. Meine Intuition sagte mir, dass die eine Person Isabella sein könnte. Tatsächlich! Das Weibsbild rechnete nicht mit mir. Sich heftig knutschend lag sie dem nächsten Anwärter in den Armen. Erbost wies ich ihr den Weg nach Hause. Der junge Mann sah mich verdattert an. Ich erklärte, dass die Sache nichts mit ihm zu tun habe, dass es lediglich um Isabella ginge. Diese rannte nach Hause, warf sich auf ihr Bett, rollte sich wie ein Fötus zusammen, zog sich die Decke über den Kopf. Das war eine typische Reaktion, wenn sie sich einer Konfliktsituation nicht stellen wollte. Andererseits ist das In-sich-selbst-verschließen eine instinktive Reaktion in bedrohlich empfundenen Situationen. Ich schaute nach ihr und machte Isi mit Nachdruck klar, dass ich am nächsten Tag eine schriftliche Erklärung erwarte.
Sie schrieb nur, dass es ihr leidtäte und dass sie verstehen könnte, wenn sie am Wochenende nicht raus dürfe. Im Gespräch machten wir Isabella klar, dass wir ihr Handeln und ihre Unehrlichkeit verurteilen, nicht aber sie selbst als Person. Hartwig sagte: „Isabella, du bist uns wichtig und wir wünschen uns, dass du verstehst, dass Absprachen eingehalten werden müssen, sonst

geht, wie wir dir das schon mehrmals gesagt haben, das Vertrauen verloren. Indem wir mit dir reden, möchten wir dich vor unüberlegten Handlungen und Enttäuschungen schützen. Verstehst du das?" Sie nickte und fragte ungläubig: „Und ihr bestraft mich jetzt nicht mit Stubenarrest und Handyentzug?" Ich entgegnete: „Würde dir das helfen? Wäre Einsicht nicht der bessere Weg, um etwas im Verhalten und in der Einstellung zu verändern?"

Isabella kam einfach nicht zur Ruhe. Ihre guten Vorsätze konnte sie nicht allein umsetzen, sie brauchte auch ein verständnisvolles Umfeld. Doch die nächste Schul-Woche war für sie erneut stressig. Sie erzählte uns und auch der Lehrerin, dass sie wieder von den Mädchen gemobbt würde. Sogar ein Junge aus der Klasse belästigte sie, tat so, als wolle er sich an sie heranmachen. Es war ein abgekartetes Spiel, das Jungen und Mädchen aus der Klasse, auf Kosten Isabellas, sich ausgedacht hatten. Selbst die Schüler der Parallelklasse waren informiert. Falls Isabella auf die Anmache hereinfallen würde, sollte sie bloßgestellt werden.

Im häuslichen Umfeld zeigte sich das Mädchen sehr bemüht uns Freude zu machen. Isi half meinem Mann bei der Reparatur des Schuppendaches, was ihr richtig Spaß machte. Sie hatte nicht mal das Bedürfnis, sich mit ihrer Clique zu treffen, wollte lieber mit uns Karten spielen. Vielleicht hatte sie sich auch mit ihren Freunden gestritten oder sie fürchtete sich vor der Aussprache am Sonnabend mit Eltern, Mitschülern und der Klassenlehrerin. Sie hatte gar keine Lust, zum Grillabend auf dem Schulhof mitzukommen und dachte sich schon einen Grund für die Absage aus. Aber wir hatten unsere Teilnahme bereits zugesagt.

Dann änderte Isabella ihre Meinung wieder und prahlte: „Cool, wegen mir soll eine Party stattfinden! Das wurde sogar beim Elternabend beschlossen, das ist wirklich cool!"

Zunächst trafen sich Elternvertreter, Schüler und Schülerinnen mit ihrer Lehrerin Frau Wind im Klassenraum. Auf dem Lehrertisch stand eine Box mit der Aufschrift „STOPP". Dort hinein steckten die Jugendlichen die Mecker-Zettel, auf welche sie ihre Meinungen, was sie in der Klasse als störend empfinden, geschrieben hatten. Die Zettel wurden in der Mitte des Stuhlkreises ausgebreitet, reihum aufgenommen und vorgelesen. Wie befürchtet, bezogen sich die dominierenden Kritikpunkte auf Isabellas Verhalten. Da hieß es zum Beispiel: Isabella verhält sich in der Klasse aufdringlich, mischt sich in alles ein. Isabella schreit immer gleich rum und stört den Unterricht. Wenn Isabella wütend ist, wirft sie Sachen durch die Gegend und schlägt um sich. Isabella erzählt Lügenmärchen. ... Die Angriffe waren sehr massiv. Unsere Pflegetochter weinte. Das tat einer Mitschülerin sehr leid, sie ergriff Partei für die so Gescholtene: „Es ist ziemlich gemein, dass alle nur über Isi schimpfen. Manchmal haben wir auch Schuld, weil wir sie provozieren."
Diese Äußerungen führten dazu, dass auch andere Klassenprobleme und Verhaltensweisen einiger Mitschüler zur Sprache kamen. Isabella hatte ihre unangenehmen Gefühle schnell verdrängt, konnte bald wieder lautstark mitdiskutieren. So bekamen die anwesenden Eltern eine Vorstellung davon, mit welchen Problemen und Konflikten sich ihre Kinder herumschlugen. Diese Aussprache und das gemeinsame Grillen sollten dazu führen, dass sich die Klasse wieder mehr auf das Lernen konzentrieren konnte.

Am Sonntag hatte Isabella zu nichts Lust, wollte sich nicht mit den Freunden treffen, sondern lieber bei uns bleiben. Sie half nachmittags bei der Gartenarbeit und spielte abends mit uns Dart.

Isi fühlte sich bei ihren Überlegungen unsicher und fragte sich, ob die Klassenkameraden sie nun endlich akzeptieren und in Ruhe lassen würden. Sie war froh, dass Sophia aus ihrer Klasse ihr Hilfe angeboten hatte.

Montagnachmittag brachte Isabella einen Brief von Sophia mit; darin stand:

Liebe Pflegefamilie

Ich kann Isabella ja ein bissch verstehen wie sie sich fühlt. Ich fand das erzälen mit Isabella beim Grillfest zwar ganz schön. Wir versuchen es schon das wir Isabella auch akteptieren aber ich klaube es werden nicht alle schaffen. Ich habe auch zu Isabella gesagt wen sie probleme hat kan sie es mir erzälen. Aber jetzt habe ich mal noch eine bitte, könnte Isabella am Freitag nach der Schule mit zu mir nach hause kommen und bei mir übernachten? Kann sie hergebracht werden und auch wider abgehot werden? Isabella und ich wir haben uns nämlich etwas aus gemacht das ich mit ihr mal über alles reden, das sie auch eine vertrauens Person hatt mit die sie über alle ihre probleme reden kann. Liebe Pflegeeltern könnten sie bitte Isabella eine Brief mit geben wo trine steht ob es nun klappt oder nicht. Aber bitte in einen Briefunschlag Danke.

Mit freundlichen grüßen Sophia Klasse 9b.

Wir besprachen mit Isabella das Anliegen und gestatteten nach Absprache mit Sophias Eltern, dass die Mädchen ihr Vorhaben umsetzen konnten. Am Freitag holte Hartwig beide von der Schule ab und fuhr sie zu Sophia nach Hause.

Das erfreuliche Wochenende beflügelte Isabella, sie hatte auch wieder Lust, sich mit den Freunden am Sportplatz zu treffen. Allerdings kam sie nach zwanzig Minuten wieder. Die Jugendlichen, insbesondere Steve, hatten sie beleidigt, als Nutte beschimpft und wollten nichts mit ihr zu tun haben. So zog Isi sich zurück und wollte zu Hause beschäftigt werden. Außerdem hatte sie noch genug Aufgaben für die Schule zu erfüllen, sich auf eine Lernkontrolle in Mathematik vorzubereiten und die Ethikhausaufgabe zu beenden. Leider beschäftigte sich das Mädel nur mit dem Lernen, wenn ich neben ihm saß.

Der Dienstag verlief für Isabella erfreulich. Ihre Klasse war vormittags im Rahmen eines Schulprojektes unterwegs und nachmittags trafen wir uns in der Stadt, kauften noch ein paar Sachen für den bevorstehenden Urlaub in den Herbstferien ein. Unser Pflegekind freute sich sehr auf die Reise, zumal wir in der Türkei Isis 15. Geburtstag feiern wollten.

Am Mittwochnachmittag musste ich nach der Arbeit noch in die Geschäftsstelle der Versicherung gehen, um für das Mädchen eine Auslandskrankenversicherung abzuschließen. Hartwig hatte Spätdienst, sodass Isabella nach der Schule allein bleiben musste. Ich gestattete ihr Ausgang bis 17 Uhr.

Sie kam eineinhalb Stunden später und begrüßte mich mit: „Hallo Margret", als wenn nichts gewesen wäre. „Wo kommst du jetzt her?", fragte ich erbost. „Wieso? Ich war mit Marek (ihrem neuesten Freund) Inliner fahren und bin sogar eine halbe Stunde früher da", antwortete sie arglos. Lügen und Betrügen scheinen weiterhin Mittel zu sein, um persönliche Interessen durchzusetzen, dachte ich ärgerlich. „Wieso bist du so sauer auf mich? Du hast mir doch gestern Abend gesagt, dass ich bis um sieben draußen bleiben kann." „Nicht um sieben, sondern siebzehn Uhr!" Zerknirscht meinte Isabella: „Entschuldige bitte, ich wollte heute wirklich rechtzeitig da sein. Da habe ich die Uhrzeit wohl falsch aufgefasst. Es tut mir sehr leid." Es kam selten vor, dass sich Isabella aus freien Stücken, ohne Lügenmärchen zu erfinden, entschuldigte. „Ich nehme deine Entschuldigung an, trotzdem bleibst du morgen und übermorgen zu Hause. Du musst packen und denke an die Ethikaufgabe, die du vor den Ferien abgeben musst!"

Sie brauchte meine Hilfe für diese Hausaufgabe – es ging um das passende Thema Gewissen. Die Begriffsbestimmung aus dem Schüler-Duden Psychologie hatte sie vom Sinn her nicht erfasst. Ich musste viele Wörter und Redewendungen für sie „übersetzen" und mit Beispielen erklären.

Oktoberferien

Am Samstag ging es endlich vom Flughafen Berlin-Schönefeld aus nach Alanya in den ersehnten Urlaub. Isabella war ein Nervenbündel, das ewig lange Warten vor dem Abflug war ihr eine Last. Sie schwankte zwischen Vorfreude und Angst: „Was mache ich nur, wenn es mir im Flieger schlecht wird? Gibt es da ein Klo? Wie lange müssen wir fliegen? Wann kommen wir im Hotel an? Wie heißt der Urlaubsort? Ich verwechsle immer Alanya und Antalya." Das Mädchen plapperte ohne Ende. Meinem lieben Mann ging das Lamentieren langsam auf den Geist.

Im Flugzeug bekam Isabella einen Fensterplatz. Beim Start kniff sie die Augen fest zu und kaute angestrengt auf ihrem Kaugummi herum – doch es passierte nichts Schlimmes. Schließlich wagte sie einen Blick aus dem Fenster, war begeistert und staunte wie ein kleines Kind. Das Mundwerk stand nicht still, alles Gesehene wurde kommentiert. Isabella sog alle Eindrücke auf, langweilte sich kein bisschen und starrte immer wieder auf den Monitor oder bewunderte die Wolken. Bloß das Essen schmeckte ihr nicht, was halb so schlimm war, da sie sich mit Keksen eingedeckt hatte.

Kurz nach Mitternacht kamen wir im Hotel an. Das Zimmer war spartanisch eingerichtet, die Dusche wirkte wenig einladend. Na ja, viel Zeit wollten wir sowieso nicht im Quartier verbringen. Am nächsten Morgen schauten wir uns nach dem Frühstück in der Hotelanlage um. Im Innenhof luden bequeme Sitzgruppen, Sonnenliegen, ein gepflegter Pool sowie eine Pool-Bar zum Verweilen ein. Den ganzen Tag über dudelte dort Musik, hübsche junge Männer - stets gut gelaunt – kümmerten sich um die Gäste. Diese Atmosphäre begeisterte natürlich unser Mädchen, hier wollte es bleiben. Aber Isabella war auch neugierig auf den Strand und das Meer. Das Wetter war prächtig, also packten wir Badesachen ein. Die Freude dauerte nicht an, Isi klagte: „Mir ist das Wasser zu kalt, die Wellen sind so hoch und schleudern einem Steine an die Beine, das tut übelst weh! Ich will lieber im Pool baden!" „Das kannst du später auch machen, aber wir möchten uns gern in die Wellen stürzen", sagte Hartwig und marschierte zum Wasser. Ich bat Isabella darum, auf unsere Sachen zu achten und sich mit der Sonnencreme einzureiben. Das war wohl schon wieder zu viel verlangt. Sie schnappte sich ihr Strandlaken und legte sich beleidigt weit weg von unserem Platz in den Sand. Isi beobachtete eine Gruppe junger Leute, die am Strand Volleyball spielten.

Auf dem Rückweg zum Hotel liefen wir an einer Reihe von Geschäften und bunten Ständen entlang, deren Inhaber laut auf ihre Angebote aufmerksam machten. Das erregte sofort Isabellas Aufmerksamkeit und weckte Begehrlichkeiten: „Margret, schau doch mal! Ist das nicht ein süßes Oberteil? Und da, die Hose, die sieht total geil aus! Können wir uns noch den Schmuck ansehen?" Sie flitzte aufgeregt von Stand zu Stand. Hartwig fühlte sich davon etwas genervt, er versprach Isi aber, dass sie sich zum Geburtstag etwas aussuchen dürfe. Ich hakte mich bei ihr unter und sagte: „Lass uns jetzt gehen! Shoppen ist Frauensache, wir ziehen später alleine los." Damit war das Mädel sehr einverstanden. Es gab ja so viel zu erleben!

Nach dem Mittagessen setzten wir uns Isabella zuliebe mit an den Pool. Schnell hatte sie Kontakt zu Familien mit Kindern geknüpft. Dabei lernte Isi drei Mädchen – zwei Schwestern im Alter von dreizehn und fünfzehn Jahren sowie eine Vierzehnjährige - kennen. Wir kamen mit deren Eltern ins Gespräch und verstanden uns gut mit ihnen. Sie boten uns an, für unsere Pflegetochter als Ansprechpartner da zu sein, falls wir mal einen Spaziergang machen wollten. Ich rief Isabella heran und sagte ihr: „Wir wollen uns gern den Ort ansehen. Möchtest du mitkommen?" „Muss ich das?" „Nein, du kannst auch hier bleiben. Den Schlüssel geben wir an der Rezeption ab, du kannst ihn holen, wenn du ins Zimmer möchtest." Schon wollte sie losflitzen. „Halt, hier ist noch die Sonnencreme! Du musst unbedingt deine Haut schützen, die Sonne wirkt hier viel intensiver."

Während wir unterwegs waren, setzte sich unser Sorgenkind ungeschützt in die pralle Sonne an den Pool. Die Haut war schon auffallend gerötet. Erst als Isi von Erwachsenen darauf angesprochen wurde, begab sie sich in den Schatten und ließ sich von einer Freundin eincremen. Sie wollte doch genauso braun werden wie diese.

Abends spielten wir mit unseren neuen Bekannten Karten, während die Mädchen an der Bar saßen, Musik hörten und mit den jungen Türken flirteten. Sie tranken Limo oder Cola – es war ja alles all-inclusive. Zwischendurch spielten sie Tischtennis und Dart.

Montag, der 17. Oktober – Isabellas Geburtstag.
Es war mit ihr abgesprochen, dass wir tagsüber einen Ausflug machen würden, und dass sie am Abend mit ihren Mädels feiern dürfe. Wir hatten eine Pferdekutsche bestellt, mit der wir zum Hafen von Alanya fahren wollten. Die gelungene Überraschung

begeisterte Isabella, sie streichelte liebevoll das Tier und durfte mit auf dem Kutschbock des Einspänners sitzen. Auch die Bootstour war nach ihrem Geschmack. Im Hafenviertel gab es viele Einkaufsmöglichkeiten. Isi suchte sich eine Hose, eine Kapuzenjacke und Turnschuhe aus, welche sie gleich anbehalten wollte. Danach sollte es bergauf zu einer Festung gehen. Auf halbem Wege fing Isabella an zu jammern: „Meine Füße tun weh, ich muss mich ausruhen." „Reiben etwa die neuen Schuhe?", mutmaßte Hartwig, „du wolltest sie ja unbedingt gleich anziehen." „Nein, nein, die reiben gar nicht. Aber ich hasse Berge! Das geht ja so steil nach oben!" „Kann es sein, dass du lieber ins Hotel an den Pool möchtest?", fragte ich. „Ja, das wünsche ich mir. Kehren wir gleich um?" Bis zur Gaststätte kam Isi dann doch noch ohne zu murren mit und war auch mit dem Essen zufrieden.

Wieder im Hotel angelangt, durchwühlte Isabella ihren Koffer und suchte sich passende Sachen zusammen. Die Hälfte des Inhalts gelangte auf den Fußboden. Sie war einfach zu bequem, alles in den Schrank zu räumen. Nachdem sie sich ordentlich aufgehübscht hatte, fragte sie uns: „Darf ich jetzt runter und meine neue CD mitnehmen?" „Klar doch", schmunzelte Hartwig, „und viel Spaß! Wir kommen später nach."

Die türkischen Boys waren gern bereit, Isabellas CD abzuspielen. Nach dem Abendessen ging es an der Pool-Bar bis Mitternacht laut und lustig zu, es wurde gesungen, getanzt, gelacht. Die beiden jüngeren Freundinnen zogen sich schon eher zurück. Isi war in ihrem Element. Zusammen mit Caro, der fünfzehnjährigen Freundin, verbrachte sie fröhliche Stunden. Kurz vor Mitternacht holte ich Isabella ab. Sie maulte: „Eh, wieso soll ich jetzt schon nach oben? Es ist doch noch so viel los!" Sie schwankte etwas, musste husten. „Hast du etwa Alkohol getrunken?", fragte ich. „Nein, nein, wie kommst du denn darauf? Frage Caro, wir haben nur Cola getrunken. Vielleicht bin ich deswegen so aufgekratzt." Auf meinen Geruchssinn konnte ich mich verlassen, sie hatte sogar geraucht.

Kaum lag Isabella im Bett, begann sie zu würgen und jammerte: „Mir ist so schlecht!" Kurz darauf sprang sie auf und rannte stolpernd zur Toilette. In der Nacht musste sie sich mehrmals übergeben.

Von wegen, sie hätte keinen Alkohol getrunken. Isabella behauptete am nächsten Tag, dass entweder Caro oder die Jungs ihr heimlich Wodka in die Cola gegossen hätten. Sie habe es nicht bemerkt. Das Frühstück ließ die Leidende verständlicherweise ausfallen.

Isabella war traurig, denn die Familien ihrer Freundinnen verbrachten ihren letzten Urlaubstag in der Hotelanlage. Abends mussten sie Abschied nehmen.

Am nächsten Tag hatten wir vor, nochmal nach Alanya zu fahren, um die alte Festung zu besichtigen und später in einer stillen Bucht zu baden. Isabella hatte schlechte Laune und maulte: „Ich will nicht wandern! Caro und ihre Schwester durften auch immer alleine am Pool bleiben, nur ich nicht!" Hartwig entgegnete: „Leider können wir uns noch nicht auf dich verlassen. Wir haben aber die Verantwortung für dich. Du kommst mit, Schluss mit der Diskussion!" Ich versuchte das Mädchen ein bisschen zu motivieren: „Ich denke schon, dass dir der Ausflug letztendlich doch gefallen wird. Was willst du später deinen Freunden denn von der Türkei berichten – etwa, dass du deine Zeit nur am Pool verbracht hast?" „Ich habe heute keine Lust! Mir ist kalt." „Ich weiß, dennoch packe Badesachen ein, nachmittags wird es wieder richtig warm. Und jetzt kannst du ja deine neue Kapuzenjacke überziehen."

Ich hatte den Eindruck, dass Isabella uns dafür bestrafen wollte, dass wir ihren Forderungen nicht nachkamen. Sie bockte und meckerte: „Ihr seid gemein. Ich hasse Berge, das wisst ihr ganz genau!" Sie blieb immer weit hinter uns, sodass wir warten mussten. Nächster Versuch, uns zur Umkehr zu bewegen: „Jetzt tut mir auch noch mein Knie übelst weh! Ich kann nicht mehr!" „Soll ich dich Huckepack nehmen?", fragte Hartwig. „Nee, bloß *nich*", empörte sie sich und humpelte weiter, „Ihr werdet schon sehen, was ihr davon habt!" Aha, Isabella war auf Machtkampf aus – keine Chance, wir zeigten uns unbeeindruckt. Dennoch, es machte uns beiden keinen Spaß, mit einem trotzenden Teenager etwas zu unternehmen.

Endlich auf der hochgelegenen Festungsanlage angekommen, beeindruckte uns die fantastische Aussicht auf das himmelblau schimmernde Meer. Der Blick von der Festungsmauer tief hinab in die Bucht war schwindelerregend. An den drei, wie von Riesenhand aneinandergereihten Felsbrocken, die mehrere Meter aus dem Meerwasser ragten, brachen sich die Wellen, Gischt spritzte auf. Dieser erhaben schöne Ausblick ließ nicht mal Isabella kalt. Ihr Stimmungsbarometer stieg zunehmend an. Begeistert, unter Oh- und Ach-Rufen, zückte sie ihren Fotoapparat. Isabella fotografierte viel und stellte sich vor, dass sie mit den Bildern ihre Klassenkameraden neidisch machen könnte. An einem Stand kaufte sie sich noch ein Armband und ein Fußkettchen. Nach einem guten Mittagessen war die Welt wieder in Ordnung. Aber nicht lange. Wir mussten ja wieder den Berg runter und den Weg zur Bucht zurücklegen.

Das Meer lag ruhig und klar vor uns, Sonnenliegen am feinen Sandstrand luden zum Verweilen ein. Wir zogen uns um, Isi blieb missmutig, ihr Basecap tief in die Stirn gezogen, auf einer Liege sitzen. „Was ist los?", fragte ich. „Ich hätte doch auf dich hören sollen. Hier ist es wirklich so schön. Ich Dumme habe mich zu warm angezogen und keine Badesachen mit. Mist auch!"

Wenn man schon in einem fremden Land Urlaub macht, gehört es dazu, besondere Orte und Sehenswürdigkeiten zu besichtigen. Wir schauten uns mit Isabella Prospekte an. Die Kalkstein-Terrassen von Pamukkale weckten sofort ihr Interesse. Hartwig erklärte: „Wenn wir dorthin wollen, müssen wir mit einer recht langen Busfahrt rechnen und einiges erlaufen. Meinst du, dass du das aushältst?" Sie nickte und sagte: „So was haben die anderen bestimmt noch nie erlebt, da will ich hin." „Gut, dann müssen wir die Fahrt gleich buchen, falls noch Plätze frei sind. Der Reisetag ist immer ein Donnerstag." „Ist euch bewusst, dass das schon morgen ist?", fragte ich nach.

Nach dem Abendessen sicherten wir uns günstige Plätze im Innenhof, um die Darbietungen zum Türkischen Abend mit Liedern und Tänzen gut verfolgen zu können. Isabella protestierte mal wieder, als sie 21.30 Uhr mit nach oben kommen sollte. Es war doch noch so schön draußen und sie wollte nichts vom Spektakel verpassen! Aber wir mussten am nächsten Morgen schon um vier Uhr am Reisebus sein.

Das war ein Tagesausflug im wahrsten Sinne des Wortes – wir waren dreiundzwanzig Stunden unterwegs. Zwar konnten wir im Reisebus etwas schlafen, doch der Tag war äußerst anstrengend und teilweise frustrierend. Isabella – unausgeschlafen und übellaunig - brachte uns fast zur Verzweiflung. Im nicht voll besetzten Bus wählte sie sich einen Sitzplatz ganz hinten, wir ließen sie gewähren. Während der ersten längeren Pause heftete sich Isabella an die Fersen eines jungen Paares. Uns ignorierte sie nach dem Motto: Ich brauche euch nicht! Die beiden waren ihr gegenüber sehr lieb und geduldig. Sie versicherten mir, dass unsere Pflegetochter ihnen nicht lästig sei. Später wurde es den jungen Leuten, wie zu erwarten war, doch zu viel.

Wir erreichten Pamukkale. Wasser rieselte beständig über die ausgedehnten, weißlich-grau schimmernden Kalksteinflächen, die terrassenförmig abwärts führten. Stellenweise hatten sich in Vertiefungen größere Lachen gebildet. Um die Kalksteinterrassen zu begehen, mussten die Besucher Schuhe und Strümpfe ausziehen. Für Isabella eine Zumutung! Sie weigerte sich mitzukommen. „Okay, wenn du partout nicht mit hinabsteigen willst, musst du auf uns hier warten! Ich verzichte jedenfalls nicht, bloß weil Madam was anderes will!", ärgerte sich Hartwig. Wir wollten das Mädel nicht zu lange allein lassen, deshalb beeilten wir uns und konnten somit den Anblick der spektakulären Anlage nicht recht auf uns wirken lassen. Wieder oben angekommen, war keine Spur von Isabella auszumachen. Leute aus der Reisegruppe hatten sie zusammen mit dem Pärchen hinuntergehen sehen. Bald darauf waren die jungen Leute zurück, unser Sorgenkind jedoch nicht. Hartwig musste Isabella zurückholen, es drängte die Zeit! Trotzend setzte sich das Mädchen auf eine Bank und weigerte sich weiterzugehen. „Ich will sofort zum Bus!" Alles Zureden und Erklären meinerseits verpuffte. Erst auf eine klare, scharfe Ansage reagierte sie unwillig.

Wenigstens das ziemlich gut erhaltene Amphitheater wollten wir uns noch ansehen. Auf dem Weg dorthin umschwänzelte eine Meute wild lebender Hunde, um Futter bettelnd, die Besucher.

„Oh, sind die süß! Darf ich die streicheln?" Isi hatte plötzlich wieder gute Laune. Sie holte den Rest ihres Proviants aus ihrem Rucksack und wurde sofort von den Hunden bedrängt. Das war doch etwas zu heftig. Schnell warf sie die Schnitten von sich, auf die sich das Rudel sofort stürzte. Wir hofften, dass Isabella wenigstens noch bis zum Amphitheater durchhalten würde. Es geschah etwas, was wir nicht erwartet hatten: Sie staunte und war begeistert!

Am letzten Urlaubstag erholten wir uns. Isabella wirkte zufrieden, wer hätte das gedacht? Während des Rückflugs am Sonnabend beschäftigte sie sich mit Überlegungen, welche Geschichten sie in der Schule und ihrem Bruder erzählen sollte, um alle so richtig neidisch zu machen. Ich fragte: „Wie fühlst du dich, wenn jemand neidisch auf dich ist?" „Cool, einfach cool!", war ihre Antwort. „Bist du auch manchmal neidisch auf jemanden?" Das bejahte sie. Hartwig meinte: „Du musst dir keine Geschichten ausdenken, du hast so viel erlebt. Deine Mitschüler, Freunde und dein Bruder werden garantiert von selbst fragen, wenn du in deinen neuen Sachen und leicht gebräunt daherkommst." „Du kannst sogar ohne anzugeben ganz einfach von deinen Erlebnissen erzählen, Fotos und Mitbringsel zeigen. Glaube mir, das kommt besser an", fügte ich noch hinzu.

Isabella schlief am Sonntag bis in die Puppen, wie man so sagt. Sie gesellte sich erst zum Mittagessen zu uns und freute sich, dass auch Karl da war. Über ihn ergoss sich ein reicher Schwall von Erlebnisberichten. Isi schwärmte von der Geburtstagsfeier an der Pool-Bar und wie die jungen Türken mit ihr geflirtet hätten.

Der Ernst des Lebens, konkret die Vorbereitung auf die Schule, holte sie unweigerlich ein. Wir besprachen mit ihr Strategien für den Schulalltag, anstehende Termine wie Kieferorthopädie, SPZ (Sozialpädiatrisches Zentrum), Frauenarzt. Isabella rutschte unruhig hin und her und meinte genervt: „Habe alles im Kalender eingetragen, geht klar. Ranzen ist gepackt. Darf ich jetzt raus?" Nicole und Steve warteten vor dem Haus. „Ich muss ihnen doch noch die Einladungen zur Geburtstagsnachfeier geben." Isabella kam pünktlich nach Hause.

24. Oktober, erster Schultag nach den Herbstferien: Hartwig hatte Frühschicht und sollte mit Isabella nach Unterrichtsende zum SPZ fahren, wo wir uns zum Familiengespräch treffen wollten. Ich stand bereits vor der Einrichtung, als mein Mann mich anrief: „Hallo Margret, du musst leider allein zu Frau Doktor X. gehen. Isi ist nicht mit dem üblichen Bus gekommen. Wir schaffen es zeitlich nicht." „Warum erstaunt mich das nicht? Ich bin auf ihre Ausrede gespannt. Lass sie bloß nicht noch mal weggehen!" „Das ist auch in meinem Sinne. Bis später."
So sprach ich allein mit der Ärztin. Sie war mir gegenüber sehr offen und äußerte ihre Bedenken, ob Isabella intellektuell und von der Persönlichkeitsstruktur her in der Lage wäre, eine Psychotherapie erfolgreich zu absolvieren. Bisher waren ihre Bereitschaft zur Mitarbeit flach, die Aussagen oberflächlich, das Verhalten stark triebgesteuert. Isabellas Aufmachung wirke wie die eines billigen Mädchens. Sie habe Freude daran, sich zu beklagen, andere schlecht zu machen, insbesondere die Menschen, die Selbstbewusstsein, Kraft und Stärke besitzen. Ich dachte: „Dahinter steckt ein geringes Selbstwertgefühl und die Angst vor Kontrolle, Abwertung und Beziehungsabbruch."

Weiterhin stellte die Kinderpsychiaterin fest: „Isabella ist nicht wirklich am Erkennen ihres eigenen Anteils an Konflikten interessiert, ist kaum in der Lage die Konsequenzen ihres Handelns zu erkennen, um daraus Schlussfolgerungen zu ziehen. Fast zwanghaft getrieben wiederholt sie bestimmte Verhaltensweisen immer wieder in dem Bestreben, Beachtung, Fürsorge und Zuwendung zu erlangen." Die psychiatrisch tätige Fachärztin vermutete, dass Isabella bei einer stationären Therapie die Gruppe kräftig durcheinanderwirbeln würde, um sich in den Vordergrund zu drängen. Ich machte den Vorschlag, dass wir uns nochmals mit Frau Braunkohl vom Pflegekinderwesen beraten könnten und bat darum, beim nächsten Termin das Familiengespräch nachzuholen, um dann zu entscheiden, ob eine stationäre Psychotherapie doch möglich und sinnvoll sein könnte. So verblieben wir.

In der Zwischenzeit war Isabella mit dem letzten Schulbus zurückgefahren. Sie hatte sich extra schriftlich bestätigen lassen, dass sie an einer Förderstunde Mathe teilgenommen hatte. Im Normalfall wäre sie nicht bereit gewesen, eine Stunde länger in der Schule zu bleiben. Sie behauptete, ohne mit der Wimper zu zucken, dass sie vom Termin im SPZ nichts wusste, außerdem hätte ich sie am Morgen auch nicht daran erinnert. Aha.
Am Abend sprachen Hartwig und ich noch lange über Isabellas Situation und das Gespräch mit der Kinder- und Jugendlichen-Psychiaterin. Ich nahm mir vor, die mir zur Verfügung gestellten Kopien aus den Akten hinsichtlich der intellektuellen und sozial-emotionalen Entwicklung des Kindes nochmal genauer durchzusehen, um zu verstehen, was mit dem Mädchen los ist.

Unterschiedliche Beurteilungen und Schlussfolgerungen

Ich konnte mir nicht vorstellen, dass Isabella intellektuell nicht in der Lage sein sollte, die Folgen ihres Handelns einzuschätzen. Sie war meiner Meinung nach nicht bereit ihre Abwehrhaltung aufzugeben und vor allem (unbewusst) damit beschäftigt Möglichkeiten auszuloten, wie sie ihre narzisstischen Bedürfnisse befriedigen könnte. Bei der Klassendiskussion, wenn es um eine andere und nicht um die eigene Person ging, konnte Isabella durchaus Konfliktsituationen richtig einschätzen und brauchbare Lösungsansätze finden. Sie war jedoch nicht gewillt, ihren eigenen Anteil anzuerkennen, was bei anderen Jugendlichen genauso vorkommt. Ihre persönlichen Lösungen bestanden häufig in lautstarken Protesten, Beschimpfungen, wütendem Weglaufen oder tränenreichem Rückzug sowie Verdrängen aller unangenehmen Gefühle. Ich fragte mich, welche emotionalen Erfahrungen zu solchen Verhaltensweisen beigetragen haben. Aber meine Kenntnisse darüber reichten damals noch nicht aus.

Erst später, kurz vor Beendigung der Bereitschaftspflege, konnte ich durch ein Gespräch mit Isabellas Großmutter weitere Details über das Schicksal des Mädchens erfahren, was mir ermöglichte, die Kenntnisse aus der Aktenlage und unsere Erfahrungen mit Isabella miteinander zu verknüpfen.

Auch heute noch bewegt mich Isabellas Schicksal und das vieler anderer Kinder und Jugendlichen, die als sogenannte Systemsprenger bezeichnet werden. Ich frage mich, welche Auswirkungen traumatische Erfahrungen in der Kindheit auf ihr Erwachsenenleben und ihre spätere Rolle als Eltern haben können. Befriedigende Antworten konnte ich erst Jahre später durch Weiterbildungen und Lesen von Fachliteratur finden.

Ich habe gelesen, dass das Gehirn eines Fötus bereits ab dem sechsten Schwangerschaftsmonat Erfahrungen mit Emotionen und Reaktionen der Mutter – wie z. B. auf Angst und Freude – speichern kann. Das brachte mich zu den folgenden Überlegungen:

Isabellas Mutter freute sich, wie Oma Renate mir bestätigte, auf ihr zweites Kind, wurde jedoch gleichzeitig von Zukunftsängsten und Zweifeln gequält. Die soziale Sicherheit war in den Umbruchjahren 1989/90 nicht mehr selbstverständlich. Anitas Mann wurde vor Isabellas Geburt arbeitslos. Seine Ruhelosigkeit und besonders die Unbeherrschtheit, das laute Anschreien und die Androhung von Prügel ihr und dem kleinen Sohn gegenüber, mussten sie zutiefst verunsichert haben. Immer häufiger verfiel die junge Frau in eine düstere Stimmung.

Die Bindung zwischen Mutter und Tochter war anfangs sehr eng. Die Kleine spürte, wenn die Mama traurig war. Wenn sie aber die Ärmchen nach ihr ausstreckte und lächelte, dann auf den Arm genommen wurde, fühlte sich das Mädchen geborgen. Diese innige Beziehung bekam einen Riss mit der Erkrankung der Mutter, welche zur zeitweisen Unfähigkeit, ihre Kinder adäquat zu versorgen, führte, bis hin zur Trennung und Unterbringung des Kindes im Krankenhaus und Säuglingsheim.

Emotionale Vernachlässigung, eine unsichere Bindung an die wichtigsten Bezugspersonen, gar die Trennung von den Eltern, stellen existenzbedrohende Grenzerfahrungen dar, führen zur Verletzung des Urvertrauens und Traumatisierung eines so jungen Kindes. Diese Erfahrungen werden im Unterbewusstsein gespeichert. Vermutlich ist Isabellas Hunger nach Aufmerksamkeit, Zuwendung und Liebe grenzenlos, um die innere Leere und Angst vor dem Verlassensein auszufüllen. Dauerhaft heftige Emotionen sowie ständiger emotionaler Stress hinterlassen auch Spuren im Gehirn. Der Hippocampus verkleinert sich, was die Gedächtnisleistung herabsetzen, die kognitiven Funktionen (Wahrnehmen, Erkennen, Realität einschätzen, Denken, Lernfähigkeit) beeinträchtigen kann.

Doch zur Zeit des Pflegeverhältnisses 2005/06 konnte ich mich lediglich auf meine beruflichen Erfahrungen, den Austausch mit meiner Freundin und den Sozialarbeiterinnen vom Jugendamt stützen. Ich wusste: Pflegekinder haben ein erhöhtes Risiko für die Entwicklung psychischer Störungen. Schon im Kindergarten und später in der Schule fallen sie durch ihr unangepasstes, ruheloses und mitunter aggressives Verhalten störend auf. Sie können sich schlecht konzentrieren, wechseln häufig von einer Beschäftigung zur anderen, ihr Interesse am Wissenserwerb und die Lernfähigkeit scheinen gemindert zu sein. Die Pflegekinderdienste der Jugendämter erarbeiten regelmäßig mit den Pflegeeltern (gegebenenfalls unter Einbeziehung der leiblichen Eltern) Hilfepläne und schätzen die Entwicklung der Kinder ein. Bei Schulkindern ist es auch möglich, die Klassenleiter in die Beratungen mit einzubeziehen.

Nach Aufnahme in die Pflegefamilie besuchte Isabella als Dreijährige einen Kindergarten. In einem Bericht wurde festgehalten, dass sie nicht ihrem Alter entsprechend entwickelt sei, jedoch über eine schnelle Auffassungsgabe verfüge und daher rasch noch nicht Erlerntes nachholen könne. Die größten Defizite lagen damals im sprachlichen Bereich.

Die Pflegemutti schätzte damals ein: Isabella ist ein intelligentes, schon sehr selbstständiges Mädchen. Allerdings waren ihr Tischsitten und regelmäßige Mahlzeiten fremd. Anfangs wollte sie nur Kekse und Wasser zu sich nehmen.

Ein Jahr später wurde vermerkt: Isabella ist ein zierliches, lebhaftes und aufgewecktes Kind. Im Spiel möchte sie immer eine führende Rolle übernehmen, wobei es dann zu Auseinandersetzungen mit den Gleichaltrigen kommt. ... Sie hat in ihrer intellektuellen Entwicklung Rückstände aufgeholt. Denken und Sprache sind dem Alter entsprechend gut entwickelt.

Bei einer weiteren Fortschreibung des Hilfeplanes (1995) wurde festgehalten: Isabella erlebt ihr Kind-Sein in der Familie Muster sehr positiv. Zu Beginn des Pflegeverhältnisses richtete sich die ganze Familie nach den Bedürfnissen des Kindes. Die anfängliche Angst vor dem Pflegevater konnte abgebaut werden. Eine enge Bindung besteht zur Pflegemutter. Isabella genießt die Sonderstellung als Jüngste in der Familie und möchte diese auch in der Kindergruppe einnehmen. Mit viel Geduld und Konsequenz in der Erziehung muss Isabella erfahren, wo ihre Grenzen sind und sie muss die Regeln und Normen, die in der Familie für alle gelten, ebenso für sich annehmen lernen. Gleiches gilt auch im Zusammensein mit Kindern und Erzieherinnen im Kindergarten. ... Inzwischen gibt es seitens der leiblichen Eltern keine Kontaktbemühungen mehr. Die Arbeit mit den Fotos der Herkunftsfamilie wurde eingestellt, da diese Beschäftigung mit der Vergangenheit bei Isabella nur negative Verhaltensweisen hervorriefen und kein positiver Aspekt mehr vorhanden ist.

1997, kurz vor der Einschulung, hieß es: ... Denken und Sprache sind bei Isabella gut ausgeprägt. Obwohl sie sehr unruhig ist und sich oft schlecht konzentrieren kann, lernt sie Gedichte und Lieder sehr schnell. Sie versteht auch den Sinn der Texte und kann den Inhalt von Geschichten verständlich erklären. Sie ist sehr erzählfreudig. ... An kreativen Tätigkeiten wie Kneten, Malen, Basteln, ist sie nur so lange interessiert, wie sie Anleitung und Zuspruch bekommt. Kindern und Erwachsenen gegenüber ist Isabella sehr hilfsbereit und schnell zur Stelle, wenn Hilfe geleistet werden muss. Dabei kann sie in Bewegung sein, die sie ständig braucht. Ihr fällt es jedoch sehr schwer, sich in einer Kindergruppe ein- und unterzuordnen.

Während der Grundschulzeit wurde auf Isabella viel Rücksicht genommen. Um dem großen Bewegungsdrang zu begegnen, erhielt das Mädchen kleine Aufträge wie etwas zu holen oder zu bringen oder die Lehrerin plante für alle Kinder Bewegungspausen ein. Die Anforderungen still zu sitzen und nur zu sprechen, wenn sie aufgefordert wird, konnte Isabella nur schwer erfüllen. Ständig hatte sie etwas zum Spielen in der Hand, machte Geräusche, wechselte häufig ihre Sitzposition oder stand einfach auf, lief durch die Klasse. Dennoch schien dem Mädchen das Lernen keine nennenswerten Probleme zu bereiten. In der 1. Klasse erfasste Isabella schnell die Laut-Buchstaben-Beziehungen und konnte die erlernten Sätze lesen. Mit einem Bleistift schrieb sie in großen Druckbuchstaben erste Wörter, freute sich über jedes Lob. Der Umgang mit dem Füller sowie mit Pinsel und Farbe bereiteten ihr jedoch Mühe. Sowie Isabella etwas nicht leicht von der Hand ging, verweigerte sie die Weiterarbeit, fegte ihre Arbeitsmittel vom Tisch. Wenn es möglich war, bekam sie im Unterricht Anleitung und Zuwendung durch eine pädagogische Mitarbeiterin. In Mathematik nutzte das Kind sinnvoll die Lernhilfsmittel und konnte sich im erarbeiteten Zahlenraum gut orientieren. Fehler entstanden überwiegend durch Unaufmerksamkeit.

Von einer Lernschwäche war während der Grundschulzeit nie die Rede gewesen. Isabella erzielte durchschnittliche Leistungen. Ihre Probleme lagen eher in den Bereichen Arbeitsorganisation, Motivation, Aufmerksamkeit und Konzentration.

Was führte dazu, dass Isabella später in eine Lernbehindertenschule überwiesen wurde? In keiner der mir vorliegenden Einschätzungen oder Beurteilungen war bisher der Verdacht auf Bestehen einer intellektuellen Minderbegabung erwähnt worden. Ich vermutete, dass der Übergang von der Grundschule zur Sekundarschule, der zeitlich mit der Aufnahme des jüngeren Bruders in die Pflegefamilie zusammenfiel, von Isabella nicht gut bewältigt wurde. Über diesen Aspekt wollte ich mit Frau Doktor X. sprechen.

Ich konnte mir vorstellen, dass die Veränderung in der Familienkonstellation sowohl für die Pflegeeltern als auch für die Kinder eine große Herausforderung bedeutete. Isabella war zutiefst verunsichert und glaubte, sich der Liebe und Fürsorge durch die Eltern nicht mehr sicher sein zu können. Für Jan waren die Bemühungen um Integration in die Familie, der Aufbau neuer Bindungen sowie die Bewältigung seiner Erfahrungen in der Herkunftsfamilie eine schwierige Aufgabe. Außerdem stand seine Einschulung bevor. Ob das Kind überhaupt so viel Kraft zusätzlich für schulische Aufgaben aufbringen konnte, hatte sich wahrscheinlich niemand gefragt.

Jan litt von Anfang an unter Lernschwierigkeiten und Isabella fühlte sich damit überfordert, ihm bei den Hausaufgaben zu helfen. Sie hatte selbst genug Probleme.

In der neuen, zahlenmäßig stärkeren 5. Klasse kämpfte Isabella um eine anerkannte Position. Freundschaft versuchte sie sich durch kleine Geschenke, Süßigkeiten oder auch Geld zu erkaufen. Reichte ihr Taschengeld nicht aus, bediente sie sich heimlich aus dem Portemonnaie der Mutti, bis es bemerkt wurde.

Zu Hause verlor Isabella ihre Sonderstellung. Sie fühlte sich durch den jüngeren Bruder von ihrer Position verdrängt, nicht mehr wahrgenommen. Aufmerksamkeit erlangte das Mädchen durch demonstratives Verhalten oder wenn es etwas angestellt hatte...

Innere Spannungen werden über einen erhöhten Bewegungsdrang abgeführt. Die Fachlehrer wussten nichts von den bedrohlichen Schatten aus Isabellas Kindheit und den daraus resultierenden Verhaltensstörungen. Für sie war Isi eine gewöhnliche, aber ungezogene Schülerin. Ihre wachsende Unruhe und lautstarken Proteste, wenn sie ermahnt oder getadelt wurde, empfanden Lehrer und Mitschüler immer mehr als unzumutbar.

Im Unterricht war für individuelle Förderung oder besondere Zuwendung keine Zeit. Für Isabella galt, ohne dass sie sich dessen bewusst war, lieber Schimpfen und Bestrafung auf sich nehmen, als übersehen zu werden.

Die Eltern versuchten durch Ausübung von Druck Isabellas Lernbereitschaft anzukurbeln. Die erhöhten Lernzwänge,

Ermahnungen, Kritik und Androhung von Strafen verunsicherten das Mädchen zunehmend, führten zur Angst vor dem Versagen, zum Sinken des Selbstwertgefühls, Schulunlust und Verstärkung der Verhaltensauffälligkeiten. Isabellas Lernleistungen verschlechterten sich, dennoch schaffte sie die Versetzung in die Klassenstufe 6.

In Vorbereitung der nächsten Fortschreibung des Hilfeplans sollte Isabella eine Selbsteinschätzung vornehmen und dazu einen Fragebogen ausfüllen. Ihre Lernleistungen in der Sekundarschule deuteten nicht auf eine akute Versetzungsgefahr hin, was der Zensurenspiegel belegte - Deutsch: 3, Englisch: 4, Mathematik: 4, Biologie: 2, Geografie: 3, Geschichte: 4, Musik: 2, Kunst: 2, Sport: 3, Werken: 2. Sie meinte dazu: *„Ich bin zufrieden mit diesen Zensuren. Ich muss mehr üben, dass ich mich in Englisch, Mathe und Geschichte wieder verbessere.“* Bezüglich der Stellung in der Familie gab sie an: *„Zu den Eltern kein gutes Verhältnis. Zu den Geschwistern gutes Verhältnis. Nein, ich bin nicht zufrieden.“* Auf die Frage, was die anderen an ihrem Verhalten stören könnte, antwortete sie: *„Das Klauen.“* Eine weitere Frage lautete: Welche Wünsche hast du an die anderen (z. B. Eltern, Geschwister)? Isabella schrieb: *„Dass ich das bekommen kann, was ich mir wünsche, dass mich die Geschwister lieb haben.“*

Aus der Einschätzung der Pflegeeltern ging hervor, dass Isabella immer zum Lernen und Hausaufgabenerledigen aufgefordert werden musste. Schlechte Zensuren versuchte sie zu verheimlichen. Hinsichtlich ihres Sozialverhaltens gab die Pflegemutter an, Isabella habe keinen echten Freundeskreis, erkaufe sich die Freundschaft einzelner. Wenn sie zur Rede gestellt wird wegen Diebstahls oder Lügen, streite sie immer alles ab. Einmal lief sie nach einer solchen Aussprache wütend von zu

Hause weg und versteckte sich. Isabella musste von der Polizei gesucht werden.

Ihre Pflegeeltern konnten sich nicht vorstellen, was zu der Krise geführt haben könnte. War es die beginnende Pubertät? Bisher sei das Verhältnis in der Familie doch in Ordnung gewesen. Besonders der Mutti und der großen Schwester gegenüber zeigte Isabella eine ausgeprägte Anhänglichkeit.

Mit Unterstützung der Sozialarbeiterin vom Pflegekinderdienst fand daraufhin in der Familie ein Krisengespräch statt. Isabella äußerte dabei, dass sie sich dem jüngeren Bruder gegenüber zurückgesetzt fühle, dass Jan nicht auf sie hören würde und frech zu ihr sei. Es wurde im Hilfeplan die Vereinbarung festgehalten, dass beim Auftreten von kritischen Situationen und Konflikten sofort die Mitarbeiterin des Pflegekinderdienstes sowie die Amtspflegerin zu informieren sind, um geeignete Hilfe zu organisieren.

Die Wogen glätteten sich wieder. Isabella hatte im Ort ein Mädchen, etwas jünger als sie, dessen Familie gerade zugezogen war, kennengelernt und sich mit diesem angefreundet. Um ihre Freizeit mit der neuen Freundin verbringen zu dürfen, war Isabella bereit, die ihr übertragenen Aufgaben – wie Katzen füttern, Zimmer in Ordnung halten, mit dem Hund Gassi gehen – zu erfüllen.

Wenn der Pflegevater zu Hause war (er arbeitete in Schichten) und Isi nachmittags nicht raus durfte, ging sie ihm möglichst aus dem Weg, zog sich in ihr Zimmer zurück. Die großen Geschwister gingen immer mehr ihre eigenen Wege, hatten keine Zeit mehr für Isabella, deshalb suchte sie Zuwendung bei der Mutti. Mit Jan verstand sie sich nicht so gut. Er verbrachte viel

Zeit auf dem Sportplatz und ging mit dem Vater zu Fußballspielen. Aus Isabellas Sicht hatte der Bruder keinerlei Pflichten im Haushalt zu erfüllen und wurde verwöhnt. In ihr wuchsen Unmut und Unzufriedenheit mit sich und ihrem Umfeld.

In der Schule ging es mit den Leistungen, der Anstrengungsbereitschaft sowie Frustrationstoleranz steil bergab. Jegliche Kritik deutete Isabella als Abwertung ihrer Persönlichkeit und Provokation.

Mittlerweile ist aus der Hirnforschung bekannt, dass frühe emotionale Vernachlässigung nicht nur die Bindungsfähigkeit beeinflusst, sondern weitreichende Folgen und biologische Störungen bei der Entwicklung des Stressverarbeitungssystems nach sich ziehen kann.

Isabellas Sozialverhalten wurde teilweise untragbar. Letztendlich drohte die Nichtversetzung. In Absprache mit der Amtspflegerin und den Pflegeeltern beantragte der Klassenlehrer die Überprüfung eines sonderpädagogischen Förderbedarfs. Es wurden Defizite bei der emotional-sozialen Entwicklung sowie eine geminderte Lernfähigkeit diagnostiziert, aber keine eindeutige Lernbehinderung. Isabella erhielt in der siebenten Klasse im Gemeinsamen Unterricht (GU) individuelle Förderung und einen Nachteilsausgleich in der Form, dass ihr bei Lernkontrollen mehr Zeit eingeräumt oder der Aufgabenumfang reduziert werden konnte. Eine ruhige Banknachbarin sollte sie unterstützen. Im Falle von großen Erregungszuständen durfte Isabella auch den Klassenraum verlassen und ihre Aufgaben auf dem Flur, neben dem Sekretariat, erledigen. Die vermeintliche Sonderbehandlung gefiel dem Mädchen, aber nicht allen Mitschülern. Für diese war es manchmal unerträglich, wenn sie im Unterricht durch störende Geräusche, Kippeln oder Reinreden abgelenkt wurden. Auf jegliche Ermahnung oder Kritik reagierte Isabella aggressiv. Sie brachte ihre Klasse tüchtig durcheinander und erlebte immer mehr Ablehnung. Seitens der Eltern ihrer Mitschüler häuften sich die Beschwerden. Isabella erreichte das Lernziel der 7. Klasse nicht und wurde schließlich in die Förderschule für Lernbehinderte überwiesen.

Ich war überzeugt, dass man Isabellas Zurückbleiben beim Lernen nicht mit dem Argument, dass sie ihre intellektuelle Leistungsgrenze erreicht hatte, erklären konnte. Womöglich spielten eher psychische Probleme oder gar eine psychische/ psychiatrische Erkrankung im Zusammenspiel mit den körperlichen und seelischen Veränderungen während der Pubertät sowie frühkindlichen Traumatisierungen eine Rolle.

In der Förderschule erlangte Isabella ohne Anstrengung gute Noten. Die Probleme im Sozialverhalten blieben bestehen, waren demzufolge nicht mit einer Überforderung beim Lernen in der Regelschule erklärbar.

Nach den Oktoberferien bis zum Jahresende

Bis auf den „vergessenen" Termin im SPZ verlief die Woche nach den Ferien recht entspannt. Wir begannen zu hoffen, dass Isabella ein wenig zur Ruhe kommen würde und mit unserer Unterstützung von einer Psychotherapie profitieren könnte.

Am Sonnabend wurde ihr Geburtstag mit den Freunden nachgefeiert. Isabella hatte Steve, Nicole und Nora, die Pflegetochter unserer Nachbarn, eingeladen. Das Mädchen durfte oder wollte nicht mit. Seine Pflegeeltern waren sowieso der Meinung, dass Isabella nicht der richtige Umgang für ihr Mädel sei. Wir fuhren mit den Kids zum Bowling, inklusive Abendessen.

Am nächsten Montag stand der Frauenarzttermin an. Isabella fürchtete sich davor. Ihre Regel war zum zweiten Mal ausgeblieben! Hatte sie sich innerlich schon auf eine mögliche Schwangerschaft eingestellt? Bereits im Urlaub schaute sie in jeden Kinderwagen und bewunderte Babykleidung. Mir wurde mulmig zumute. Was kam da auf uns zu?

Nach der Untersuchung sprach die Ärztin allein mit mir. Isabella musste warten. Sie hatte also ihre Jungfräulichkeit tatsächlich verloren! Isi behauptete, noch nie etwas mit einem Jungen gehabt zu haben und wollte der Ärztin weismachen, dass sie einen zu großen Supertampon verwendet und dabei selbst das Jungfernhäutchen verletzt hätte. Das stufte die Frauenärztin als unmöglich ein. Ich dachte: Also doch! „Ist sie schwanger?", war meine bange Frage. „Nein, zum Glück nicht. Aber das Mädchen hat am rechten Eierstock eine Zyste. Diese kann medikamentös behandelt werden. Außerdem habe ich Isabella ausführlich über die Risiken einer frühen Schwangerschaft aufgeklärt und ihr die möglichen Folgen, die durch ungeschützten Geschlechtsverkehr mit häufig wechselnden Geschlechtspartnern auftreten können, deutlich gemacht."

Wir bekamen einen Kontrolltermin und verließen die Praxis. Isabella schien sichtlich erleichtert zu sein. Kleinlaut gab sie zu, dass der neue Freund sie zum Sex überredet hatte. „Aber das passiert *nich nochmal*, versprochen! Eigentlich habe ich mir das erste Mal ganz *anderst* vorgestellt." „Möchtest du darüber sprechen oder hast du noch Fragen zum Thema Sexualität?" Isabella traute sich nun doch Fragen zu stellen.

Zwar meinte Isi, dass sie vorerst nicht nochmal Sex haben wollte, doch sicherheitshalber, falls der Traumboy auftauchte, ließ sie sich von der Frauenärztin beim nächsten Termin die Pille verordnen.

Als ich am Dienstag von der Arbeit nach Hause kam, fand ich Isabella völlig aufgelöst vor. Ihre Augen waren verquollen, das Gesicht tränennass, die Wimperntusche verschmiert. Es gab in der Schule wieder Zickenkrieg. Inzwischen lebte das Gerücht wieder auf, sie sei schwanger, mindestens im dritten Monat. Isi hatte dem ganzen selbst Nahrung gegeben durch Prahlen mit ihren Liebschaften, dass sie sich aussuchen könne, mit wem sie gehen wolle. Außerdem hatte Isabella inzwischen einen gesegneten Appetit entwickelt und deutlich zugenommen. Nun wurde sie verachtet, von den Jungen der Klasse angepöbelt, von den Mädchen verspottet und herabgewürdigt. Daher auch die bissige Frage: „Na, Fräulein Wichtig, weißt du überhaupt, wer dir das Kind gemacht hat?" Isabellas Reaktionen waren zunächst Angriff mit übelsten Beschimpfungen, danach Flucht. Sie schwänzte die letzten beiden Unterrichtsstunden und lief die fünf

Kilometer zurück nach Hause. Das Mädchen hatte sich, kaum dass ich daheim angekommen war, bei mir ausgeweint und sich den ganzen Frust von der Seele geredet. Danach zog sich Isabella in ihr Zimmer zurück.

Nach dem regulären Unterrichtsschluss erfuhr die Klassenlehrerin von Isabellas Weglaufen und rief mich sofort an. Frau Wind teilte mir mit, dass Isabella zwei Stunden geschwänzt und unerlaubt das Schulgelände verlassen hatte. Sie machte sich Sorgen, ob das Mädchen zu Hause angekommen war. Ich beschrieb der Lehrerin die Klassensituation, wie Isabella sie mir geschildert hatte. Frau Wind versprach, gleich am nächsten Morgen mit der Klasse den Vorfall auszuwerten. Sie seufzte: „Eine im Sozialverhalten so schwierige Klasse hatte ich noch nie. Doch der Elternrat ist sehr aktiv und unterstützt uns." Ich bedankte mich für das offene Gespräch. Wir wünschten uns gegenseitig viel Kraft.

Am Abend saß ich mit meiner Freundin Sigrid zusammen. Wie so oft war Isabella Gesprächsthema Nummer eins. Ich berichtete vom Frauenarztbesuch und vom Zoff in der Schule. Wir waren uns einig: Mit Isi konnte es gar nicht langweilig werden. Aufgrund unserer jeweiligen beruflichen Erfahrungen hatten wir es schon öfter mit ähnlichen Problemfällen zu tun gehabt. Es war aber eine ganz andere Sache, damit im eigenen Haushalt konfrontiert zu sein. Wir sprachen über Hintergründe und den Einfluss der familiären Verhältnisse, warum manche Mädchen schon so zeitig sexuelle Beziehungen aufnehmen. Oft sind diese frühen Erfahrungen mit Enttäuschung, Scham- und Schuld-Ängsten oder auch langfristig mit Tendenzen, den eigenen Körper abzulehnen, verbunden. Meine Freundin, die ja tiefenpsychologisch arbeitet, erklärte das in etwa so: Einerseits ist für die spätere Liebesfähigkeit das Erleben eines liebevollen, respektvollen Umgangs der Eltern miteinander bedeutsam, andererseits nehmen die Position des Vaters sowie die Beziehung zwischen Vater und Tochter eine Schlüsselrolle für die Entwicklung der Weiblichkeit ein. Indem der Vater liebevoll auf die Tochter blickt, spiegelt er ihr damit ihre Weiblichkeit, wobei die Beziehung liebevoll-anerkennend und zärtlich ist, natürlich bei ganz normaler Inzest-Schranke, ohne sexuelle Absichten. Sigrid machte mich auf die Folgen von gestörten Beziehungen zwischen Vater (auch Stiefvater oder Pflegevater) und die Heranwachsende aufmerksam. Wird die Tochter jedoch vom Vater oder eben dem Pflegevater ständig kritisiert, beleidigt, herabgewürdigt und beschimpft, so fühlt sich das Mädchen entwertet, womöglich sogar bedroht. Es entstehen Ängste und Selbstwertzweifel, die zu gravierenden Störungen bis hin zur Selbstverletzung oder schweren Ess-Störungen führen können. Äußerst schreckliche Auswirkungen für die weibliche Psyche hat die Überschreitung inzestuöser Grenzen durch einen missbrauchenden Vater.

Ich kann mir vorstellen, dass auch das Wegsehen und nicht Schützen des Kindes vor sexueller Gewalt durch männliche Bekannte des Vaters dieselben Auswirkungen haben können. Solche traumatischen Erfahrungen werden im Unterbewusstsein tief eingegraben und prägen das sogenannte Innere Kind noch im Erwachsenenalter. Es ist gleichgültig, ob das missbrauchte Kind sich daran erinnern kann oder nicht; der Körper vergisst nicht. Mädchen, die einen Vater gänzlich entbehren mussten oder von ihm nicht die liebevolle Anerkennung bekommen haben, neigen später oft dazu, Jungen oder Männer mit Macho-Gehabe, die von der eigenen Grandiosität überzeugt sind, zu bewundern. Die jungen Mädchen selbst sind jedoch unsicher in ihrer Weiblichkeit, machen sich ständig Sorgen über ihr Aussehen, haben Angst vor Zurückweisung und dem Nicht-beachtet-werden. Sie wollen immer gefallen und begeben sich schnell in Abhängigkeit. Aus Angst vor Liebesverlust gehen solche Mädchen oft zeitig sexuelle Beziehungen ein. Die Enttäuschung ist groß, wenn ihnen nicht die große Liebe begegnet und sie feststellen müssen, dass der Junge nur ein rein selbstverliebtes Verlangen befriedigen wollte. Unbewusst wird in jedem neuen Mann immer wieder der die Tochter bewundernde Vater gesucht. Häufig sind die Beziehungen von Lieblosigkeit und Abwertung geprägt; ein Teufelskreis.

Ich ging davon aus, dass sich Isabella in einem Gefühlschaos befand. Für Kinder und Jugendliche in der Phase der Pubertät ist es normal, dass sie sich von den Wertvorstellungen der Eltern abgrenzen wollen, dass sie Machtkämpfe in der Familie ausfechten und beginnen sich loszulösen. Besonders für Pflegeeltern bringt das mitunter große Schwierigkeiten mit sich, denn die Pflegetochter verhält sich womöglich ganz anders als sie dies von der leiblichen kannten, außerdem spüren sie den erhöhten Druck durch die Rechenschaftspflicht gegenüber dem Jugendamt, verbunden mit der Angst vor dem Versagen. Fühlen sie sich dem nicht gewachsen, kann es zum Abbruch des Pflegeverhältnisses kommen, so wie es bei Isabella der Fall war. Das Mädchen musste wieder einen Beziehungsabbruch bewältigen, sich in einer neuen Familie zurechtfinden. Dabei war von Anfang an klar, dass diese Bereitschaftspflege zeitlich begrenzt sein würde. Wie sollte es weitergehen?

Nach den turbulenten Ereignissen am Vortag fühlte sich Isabella sehr elend. Sie wollte nicht zur Schule gehen und behauptete, sie sei krank. Ich sagte, dass ich es verstehen kann, dass sie weiteren Auseinandersetzungen am liebsten aus dem Weg gehen möchte. Außerdem erklärte ich ihr, dass Frau Wind gleich in der ersten Stunde mit der Klasse reden würde. Jeder sollte in Ruhe seine Meinung sagen können. Ich gab Isabella den Rat gut zuzuhören, jeden aussprechen zu lassen und wenn sie selbst an der Reihe sei, ehrlich zu erklären, wie sie sich fühlt, wenn sie von der ganzen Klasse gemobbt wird. Ich versuchte ihr Mut zu machen und sagte: „Du hast die Macht, nicht auf Provokationen einzusteigen. Damit kannst du die Angreifer ins Leere laufen lassen. Nichtbeachtung verdirbt ihnen die Show. Außerdem: Zu einem Streit oder Konflikt gehören immer zwei Seiten. Du bist nicht allein verantwortlich für die Stimmung in der Klasse. Frau Wind wird versuchen zu schlichten und alle auffordern darüber nachzudenken, welchen Anteil sie selbst haben. Das wird nicht jedem leichtfallen.“
Schweren Herzens ging Isabella gemeinsam mit Nicole zum Schulbus.
Nach teils heftigen Diskussionen traf die Klasse letztendlich Vereinbarungen zum Umgang miteinander, die schriftlich festgehalten und von allen unterschrieben wurden. Dennoch blieb die Stimmung angespannt, Isabella zog sich zurück. In den Hofpausen gesellte sie sich zu jüngeren Schülern und fand Halt bei der herzensguten Nicole. So verlief der Rest der Woche relativ ruhig.

Lange hielt der Frieden nicht. Im Sportunterricht wurde Isabella bei einem Ballspiel heftig angerempelt – nach ihrem Empfinden mit Absicht. Sie beschwerte sich lautstark mit drastischen Worten, tickte in der folgenden Auseinandersetzung regelrecht aus. In die Enge getrieben, ergriff sie die Flucht und schloss sich auf der Toilette ein. Wieder musste die Klassenleiterin zur Hilfe gerufen werden. Isabella reagierte nur noch auf diese Lehrerin. Wegen des Verstoßes gegen die Vereinbarungen erhielt die gesamte Klasse Kiosk-Verbot, das heißt, sie durften am nächsten Tag in der Frühstückspause nicht am Kiosk einkaufen, mussten im Klassenraum bleiben.

Isabella hielt sich für clever. Sie hatte ihren Bruder beauftragt, für sie etwas zu besorgen und ihm versprochen, dass er dafür das Restgeld von mehr als einem Euro behalten dürfte. Das Mädel verließ den Klassenraum unter dem Vorwand, zur Toilette zu müssen. Isi glaubte, den Burger draußen heimlich verputzen zu können. Die Rechnung ging nicht auf. Isabella bekam tüchtig Ärger, die Stimmung gegen sie kochte wieder hoch. Davon erzählte sie zu Hause natürlich nichts. Sie gab vor noch lernen zu müssen und kam nur zum Abendessen kurz zu uns.

Hartwig und ich fühlten uns durch die ständigen Auseinandersetzungen mit Isabellas Verhaltensweisen ziemlich angespannt, mussten uns gegen allerlei Anfeindungen selbst schützen. Nur gut, dass unsere familiären Beziehungen stabil waren, das gab uns Kraft. Was würde als nächstes kommen?

Den nächsten Schultag ließ Isabella ausfallen und behauptete uns gegenüber, dass sie umkehren musste, da sie Durchfall bekommen hatte. Moment mal, dachte ich, hatten wir diese Ausrede nicht schon einmal? Ich rief Frau Wind an. Wir vereinbarten, dass mein Mann an den nächsten beiden Tagen, also Donnerstag und Freitag, Isabella früh zur Schule fahren und sie persönlich im Sekretariat abliefern würde. Das war möglich, da er Spätdienst hatte. Von aufmerksamen Mitbürgern erfuhr ich am nächsten Morgen, dass unsere Pflegetochter sich wieder bei Elisabeth aufgehalten hatte.

Am Wochenende beklagte Isi sich bei ihrem großen „Bruder" über die Zustände in der Schule und dass sie ständig gemobbt werden würde. Selbst Schüler aus der Parallelklasse beteiligten sich daran. Auf dem Pausenhof riefen sie ihr nach: „Ha, ha, Sexy-Bella, Bella, Bella, Malla, Malla!" Karl war durch uns natürlich informiert. Er nahm sich für unser Pflegekind viel Zeit und besprach mit ihm Verhaltensmöglichkeiten. Dadurch, dass er nicht mehr zwischen Wohn- und Studienort pendelte – er wohnte inzwischen in einer WG – hatte unser Sohn genügend Abstand zu Isabella und musste sich nicht mehr von ihr vereinnahmt fühlen.

In der folgenden Schulwoche probierte Isi eine neue Strategie aus. Sie sprach mit niemandem aus der Klasse, arbeitete im Unterricht mit, ließ Bemerkungen abblitzen. In der kleinen Pause blieb sie am Platz sitzen und vertrieb sich die Zeit mit Kritzeleien und Rätsel. Die meisten Mitschüler ignorierten Isabellas Anwesenheit, solange sie ruhig blieb. Wie würde es weitergehen?

Ende November hatten wir wieder einen Termin in der KJP (Kinder- und Jugend-Psychiatrie). Inzwischen verspürte Isabella einen echten Leidensdruck. Sie kam einfach nicht mehr zurecht. Frau Braunkohl vom Pflegekinderdienst nahm an der Gesprächsrunde mit der Ärztin teil. Sie bekräftigte unsere

Einschätzung, dass Isabella die Chance einer stationären Psychotherapie bekommen sollte. Jedoch erst ab Mitte Januar würde ein Therapieplatz zur Verfügung stehen. Die Ärztin redete unserer Pflegetochter nochmals eindringlich ins Gewissen und erklärte, dass ihr nur geholfen werden könne, wenn sie ehrlich und bereit sei, sich an Regeln und Abmachungen zu halten.

Es ging inzwischen auf die Adventszeit zu. Isabella durfte unter Hartwigs Anleitung mittels Laubsäge ein Fensterbild anfertigen und damit ihr Zimmer dekorieren. Da es draußen nasskalt war, verbrachte das Mädchen mehr Zeit zu Hause, wollte dafür aber beschäftigt werden. Viel Spaß machte ihr das Plätzchen-Backen. Den Vorschlag, für Familie und Freunde Weihnachtskarten zu basteln, nahm Isabella begeistert auf, zumal ich ihr dabei half. Außerdem freute sie sich auf die Ferien.

Wie zu erwarten war, hielt bis dahin der Waffenstillstand in der Klasse nicht an. Es brodelte stark, diesmal gab es nicht nur Zickenkrieg, sondern auch noch Zoff zwischen Jungen und Mädchen. Dabei wurden alle Register gezogen: verbale Attacken, Schubsen, Treten, Kneifen, Anspucken, Sachen wegnehmen. Isabella ergriff für eine Mitschülerin Partei und schrie die Jungen an: „Seid ihr denn alle bescheuert? Das geht gar *nich*, wie ihr euch aufführt!" Damit wurde sie wieder zur Zielscheibe. Bei der weiteren Auseinandersetzung in die Enge getrieben, lief Isabella abermals aus der Schule weg und fuhr einen Bus früher nach Hause. Mir schickte sie eine SMS, dass sie eine Stunde Ausfall gehabt hätten und sie daher schon daheim sei. Davon stand aber nichts im Pendelheft. Wieder führten Frau Wind und ich ein ausführliches Telefongespräch. Wie belastend die Ereignisse auch

182

für meine Kollegin sein mussten, konnte ich mir vorstellen. Ich war lange genug selbst Klassenleiterin gewesen.

Hartwig und ich sprachen mit meiner Freundin über die Ereignisse. Sigrid erklärte uns mögliche psychodynamische Hintergründe sinngemäß so: „Isabella fühlte sich von allen verstoßen, wie damals von ihrer Mutter, die das Kind erst geliebt hatte und dann auf einmal nicht mehr beachtete bzw. verließ. Diese unbewusste Übertragung der Gefühle gegenüber der Mutter auf die Lehrerin und Mitschüler wirkte sich retraumatisierend aus und äußerte sich in heftigen Erregungszuständen." „Ich verstehe, durch Mobbing wurde Isabella getriggert und ergriff die Flucht." „Genau. Sie hat unbewusst ihre Traumatisierung wiederholt. Damit reagiert der Mandelkern im Gehirn, von ihm geht ein ‚Feuer' aus, als ob es um Leben oder Tod geht. Und wie gesagt, dieser Prozess ist nicht willentlich steuerbar." „Kann so ein Teufelskreis durch Therapien unterbrochen werden, wenn die traumatischen Ereignisse in sehr frühen Jahren stattfanden und nicht bewusst erinnert werden?", fragte mein Mann. Sigrid meinte: „Eine bloße Verhaltenstherapie würde in einem solchen Fall nicht ausreichend sein. Inzwischen gibt es in manchen Kliniken spezielle Traumatherapien."
Dieses Gespräch bestärkte uns in dem Vorhaben, Isabella während einer stationären Psychotherapie zur Seite zu stehen.

Erneut musste Frau Wind mit ihren aufgebrachten Schülern reden. Isabella wirkte müde und gereizt und kämpfte gegen ihre Gefühle von Hilflosigkeit, den anderen unterlegen und ausgeliefert zu sein, an. Sie wehrte sich verzweifelt gegen die Anschuldigungen und Provokationen und schrie: „Bald seid ihr

mich los. Ich bleibe *nich* mehr lange in der bescheuerten Klasse!"
„Du kannst sofort abhauen, du bist überflüssig!", rief ihr Kevin
zu. Sophia, die Klassensprecherin, meldete sich zu Wort:
„Diesmal könnt ihr nicht alle Schuld auf Isabella abschieben!
Immer wird die ganze Klasse mit reingezogen, wenn sich welche
streiten!" Frau Wind nickte bestätigend und sagte: „So ist es. In
Absprache mit dem Elternrat haben wir für den 8. Dezember
eine Aussprache anberaumt. Wir haben die beteiligten Schüler
sowie ihre Eltern eingeladen; das betrifft Dustin, Kevin, Lisa,
Anja, Michelle und Isabella. Schluss jetzt mit den Diskussionen,
wir können es uns nicht leisten, Unterrichtszeit zu verplempern!
Die 9. Klasse ist wichtig für euch, um für die zehnte zugelassen
zu werden. Ihr könnt sonst das Ziel Hauptschulabschluss
vergessen! Habt ihr das verstanden?"

Die Möglichkeit zur Aussprache war von allen eingeladenen
Personen wahrgenommen worden. Zunächst versuchte jede
Mutter, bzw. jeder Vater, das eigene Kind zu verteidigen. Immer
wieder stand Isabellas Verhalten in der Kritik. So wie die
Gescholtene, hatten auch ihre Mitschüler kein
Unrechtsbewusstsein, erkannten den eigenen Anteil an den
Konflikten nicht. Dieser musste mühsam herausgearbeitet
werden. Danach konnte jede Schülerin, jeder Schüler sagen, was
sie oder er sich in Bezug auf den Umgang miteinander wünsche,
und welchen Beitrag sie selbst leisten könnten. Auch die Eltern
gaben den Jugendlichen Ratschläge mit auf den Weg.
Vereinbarungen wurden wieder schriftlich festgehalten.
Die Zeit bis zu den Weihnachtsferien verlief recht entspannt.
Nun freuten sich alle auf die Festtage, auf Silvester und die

Klassenfahrt im Januar, die sich die Schüler durch Nichteinhaltung der Regeln nicht vermasseln wollten.

Entspannung gab es zum Jahresausklang. Bei uns traf sich am ersten Weihnachtstag die ganze Familie. Isabella war über so viel Aufmerksamkeit und Abwechslung glücklich. Sie musste sich nicht in den Vordergrund drängen, gehörte einfach dazu.
Außerdem freute sie sich auf den nächsten Kurzurlaub vom 29. Dezember bis zum 2. Januar. Mit vier Geschwistern meines Mannes und ihren Familien wollten wir gemeinsam den Jahreswechsel in Tschechien begehen. Ich selber habe ja leider keine Geschwister, aber dafür drei erwachsene Kinder und eine Enkelin. Wir schätzen die guten familiären Beziehungen sehr.

Alle fünf Familien hatten sich im selben kleinen Hotel eingemietet, ein gemütlicher Aufenthaltsraum mit Kachelofen stand uns zur Verfügung, und wir hatten ausgesprochen schönes Winterwetter – es lag sogar Schnee. Unsere anwesenden Nichten und Neffen waren ausnahmslos jünger als Isabella. Die Erwachsenen lobten unsere Pflegetochter dafür, dass sie sich so toll um die Kinder, die regelrecht an ihr hingen, kümmerte. Wir merkten Isabella an, dass sie sogar Spaß dabei hatte; sie wirkte zufrieden und ausgeglichen.

Im neuen Jahr

Die Alltagsroutine brachte es mit sich, dass die guten Vorsätze für das neue Jahr nicht lange anhielten. Kaum waren wir wieder zu Hause angekommen, war Isabella bestrebt, ihre Freundin zu besuchen. Nichts dagegen einzuwenden, doch statt wie vereinbart 17.30 Uhr zurück zu sein, verspätete sie sich um zwei Stunden. Das Mädchen glaubte, sich unbemerkt in sein Zimmer schleichen zu können. Als ich bei Isabella anklopfte und nachfragte, behauptete sie, schon ewig lange zu Hause zu sein. Das Lügen funktionierte nicht, sie fühlte sich ertappt und schwieg betreten.

Am nächsten Morgen lag ein Entschuldigungsbrief auf dem Küchentisch. Isabella schrieb:

Liebe Margret!!!

Es tut mir leid das ich zu spät gekommen bin. Es ist aber keine Entschuldigung ich habe nämlich zwei Freundinnen aus dem Dorf wo ich gewohnt habe getroffen und dann haben wir erzählt und dann habe ich noch Elisabeth getroffen und mich mit ihr unterhalten. Ich wollte es dir nur gleich erzählen ich bin jetzt wieder mit Steve zusammen bevor du es von andren erfahren tust. Ich kann auch mal gut aushalten mal 1 Woche lang nich raus zu gehen.

Isabella

P.S. Ich habe euch beide sehr lieb!!!

Wir fragten uns: „Wieso ist Isabella weiterhin so unberechenbar und wechselhaft; einmal anhänglich, vertrauensvoll, ein andermal ablehnend und unehrlich?!" Ich überlegte: „Eigentlich will Isabella uns nicht bewusst Ärger bereiten. Sie glaubt wahrscheinlich immer wieder, uns und auch andere austricksen zu müssen, um ihre eigenen Wünsche durchzusetzen." Ich sprach sie darauf an, welche Vorstellungen sie hat. Demnach war Isabella davon überzeugt, dass die meisten Gleichaltrigen und sogar Jüngere mehr Freiheiten als sie hätten, dass die anderen länger weggehen dürften, mehr besitzen würden. Sie wollte unbedingt mithalten können, anerkannt sein und sogar beneidet werden. Ihre Ansprüche und Begehrlichkeiten nach materiellen Dingen, Liebe und Anerkennung fielen in ein Fass ohne Boden.

Mein Mann und ich suchten immer wieder nach Erklärungen, weshalb unsere Pflegetochter oft so unlogisch und manipulativ agierte, aus Erfahrungen keine Schlüsse zog. Glücklicherweise konnten wir auf grundlegende Kenntnisse zurückgreifen und uns gegenseitig aufmuntern, in dem Wissen, dass die frühkindlichen traumatischen Erfahrungen zu der ungünstigen Persönlichkeitsentwicklung des Mädchens geführt haben und dass nicht die Zeit allein die Wunden heilen kann.

Außerdem stand uns meine Freundin, die Psychologin, mit Rat und Tat zur Seite. Auch Frau Braunkohl vom Pflegekinderdienst suchte intensiv nach Möglichkeiten, dem jungen Mädchen zu helfen. Sie überließ uns einige Artikel aus der Zeitschrift „Psychologie heute" vom Januar 2005, in denen Studienergebnisse über Bindungsforschung und die Folgen emotionaler Vernachlässigung vorgestellt wurden.

Inneres Kind - Schattenkind

Mit meinem heutigen erweiterten Wissen kann ich mir Isabellas innere Einstellung, ihre Motivation, das Getriebensein besser erklären. In frühester Kindheit wurde ihr Urvertrauen durch Vernachlässigung und unsichere Bindungen schwer beschädigt.

Das Urvertrauen sorgt für den inneren Halt und Schutz, ermöglicht das Gefühl, angenommen und willkommen zu sein; es ist die Grundlage für ein positives Selbstwert- und Lebensgefühl. Die Psychotherapeutin Stefanie Stahl setzt sich in ihrem Buch „Das Kind in dir muss Heimat finden", welches ich erst kürzlich gelesen habe, mit den frühen Prägungen durch Eltern und andere Bezugspersonen auseinander. Stahl bezeichnet die Summe aller Kindheitsprägungen, welche im Unbewussten festgeschrieben werden, als „Inneres Kind". Negative Prägungen aus der Kindheit können einen Menschen bis hin in das Erwachsenenalter einschränken sowie die Entwicklung und die Beziehungen zu anderen Menschen behindern.

Ängste und Sehnsüchte wirken im Untergrund des Bewusstseins und beeinflussen stark - auf der unbewussten Ebene – Wahrnehmung, Denken, Fühlen und Handeln. Stahl nennt das verletzte „Innere Kind" auch „Schattenkind". Dieses sorgt dafür, dass unliebsame Gefühle infolge von Kränkungen und Verletzungen später nicht noch einmal erlebt werden müssen. Daraus entwickeln sich Schutzstrategien, die das Ziel haben, dass das „Innere Kind" seine Wünsche nach Sicherheit und Anerkennung erfüllt bekommt. Das Selbstwertgefühl des „Schattenkindes" sowie sein Vertrauen in andere Menschen sind vermindert. Es entstehen negative Glaubenssätze wie: „Ich bin nicht okay." „Ich bin nichts wert." „Keiner liebt mich." „Ich komme immer zu kurz." „Das schaffe ich sowieso nicht." Die damit verbundenen belastenden Gefühle müssen abgewehrt werden. Zu den möglichen Abwehrstrategien gehören Lügen, Ausraster (als unwillentliche Reaktion durch Trigger), Angriff und Attacke, Macht- und Kontrollstreben, Abwertung des Anderen, Selbsterhöhung, Problemverdrängung, Rückzug und nicht Fühlen. Einer Situation, die Angst, Unlust oder Unruhe auslöst, wird oft mit Vermeidung begegnet, was jedoch die negativen Gefühle weiter ansteigen lässt. Da hilft manchmal nur noch die Flucht in sich selbst, einfach innerlich abzuschalten. Aus Angst vor Ablehnung und dem Gefühl, anderen ausgeliefert zu sein, wird oft zur Tarnung eine Rolle gespielt, in dem Glauben, damit den Erwartungen der anderen zu entsprechen.

Einige dieser Strategien konnte ich in verschiedenen Situationen, in denen sich Isabella hilflos und in die Enge getrieben fühlte oder auch eine negative Erwartungshaltung hatte, anhand ihrer Reaktionen miterleben. Allein mir und den anderen Bezugspersonen fehlte das detaillierte Wissen um die tiefenpsychologischen Zusammenhänge. So ist es nicht verwunderlich, dass sich Pflegeeltern sowie Lehrerinnen, Lehrer und Mitschüler durch Isabellas Verhalten wie vor den Kopf gestoßen, selbst hilflos und enttäuscht fühlten.

Bei allen Herausforderungen und Verärgerungen hatten wir dennoch viel Verständnis für die innere Notlage und Verwirrtheit des jungen Mädchens und mussten nicht jeden Angriff persönlich nehmen. Schließlich waren wir nicht für die Folgen der Vernachlässigung in den ersten zwei Lebensjahren des Kindes verantwortlich! Aber emotional anstrengend war die Zeit dennoch; abschätzige Bemerkungen und Blicke von

Besserwissern aus der Nachbarschaft und einigen Eltern von Isabellas Mitschülern, mussten ausgehalten werden.

Nicht alle Kollegen und Kolleginnen der Förderschule waren bereit, sich über das folgenschwere Schicksal der unbequemen Schülerin Gedanken zu machen. Besonders schlimm empfanden wir die Einstellung des Physik- und Techniklehrers. Er plädierte dafür, dass Isabella aufgrund ihrer Unbelehrbarkeit und Unberechenbarkeit an eine andere Schule verwiesen werden müsste, am besten in einem anderen Landkreis, damit die Kontakte zu ihrem alten Milieu, zu den Asozialen, unterbrochen werden könnten. Er meinte: „So ein Blödsinn, das gestörte Mädchen noch in eine Bereitschaftspflege zu stecken, anstatt sofort in ein Heim! Schon die erste Pflegefamilie war überfordert und Sie, Frau Kollegin", sprach er mich direkt an, „werden sich an der noch die Zähne ausbeißen!" Darauf antwortete ich scheinbar gelassen: „Wenn wir mit unserem pädagogisch-psychologischem Wissen gemeinschaftlich handeln und damit eine Verhaltenstherapie unterstützen, hat Isabella die Chance, ihre Verhaltensmuster zu verändern." Mehrere Kolleginnen nickten verständnisvoll. „Sie mit Ihrem psychologischen Trallala! Da ist nichts mehr zu retten!" Aus Herrn Meißels Sicht war Isabella von Grund auf verdorben und störte gezielt seinen Unterricht. Sie nannte ihn einmal nach einer Auseinandersetzung respektlos einen „alten Schrotthaufen", wie wir von der Mitschülerin Sophia erfahren hatten. Das angespannte Verhältnis in der Schule konnte Isi nicht ertragen und schwänzte daher zeitweise den Unterricht; gern mittwochs, wenn Physik und Wirtschaft auf dem Plan standen.

Wir versuchten Isabella positive Erfahrungen und Handlungsmöglichkeiten im Umgang mit anderen Menschen mit auf ihren Weg zu geben und hofften, dass eine stationäre Therapie ihr weiterhelfen könnte.

Vor Aufnahme in der KJP

Ich hatte ein Gefühl, als sauste mir die Zeit durch die Finger. Es gab noch so viel zu tun und zu bedenken. Für die stationäre Aufnahme in die Klinik für Kinder- und Jugendlichen-Psychiatrie lag eine lange Liste über die benötigten Sachen vor mir, die noch abgearbeitet werden musste. Beruflich war ich stark eingespannt, hatte viel zusätzlich von zu Hause aus abzuarbeiten, Gutachten mussten geschrieben werden. Andererseits forderte mich Isabella voll und ganz. Dass eine Fünfzehnjährige so gierig nach Aufmerksamkeit und Zuwendung sein könnte, hätte ich nicht erwartet. Es war auch ein kräfteraubendes Ringen um vermeintliche Selbstverständlichkeiten wie Ehrlichkeit und Verlässlichkeit sowie banale Dinge wie Körperpflege, Trennung von gebrauchter und frisch gewaschener Kleidung, die ansonsten bunt gemischt bei „Aufräumaktionen" im Schrank verschwand. Es gab ein ständiges Auf und Ab. Hartwig machte es zeitweise schon zu schaffen, dass er von Isabella - stellvertretend für andere Männer, die ihr einst Angst machten - abgelehnt wurde. Sie spürte wohl im Unterbewussten, dass ihr Pflegevater stark genug war, die Rolle als Stellvertreter auszuhalten. Wir waren uns einig und hatten eine liebevolle Beziehung zueinander, was dem Mädchen wiederum Halt gab.

Das im Kalender rot umrandete Datum der Aufnahme in die KJP wurde für Isabella plötzlich zur Bedrohung. Sie fühlte sich innerlich zerrissen. Vernunftgemäß, sich in eine bessere Zukunft träumend, hatte Isi große Hoffnungen in die Psychotherapie gesetzt. Nun kam Panik auf, dass ihre Träume wie bunt schillernde Seifenblasen zerplatzen könnten. Wieder und wieder suchte das Mädchen nach Rückversicherung, dass wir es nicht alleine lassen und die Bereitschaftspflege mindestens so lange aufrechterhalten würden, bis die Therapie beendet wäre.

In den Vorgesprächen bei Frau Doktor X. hatten sich für Isabella zwei wesentliche Anliegen herauskristallisiert: Sie wollte lernen, besser mit Gleichaltrigen sowie Kritik zurechtzukommen und hatte den Wunsch, sich mit ihrer Herkunftsfamilie auseinanderzusetzen. Immer drängender wurde ihr Verlangen, mit den fremd gewordenen Eltern, über die niemand mit ihr offen sprechen wollte, in Kontakt zu kommen. Bisher hatten die langjährigen Pflegeeltern und auch ihr Amtsvormund davon abgeraten – ihr Ansinnen würde für sie nur eine weitere Enttäuschung bedeuten. Musste sie sich für ihre leibliche Mutter, für den Vater etwa schämen? Isabella spürte die negative Einstellung ihrer Pflegeeltern gegenüber den anderen Eltern.

Für so manchen ist es schwer, den gescheiterten Herkunftsfamilien dennoch Achtung entgegenzubringen; schließlich gehört es zum Verstehen und Einordnen der Verhaltensweisen eines Kindes, dass die Pflegeeltern vor dessen Aufnahme belastende Informationen über seine Vorgeschichte und die Sozialisationsbedingungen erfahren müssen. Gerade in der Pubertätsphase leiden Jugendliche, und erst recht Pflege- und Adoptivkinder, häufig unter den Problemen ihrer Identitätsfindung und ihrem schwankenden Selbstwertgefühl, leiden unter Ängsten vor einer ungewissen Zukunft, was aber möglichst keiner bemerken soll. Die Heranwachsenden müssen sich in ihrer Lebensgeschichte zurechtfinden, um sie zu verstehen.

Wir nahmen Isabellas Ansinnen, nach den eigenen Wurzeln zu forschen, ernst, sprachen mit ihr über ihre Wünsche, Hoffnungen und Zweifel. In dem Zusammenhang mussten wir ihr auch erklären, dass ein Kontakt zu den leiblichen Eltern nur über das Jugendamt angebahnt werden könnte und dass der Amtsvormund entscheiden müsste, ob das dem Kindeswohl dienen würde. Schließlich wurde den Eltern nicht grundlos das Sorge- und Aufenthaltsbestimmungsrecht für ihre drei Kinder gerichtlich entzogen. Ob sie sich inzwischen gesundheitlich stabilisiert hatten, wussten wir nicht.

Isabella versuchte mit ihrem Bruder darüber zu sprechen. Doch Jan wehrte ab und argumentierte: „Ich habe jetzt eine neue Familie. Die alte taugt nichts. Ich habe es noch nie so gut gehabt wie jetzt. Und dass du es bei Mutti und Vati *verkackt* hast, ist deine eigene Schuld! Also lass mich in Ruhe damit!" Der Junge verachtete seine Schwester und wertete sie ab, weil sie in die „Klapsmühle" müsse. Es traf Isabella schwer und schmerzte, als Jan ihr gnadenlos und verächtlich an den Kopf warf: „Du bist genauso doof wie unsere alte Mutter! Die ist auch in der ‚Klapse' gelandet."

Ebenso belastete Isabella – wie es bei vielen Heim- und Pflegekindern der Fall ist – die Situation, nicht bei den leiblichen Eltern aufwachsen zu können, was ihr wie ein dunkler Schatten auf der Seele lag. Die betroffenen Kinder fragen sich: „Warum haben mich meine Eltern nicht lieb?" „Warum haben mich meine Eltern weggegeben?" Sie glauben oft, daran selbst Schuld zu haben.

Was könnte Isabella empfunden haben, als Jan in ihre neue Familie kam und sie erfuhr, dass er ihr leiblicher Bruder ist? Sie fragte sich womöglich: War ich für Mama zu anstrengend, war ich nicht lieb genug? Wollte sie lieber ein neues, süßes Baby haben? Jan durfte länger bei ihr bleiben. Warum hat sie ihn dann doch weggegeben? Wieso muss ich mich jetzt um ihn kümmern? Das ist alles so gemein und ungerecht!

Beim nächsten Beziehungsabbruch – Scheitern des Pflegeverhältnisses, vom Freund verlassen werden – kommen wieder bedrohliche Gefühle hoch und innere Überzeugungen wie: „Ich bin nicht in Ordnung." „Ich tauge nichts." „Niemand braucht mich." Um diesen unerträglichen, das Herz zusammenschnürenden Schmerz ihres inneren „Schattenkindes" nicht wieder und wieder erleben zu müssen, greifen, unabhängig vom Bewusstsein, die schon erwähnten Schutzstrategien, welche sich für Außenstehende in nicht nachvollziehbaren Reaktionen und Verhaltensweisen äußern. Schon „banale" Anlässe wirken als Trigger und führen zu scheinbar überzogenen Ausbrüchen. Isabella empfand ihre Lebenssituation als einen persönlichen Makel, fühlte sich deshalb benachteiligt und von einigen Mitmenschen deshalb verachtet.

Beide 9. Klassen waren in der zweiten Januarwoche von Mittwoch bis Freitag zur Klassenfahrt. Theoretisch hätte Isabella noch mitfahren können; sie lehnte dies aber aus Angst vor weiterem Mobbing ab. Außerdem hatte sie lauthals behauptet, dass sie auf die Fahrt pfeife und man sie in der Schule nie wiedersehen würde (was jedoch nicht vorauszusagen war).

Während der drei Tage erfüllte Isabella ihre Schulpflicht in Nicoles Klasse. Am Freitag fuhr sie erleichtert nach Hause; sie trug lediglich schwer an einem Packen Schulbücher und vielen Arbeitsblättern, die sie für den Unterricht in der Klinikschule benötigte. Nach den ersten zwei Wochen dort sollte Isi die zuständige Förderschule an vier Tagen der Woche besuchen. Mittwochvormittags waren in der Klinik für Isabella Einzeltherapien vorgesehen.

Am Wochenende gingen Isabella und ich die Checkliste durch und packten ihre Taschen mit Kleidung für eine Woche, Sport- und Badesachen, Wasch- und Kosmetikutensilien, Schulrucksack sowie einem kleinen Radio. Außerdem durfte der geliebte Plüschhund nicht fehlen. Am liebsten hätte sie ihren ganzen Besitz mitgeschleppt, für den im Zweibettzimmer auf der Station nimmer Platz gewesen wäre. Ich sagte ihr: „Isi, du kommst doch wieder hierher zurück! Du bekommst auch Wochenendurlaub, den wir gemeinsam verbringen werden."

Therapiebeginn

Am Montag konnte ich Überstunden abbummeln, Hartwig hatte Spätdienst – also war es uns möglich, Isabella gemeinsam auf die Station in der KJP zu bringen. Bei der Aufnahme wurden die Hausordnung, Verhaltens- und Besucherregeln besprochen. Ein Handy war nicht erlaubt! Auf der Station gab es ein Kartentelefon. Besuchszeiten waren mittwochs und sonnabends, aller vierzehn Tage bekamen die jungen Patienten Wochenendurlaub. Über ein Pendelheft konnten Informationen zwischen Therapeuten, Betreuern, Lehrern und Erziehungsberechtigten ausgetauscht werden. Das kannte Isabella bereits von der Schule her.

Wie würde unser Pflegekind mit den strengen Regeln und Kontrollen zurechtkommen? Neben der Einzeltherapie sollten Gespräche und Unternehmungen in der Gruppe stattfinden – würde Isi diese durcheinanderbringen? Wir waren gespannt.

Isabella bewohnte nun mit einer Dreizehnjährigen, welche bereits seit vier Wochen in der Klinik verweilte, ein Zimmer. Das war ungemein hilfreich, da diese unserer Pflegetochter alle Gepflogenheiten auf der Station erklären konnte. Die Mädchen verstanden sich auf Anhieb gut, sodass wir optimistisch waren, zumal Isabella bereitwillig mitarbeitete und fleißig Pluspunkte sammelte.

In den ersten Wochen hatte Isi in der Klinikschule nur wenige Stunden Unterricht in einer Kleingruppe, was ihr sehr gefiel. Doch bald sollte sie die Gastschule besuchen, was unangenehme Gefühle auslöste. Innerlich wappnete sie sich gegen Anfeindungen. Das war jedoch zum Glück nicht nötig, da die

„Neuen" freundlich aufgenommen wurden und Lehrer sowie Schüler auf die Kinder aus der KJP eingestimmt waren. Die Gastschüler wurden mit einen Sammeltaxi in ihre jeweilige Schule gefahren und auch wieder abgeholt.

Isabella freute sich auf die regelmäßigen Besuche und Wochenendbeurlaubungen. Sie hatte ein großes Mitteilungsbedürfnis und war froh, dass wir ihr zuhörten und uns viel Zeit für sie nahmen. Der Kontakt zu Nicole und Steve blieb ihr erhalten.

Wenn ich das Mädchen an den Mittwoch-Nachmittagen abholte, wünschte es sich meistens einen Besuch im Eis-Cafe, beim Lieblingsitaliener in der Innenstadt. Dort war Isi schon bekannt; wir wurden von einem jungen, hübschen Kellner überschwänglich begrüßt: „Buona sera, Signora, Signorina! Bella, meine Schöne, was darf ich dir heute bringen?" Sie strahlte den jungen Mann an und antwortete: „Na wie immer: einen Cappuccino und einen Spaghetti-Eisbecher." Ich hatte mir einen Joghurt-Eisbecher mit Erdbeeren und Milchkaffee bestellt. Grinsend fragte ich: „Na, Bella, wie fühlst du dich jetzt?" „Du sollst mich nicht Bella nennen, das mag ich nicht!" „Ach so, das darf ja nicht jeder."

Da Isabella bei den verschiedenen therapeutischen Angeboten und in der Schule gut mitarbeitete, glaubten wir zuversichtlich sein zu können. Mein Mann und ich spielten mit dem Gedanken, unsere Pflegetochter nach Beendigung der Langzeittherapie weiterhin zu unterstützen, ihr vielleicht ein Zuhause bis zur Volljährigkeit zu bieten. Doch wie das bei psychischen

Erkrankungen vorkommen kann, folgt auf eine positive Phase ein neuer Krankheitsschub.

Für Isabella begann eine schwierige Zeit, nachdem ihre Mitbewohnerin, die für sie Freundin und Vertraute geworden war, aus der Klinik entlassen wurde. Ein anderes Mädchen zog ein. Mit der Gleichaltrigen konnte Isi sich nicht so recht anfreunden; vielleicht waren sie sich zu ähnlich, wollten beide dominieren.

Isabella begann wieder mit ihrer Masche andere auszutricksen. Es ergab sich eine günstige Gelegenheit; die Bezugsbetreuerin war krank, also konnte die Vertretung ruhig beschwindelt werden. An einem Mittwoch hatte Isabella einen Termin beim Kieferorthopäden. Als ich sie nachmittags wie vereinbart abholen wollte, war sie bereits seit einer Stunde unterwegs. Wieso das? Der diensthabenden Betreuerin hatte Isabella weismachen können, dass sie bereits 13 Uhr losgehen müsse und legte zum Beweis ein „korrigiertes" Bestellkärtchen vor. Die junge Frau vertraute dem Mädchen, ohne einen Blick ins Pendelheft zu werfen. Dort stand ausdrücklich, dass Arztbesuche nur in Begleitung erfolgen sollten.

Ich hetzte verärgert wieder los. Als ich in der Praxis ankam, war das Mädel nicht zu sehen, also fragte ich an der Rezeption nach. Isabella befand sich, etwas früher als vorbestellt, bereits auf dem Zahnarztstuhl. Nach der Behandlung steuerte Isi – ohne mich zu bemerken – den Tresen an, um neue Termine zu vereinbaren. Die Schwester fragte: „Wie sieht es zeitlich aus, ab wann kannst du kommen? Geht es auch vormittags?" „Klar doch, die Zeit ist egal." Plötzlich stand ich neben dem Mädchen und sagte entschieden: „So ist das nicht! Isabella hat vormittags entweder

Schule oder Therapie – sie ist zur Zeit stationär in der KJP."
Isabella starrte mich irritiert an und stammelte: „Hast du mich
jetzt erschreckt, ich, ich dachte ..." „Du dachtest, mit denen
kannst du das machen!" Ich war total sauer und das gab ich ihr
deutlich zu verstehen: „Eigentlich wollte ich mit dir noch etwas
Schönes unternehmen. Aber dazu bin ich nach deiner Aktion
nicht mehr bereit. Wir fahren sofort zurück zur Klinik!" Sie
versuchte in alter Manier abzuwiegeln und eine Erklärung zu
geben: „Ich dachte, dass ich um eins ..." „Ja, du dachtest mal
wieder, dass die Terminfälschung so durchgeht, dass alle blöd
sind und nur du clever bist!", unterbrach ich sie.

Uwe auf den Spuren der Herkunftsfamilien

Es war an einem Dienstagnachmittag, das Telefon läutete - ein Anruf vom Jugendamt: „Hallo Frau Ziegel-Stein, hier Frau Braunkohl am anderen Ende der Strippe!" „Ja hallo, Frau Braunkohl, welche Überraschung! Gibt es Probleme mit Isabella?", fragte ich. „Noch nicht, aber das kann noch kommen", frotzelte die Sozialarbeiterin. Oder meinte sie es etwa ernst – orakelte sie? Die Sozialarbeiterin informierte mich: „Es geht um Folgendes: Isabellas leiblicher Vater ist verstorben, sodass seine Ehefrau und die Kinder zu Erben geworden sind. Da nichts weiter zu vererben war als ein Berg Schulden, haben der Betreuer von Frau A. sowie der Amtsvormund von Jan und Isabella das Erbe bereits ausgeschlagen. Nun sitzt Uwe A., der ältere Bruder, hier bei mir im Büro. Er sucht nach Isabella und möchte mehr über sie erfahren. Da seine Schwester gerade in der KJP ist und er sie nicht einfach besuchen kann, hat der junge Mann den Wunsch, mit Ihnen und Ihrem Mann zu sprechen. Würden Sie dem zustimmen? Uwe A. ist übrigens ein sehr angenehmer, ernsthafter junger Mann und studiert Jura." „Natürlich ist das machbar, wir können gleich einen Termin vereinbaren", bot ich an.

Eine Woche später trafen wir uns mit Uwe, dem zwanzigjährigen großen Bruder Isabellas. Er bedauerte es sehr, dass er Isi noch nicht besuchen konnte, hatte aber Verständnis dafür, dass die Zusammenführung der Geschwister sowie die Aufarbeitung der Familiengeschichte unbedingt therapeutisch begleitet werden sollte. Der junge Mann erzählte uns, dass er sehr verständnisvolle und kluge (Pflege-) Eltern habe, die ihn stets gefördert und gefordert haben und auch weiterhin mit Rat und Tat unterstützen. Uwe konnte bei ihnen weitestgehend die Schatten der frühen Kindheit verdrängen und lehnte bisher den Kontakt zu seiner Herkunftsfamilie, mit der er innerlich abgeschlossen hatte, strikt ab. Doch das änderte sich, als er den Brief vom Amtsgericht erhielt und vom frühen Tod des leiblichen Vaters erfuhr. Im Rahmen der Ermittlung möglicher Erben erfuhr er, dass auch die Großmutter väterlicherseits noch lebte. Uwe begab sich – mit Unterstützung seiner Eltern - auf Spurensuche und nahm Kontakt sowohl zu Oma Renate als auch Großmutter Agnes auf. Er stellte ihnen viele Fragen zur jeweiligen Familiengeschichte, zu den Ereignissen während des 2. Weltkrieges und der Nachkriegszeit. Uwe wollte verstehen, was dazu geführt hatte, dass seinen leiblichen Eltern das Sorgerecht für ihre Kinder entzogen wurde. Er war darüber erschüttert, welche traumatischen Ereignisse und Erlebnisse den Großeltern und Eltern widerfahren waren und welche Spuren die Verwahrlosung und Vernachlässigung in frühester Kindheit bei seiner kleinen Schwester hinterlassen haben.

Der junge Mann erzählte vom Besuch bei seiner damals 77jährigen Großmutter Agnes, einer kränklichen, sehr zierlichen, verbitterten Frau. Die schicksalsschweren Ereignisse in ihrem Leben, der dunkle seelische Schmerz - unstillbar und alt - hatten ihr tiefe Spuren ins Gesicht gegraben und den Rücken gebeugt. Agnes lebte allein, einsam und zurückgezogen in einer winzigen, aber sehr sauberen und aufgeräumten Wohnung. Kein einziges aufgestelltes oder an der Wand hängendes Foto konnte davon zeugen, dass sie Angehörige hatte. Agnes war zunächst misstrauisch und konnte es kaum fassen, dass Uwe ihr Enkel, also das Kind des verlorenen, erst kürzlich verstorbenen Sohnes ist.

Über Peter sagte sie: „Er hatte, so kurz nach dem fürchterlichen Krieg und als Ergebnis einer Vergewaltigung keinen guten Start ins Leben. Ich musste ihn ins Heim geben. Peter ließ niemanden an sich heran, war immer ein Außenseiter. Ich wundere mich, dass er es überhaupt zu einer Familie gebracht hat." Von ihrem gewalttätigen Mann hatte Agnes sich längst getrennt. Der jüngere Sohn hielt zum Vater und besuchte seine Mutter nur selten, hatte kein Verständnis für sie und ihre Schwermut. Die alte, gebeugte Dame stellte fest: „Es ist bitter für mich, am Lebensende zu erkennen, dass ich versagt habe und auch dein Erzeuger ein Versager war. Ein tolles Erbe hinterlassen wir dir und deinen Geschwistern!" Die Frau weinte still vor sich hin, Uwe fühlte sich hilflos.

Er hatte einen Kloß im Hals, als er darüber sprach. „Hast du (wir sollten ihn duzen) auch deine Großmutter mütterlicherseits besucht?", fragte Hartwig. „Ja, natürlich. Sie hat geweint vor Freude mich wiederzusehen. Ihr geht es gut und auch der Familie ihres jüngeren Sohnes. Oma Renate machte sich Vorwürfe, dass sie es nicht geschafft hatte, mich dauerhaft bei sich zu behalten. Ihr Mann war strikt dagegen. Inzwischen sind sie geschieden. Nun ist die Großmutter erleichtert, dass ich in einer liebevollen Pflegefamilie aufwachsen konnte. Sie fragte mich, ob ich noch Erinnerungen an meine richtigen Eltern hätte. Doch meine bewussten Erinnerungen fangen mit der Einschulung an, die anderen habe ich wahrscheinlich innerlich tief vergraben. Sie wollte auch wissen, was aus Isabella geworden ist. Über das Jugendamt erhielt sie keine Auskunft." Als Uwe davon sprach, knetete er seine Finger und schaukelte leicht mit dem Oberkörper hin und her.

Wir hatten den Eindruck, dass es Uwe trotz seiner inneren Erregung guttat, so offen mit uns zu sprechen. Ich stellte fest: „Es ist bestimmt nicht leicht, plötzlich mit den Traumatisierungen und Schicksalsschlägen der Herkunftsfamilien konfrontiert zu werden." „Das ist wohl wahr", seufzte Uwe, „aber meine Eltern und meine Freundin geben mir Halt und bringen dafür viel Verständnis auf."

Wir erzählten von unserem inzwischen erwachsenen Pflegesohn, den wir als 13jährigen aufgenommen und der sich positiv entwickelt hatte. Ihm ist der Kontakt zu uns sowie seinen drei Geschwistern, die in verschiedenen Pflegefamilien groß geworden waren, sehr wichtig.

Ich fragte Isabellas Bruder, welche Pläne oder Ziele er für seine Zukunft habe. Uwe strebte an, nicht nur das Jurastudium zu absolvieren, sondern noch Psychologie zu studieren. Er hoffte, sich später dem Familienrecht widmen zu können. Mein Mann und ich wünschten ihm viel Erfolg und versicherten, dass wir, falls wir die Möglichkeit dazu haben sollten, Isabella bis zur Volljährigkeit zu begleiten, die geschwisterlichen Beziehungen fördern würden. Außerdem sprach Uwe von seinem Wunsch, den kleinen Bruder und dessen Pflegefamilie kennenzulernen.

Etwa eine Woche später rief uns Uwe nochmals an und fragte, ob wir auch bereit wären, mit seiner Großmutter Renate zu sprechen. Wir wollten nicht auf eigene Faust handeln, deshalb besprachen wir das Anliegen mit Frau Braunkohl.

Das Treffen fand im Beratungsraum des Jugendamtes statt. Die Mitarbeiterin vom Pflegekinderdienst beantwortete die Fragen zu

Isabellas Entwicklung und wir erzählten von unseren Eindrücken. Die Großmutter war sehr bewegt und sprach über ihre Schuldgefühle. Sie hatte lange gehofft, dass ihre Tochter, die doch eigentlich so gute Charaktereigenschaften hat, sich von ihrem asozialen, gewalttätigen Ehemann trennen würde. Renate sagte seufzend: „Das Verhältnis zwischen mir und meiner Tochter war lange Zeit sehr angespannt. Ich konnte nicht verstehen, weshalb das so war. Erst nach meiner Ehescheidung erfuhr ich den Grund für ihr Misstrauen und ihre Verbitterung. Es war ein tiefer Schock für mich zu erfahren, welches Geheimnis sie über so viele Jahre mit sich herumtrug. Von dem Missbrauch durch ihren Stiefvater, also meinem Mann, ahnte ich nichts. Stattdessen habe ich ihr Vorwürfe gemacht. Das tut mir alles furchtbar leid."

Frau Braunkohl fragte: „Können Sie uns erzählen, was dazu geführt hatte, dass ihre Enkelkinder in Obhut genommen werden mussten? Wie ich in den Akten lesen konnte, hatten Sie die Ämter selbst informiert." „Glauben Sie mir, meine Anita ist keine schlechte Mutter, sie liebt ihre Kinder und leidet darunter, dass der Kontakt zu ihnen ganz abgebrochen ist. Aber die Umstände und der Suffkopp von Ehemann haben sie krank gemacht. Als ich damals die Familie unangemeldet besuchen wollte, stürzte ein Mann aus der Wohnung." Renate beschrieb die Lebensumstände und erklärte: „Ich war dermaßen schockiert und vermutete auch eine Straftat durch den Fremden, sodass ich nicht anders konnte, als Anzeige zu erstatten." „In welchem Zustand hatten Sie die Kinder vorgefunden? Genauere Kenntnisse darüber könnten für Isabellas Therapie von Bedeutung sein", meinte die Sozialarbeiterin, „außerdem ist es wichtig, dass die Pflegeeltern den Zusammenhang zwischen den damaligen Ereignissen und den seelischen Folgen für das Kind verstehen können." Die Erinnerungen schienen die Großmutter zu bedrücken. Sie berichtete stockend weiter: „Die Kinder waren unterernährt und verwahrlost. Uwe erzählte mir, dass Isabella vor Hunger Reste aus dem Katzennapf gegessen hatte und dass der ‚weiße Mann' schon oft in der Wohnung war, dass dieser Mama und Papa wehgetan und die kleine Schwester so komisch angefasst hatte. Ich frage mich heute, ob der Kerl ein Kinderschänder war?"

Frau Braunkohl nickte und bestätigte, sich auf einen Akteneintrag beziehend, dass der Kindesvater bei einer Befragung sexuelle Handlungen seines Bekannten an dem kleinen Mädchen eingeräumt hatte. Diese Unterredung war für alle beklemmend. Es wurde Vertraulichkeit darüber vereinbart. Die Puzzle-Teile der Ereignisse ergaben für uns jetzt ein deutlicheres Bild.

Wir hofften, dass die Langzeittherapie für Isabella hilfreich sein würde und waren bereit, sie nach besten Kräften auch weiterhin zu unterstützen. Die Sozialarbeiterin äußerte sich zum Abschluss des Gesprächs zuversichtlich: „Familie Stein verfügt über eine hohe Sozialkompetenz und Erfahrungen im Umgang mit benachteiligten jungen Menschen. Auch wenn Isabella noch nicht lange bei ihnen ist, hat sie Vertrauen aufbauen können. Die Kontaktanbahnung zur Herkunftsfamilie muss behutsam unter therapeutischer Begleitung erfolgen." Wir hatten den Eindruck, dass das Gespräch auf Oma Renate entlastend wirkte.

Ende der Bereitschaftspflege

Es begann für Isabella, nachdem sie erfahren hatte, dass ihr leiblicher Vater verstorben und die Mutter wegen frühzeitiger Demenz auf ständige Betreuung in einem Heim angewiesen sei, wieder eine schwierige Phase.

Wir wurden zum Beratungsgespräch gebeten, an dem auch Frau Braunkohl und Frau Finder vom Jugendamt teilnahmen. Man eröffnete uns, dass die Verhaltensbeobachtungen, die Langzeitdiagnostik sowie die Therapieergebnisse in der Klinik zu der Feststellung geführt hatten, dass bei Isabella eine ernstzunehmende psychiatrische Erkrankung vorliegen würde. Wegen dieser Krankheit, die oft erst im Jugendalter auftritt und mit gravierenden Verhaltensstörungen einhergeht sowie aufgrund der geminderten Intelligenz, würde eine Verlängerung der stationären Psychotherapie nicht zielführend sein. Die genaue Diagnose unterlag selbstverständlich der ärztlichen Schweigepflicht. Außerdem mangelte es inzwischen an Isabellas Bereitschaft, bei der Verhaltenstherapie aktiv mitzuarbeiten.

Frau Braunkohl zeigte uns, mit Bedauern und wahrscheinlich persönlich nicht ganz überzeugt, aufgrund der ungünstigen Prognose die alternativlose Perspektive für eine weitere therapeutische und heilpädagogische Betreuung Isabellas auf. Nach dem Klinikaufenthalt, am Ende des Schuljahres, sollte Isabella in ein besonderes Mädchenprojekt einbezogen werden, was letztendlich unbeschönigt hieß, dass sie in einem Heim, nur für Mädchen, in ländlicher Umgebung untergebracht werden sollte. Frau Finder meinte, dass man keiner Pflegefamilie zumuten könne, die Verantwortung für eine so schwierige Jugendliche, die durch ihre Verhaltensweisen ein Familiensystem regelrecht sprengen kann, zu übernehmen. Sie bedankte sich für unseren Einsatz und bat darum, Isabellas Sachen beim Jugendamt abzugeben. Wir sollten uns besser nicht persönlich von unserer Pflegetochter auf Zeit verabschieden, könnten ihr aber einen Brief schreiben. Außerdem wurden wir darum gebeten, zur optimalen Übergabe in die weitere Hilfsform einen kurzen, abschließenden Bericht über den Verlauf der Bereitschaftspflege zu verfassen.

Wir erfuhren nicht, ob Isabella im Rahmen der Therapie über ihre leiblichen Eltern ausführlich sprechen oder ob Uwe und die Großmutter sie besuchen konnten. Wir fragten uns, ob Isi die Entscheidung des Jugendamtes, sie in das Mädchenprojekt zu überweisen - was wir nicht beeinflussen konnten -, als Verrat und erneuten Vertrauensbruch empfunden haben könnte. Uns war klar: Und wieder würde das Mädchen mit seiner schwarzen Reisetasche über der Schulter, darin Bekleidung für eine Woche, umziehen und Beziehungen abbrechen müssen. Wir hofften, dass dies für Isabella doch nicht ganz so unerwartet oder überraschend kam und dass ihr mit psychologischem Einfühlungsvermögen das Anliegen des Mädchenprojekts erklärt und begründet wurde.

Auch wenn uns das Mädchen mit seinem harten Schicksal von Herzen leidtat, waren unsere Möglichkeiten als beruflich vollbeschäftigte Pflegeeltern begrenzt, einem so schwer belasteten Menschenkind nachhaltig zu helfen.
Als wir Isabellas Sachen beim Jugendamt abgaben, sprachen wir nochmal kurz mit Frau Braunkohl. Sie bedauerte ehrlich die Entwicklung des in früher Kindheit traumatisierten Mädchens. Die behandelnde Kinderpsychiaterin war zu der Einschätzung

gekommen, dass Isabella auch während der Verhaltenstherapie nicht die Fähigkeit entwickeln konnte, die Konsequenzen ihres Handelns zu erkennen, um daraus Schlussfolgerungen zu ziehen. Wir sprachen darüber, dass sie fast zwanghaft getrieben bestimmte Verhaltensweisen wieder und wieder verwendete, um das zu bekommen, was sie als sehr kleines Kind entbehren musste, nämlich zuverlässige Versorgung, Zuwendung und Liebe, gehalten, getröstet und beschützt zu werden.

Die Zuwendungen in der Pflegefamilie konnten die Defizite nicht ausgleichen und mit der Pubertät entstanden unweigerlich Bestrebungen, sich von den Eltern abzugrenzen. Im Zusammenhang mit der sexuellen Reifung verlagerte sich die Suche nach Liebe und Anerkennung weg von der Familie, hin zu einem Traumpartner, was wieder zu Enttäuschungen und Beziehungsabbrüchen führte.

Die Sozialarbeiterin versicherte uns abermals, dass Isabella bis zur Volljährigkeit professionelle Vollzeitbetreuung benötigen würde, einen streng geregelten Tagesablauf und therapeutische Begleitung. Sie muss weiterhin lernen, ihr eigenes Verhalten bewusster zu kontrollieren und die Konsequenzen ihres Handelns besser einzuschätzen.

Jahre später

In großen Zeitabständen begegnete ich, wie schon berichtet, Isabella wieder. Als sie uns das erste Mal besuchte, fragte ich nach ihren Erfahrungen im Mädchenprojekt. Sie meinte: „Was heißt hier Mädchenprojekt? Das war auch bloß ein Heim, wo ich niemals hinwollte. Die Weiber dort haben mich gemobbt. Als ich das nicht mehr aushalten konnte, bin ich vor lauter Panik aus dem Fenster gesprungen." Ich schaute Isabella entsetzt an. Sie beruhigte mich: „Es ist nicht viel passiert, das Fenster war im Hochparterre, ich hatte mir nur den rechten Arm gebrochen. Danach kam ich ins ‚Betreute Wohnen'."

Nach der gescheiterten Beziehung zu einem verheirateten Mann (dem Vater des zweiten Sohnes), rief Isabella mich an. Sie fragte, ob sie wegen eines Umzugs – sie wollte zum neuen Freund ziehen - ihre Küchenmöbel bei uns in der Garage unterstellen könnte (falls sie doch wieder eine eigene Wohnung brauche). Sie argumentierte: „Da du ja nicht selbst Auto fährst, hast du doch bestimmt genug Platz. Und wenn Kalle dich besucht, könnte er sein Auto auch draußen stehenlassen." Außerdem wollte die junge dreifache Mutter Geld borgen. Ich hatte nichts übrig; seit ich verwitwet war, musste ich alle Kosten für das Haus allein tragen. Ein Nein konnte Isabella nicht akzeptieren, sie legte beleidigt auf und rief nicht wieder an.

Wer auf ihre Wünsche und Bedürfnisse nicht einging, wurde mit Nichtachtung gestraft, was sicherlich dem Selbstschutz diente, um negative Gefühle abzuwehren. Bei manchen Leuten führt diese Strategie dazu, dass Schuldgefühle aufkommen und ein Einlenken ausgelöst wird. Ich musste mich selbst emotional vor

Isabellas Ansprüchen schützen, da sie versuchte, mich für sich zu vereinnahmen.

Zuletzt traf ich Isabella vor einem Kaufhaus. Sie steuerte auf einen auffallend tätowierten, rauchenden jungen Mann zu, der auf einer Bank saß, mit einem Handy beschäftigt war und einen Geschwister-Kinderwagen hin und her schob. Etwas unsicher sprach ich sie an: „Isabella? Ja, du bist es wirklich, wie geht es dir?" „Hallo Margret! Du hast dich gar nicht verändert. Mir geht es gut." Sie wies auf den Kinderwagen und sagte: „Da drin sind meine Kinder Nummer vier und fünf. Aber jetzt ist es genug!", lachte sie. Der junge Mann kam uns entgegen. Sie stellte ihn mir als ihren Lebensgefährten und Papa der beiden Kleinen vor. Viel Zeit zum Reden hatten wir nicht. Isabellas Freund drängte zum Aufbruch. Die Kinder mussten versorgt und die beiden größeren aus der Kita abgeholt werden.

Isabella hatte sich im Aussehen verändert, sie war rundlich geworden, ihre großen braunen Augen ließen eine gewisse Traurigkeit und Unsicherheit erkennen. Man konnte es ihr äußerlich ansehen, dass sie mit ihrer Familie in bescheidenen Verhältnissen lebte. Ihre süßen Kinder machten einen sehr gepflegten Eindruck – sie sind ihr Ein- und Alles.

Autorenvita

Margit S. Schiwarth-Lochau wurde 1953 in Halle (Saale) geboren. Sie studierte von 1971 bis 1975 an der Pädagogischen Hochschule Halle und war 41 Jahre lang im Schuldienst tätig, davon 30 Jahre als Förderschul- und Beratungslehrerin.

Ab 2010 beschäftigte sie sich intensiv mit der Herausforderung Inklusion, förderte Kinder im Gemeinsamen Unterricht an einer Grundschule, schrieb Gutachten zum sonderpädagogischen Förderbedarf und veröffentlichte 2014 ihr erstes Buch (Sachbuch) „Schule ist doof – Inklusion in der Praxis". Ihre langjährigen Erfahrungen aus der Arbeit mit benachteiligten Kindern und Jugendlichen sowie das Interesse an Fachliteratur sowie Fortbildungen über psychodynamische und psychosoziale Zusammenhänge lieferten die Grundlagen für ihre weitere literarische Arbeit.

In der Kinderbuchreihe „Schule ist cool" sind bereits „Toms Wandlung" (2014), „Susi Tigerherz" (2016), „Sofie die Schreckliche" (2017), „Paul der Tollpatsch" (2020), „Pierre der Quatschkopp" (2020) und „Maria die Klassenbeste" (2021) erschienen.

Außerdem ist Margit S. Schiwarth-Lochau Mitautorin im Buch ihrer Schwester, Dr. med. Ingrid Ursula Stockmann, „Wenn Verwandte über das Leben und die Liebe s(p)innen" (2011) und „Das kleine Schimpfwörter-Buch für Autofahrer" (2014).

Margit Schiwarth-Lochau ist Mutter von drei erwachsenen Kindern und Großmutter. Gemeinsam mit ihrem Mann nahm sie Mitte der 90er Jahre einen 13jährigen Jungen als Pflegekind in die Familie auf und begleitete ihn auf dem Weg ins Erwachsenenleben.

212

Anmerkung der Autorin

Die Handlung des Romans, der Personenkreis, die Familien- und Lebensgeschichten sowie Sozialisationsbedingungen sind frei erfunden. Meine Ideen für das Buch basieren auf einer Verdichtung von persönlichen Erlebnissen und Einstellungen, auf beruflichen Erfahrungen, Anregungen durch Fort- und Weiterbildungen sowie dem Studium von Fachliteratur. Hinzu kommen Kenntnisse durch Lehrgänge in Gesprächstherapie (GT) nach Rogers, Systemischer Beratung, Mediation (Schülerstreitschlichtung) sowie mehreren Weiterbildungen im Rahmen der „Erfurter Psychotherapie-Woche":

- 2018 – Hans Hopf – Die psychischen Störungen der Mädchen
- 2019 – Hans Hopf – Die Psychoanalyse des Jungen – Jungen verstehen

Hilfreiche Fachliteratur:

- Albert Lenz – Kinder psychisch kranker Eltern
- Angelika Rohwetter / Marlies Börner-Zollenkopf – Richtige Mutter, falsche Mutter – Die Rolle der leiblichen Mütter im Pflegekindersystem
- Christian Firus – Der lange Schatten der Kindheit – Seelische Verletzungen und Traumata überwinden
- Stefanie Stahl – Das Kind in dir muss Heimat finden
- Helga Rühling – ADS – Hilfen für unruhige Kinder
- Günter H. Seidler / Harald J. Freyberger / Andreas Maercker (Hrsg.) – Handbuch der Psychotraumatologie
- Thomas Gorden – Familienkonferenz

Margit Schiwarth-Lochau

Traumapsychologische Hintergründe und traumabedingte Stressreaktionen bei Kindern mit PTBS

Erwachsene und Kinder können im Laufe ihrer Lebensgeschichte schweren Traumatisierungen ausgesetzt sein. Häufig werden diese durch Formen zwischenmenschlicher Gewalt - bzw. von Menschen erzeugtes Unheil - verursacht, wie Kriegserfahrungen, Folter, destruktive Beziehungen als Erwachsener, Misshandlungen, sexueller Kindesmissbrauch. Traumatisierungen ohne Gewalt durch Täter entstehen beispielsweise durch Natur- und Technikkatastrophen.

Schockerlebnisse von einem katastrophalen Ausmaß, verbunden mit Hilflosigkeit und Ausgeliefertsein, können bei allen Menschen zu einer posttraumatischen Belastungsstörung (PTBS) führen. Wenn alte Gefahrenerlebnisse bei den Betroffenen aktualisiert werden, kommt es immer wieder zu Retraumatisierungen.

Leibliche oder aufnehmende Eltern (Adoptiv-, Pflege-, Bereitschaftspflege-, Kinderdorfeltern), die sich um Kinder kümmern, welche Traumatisierungen ausgesetzt waren, werden vor ganz besondere Herausforderungen gestellt.

Kinder können beispielsweise einen schockierenden Verkehrsunfall oder einen Tierangriff als ein einzelnes seelisches Trauma (i. S. eines Nahtoderlebnisses) überlebt haben. Sie müssen im Rahmen ihrer Rettung nicht nur den körperlichen, sondern ebenso den psychischen Schock überwinden, d.h. auch ihre Seele muss schnell wieder in Sicherheit gebracht werden, um keinen dauerhaften Schaden zu erleiden.

Leider ist es möglich, dass sie in ihrem Leben noch weitere bzw. mehrere zeitlich auseinander liegende Traumatisierungen erleben, beispielsweise durch einen erneuten Unfall, eine hinzukommende sexuelle Gewalterfahrung durch einen Fremden oder den plötzlichen Verlust eines geliebten Elternteils durch dessen Tod. In solchen „Fällen" handelt es sich um eine multiple Traumatisierung.

Die Traumapsychologen sprechen - sowohl bei einem einzelnen als auch bei multiplen, schockierenden traumatischen Erlebnissen - von einer **„einfachen" posttraumatischen Belastungsreaktion** oder, wenn sich die seelischen Veränderungen im Verlauf von acht Wochen nicht zurückbilden, von einer **„einfachen" posttraumatischen Belastungsstörung.** Bei letzterer bleibt die während des Traumas überforderte Traumaverarbeitung bestehen und es erfolgt keine Traumaintegration, was zu anhaltenden Traumafolgestörungen führt. Falls keine Traumatherapie einsetzt, leidet der Betroffene sein ganzes Leben an den Folgen seiner Traumatisierung oder Traumatisierungen.

Wenn Kinder lange Zeit durch seelisch schädigende traumatisierende Phasen ihres Lebens gehen mussten, erfolgt dadurch eine **komplexe posttraumatische Belastungsstörung (KPTBS).** Eine solche zu heilen und zu erkennen, wird noch schwieriger. Und wenn derartige komplexe Traumatisierungen bereits vor der Geburt bzw. im Alter von null Jahren bis zum vierten Geburtstag einsetzten, sind die seelischen Schädigungen besonders verheerend, da diese Kinder weder über eine genügende Hirnreife noch eigene Bewältigungskompetenzen verfügen. Eine **„komplexe Entwicklungsstörung nach Frühtraumatisierung" (KEF)** ist die Folge.

Bei der KEF werden die Bindungsfähigkeit und Bindungsentwicklung beschädigt und sind kaum zu heilen. Urvertrauen kann nicht aufgebaut werden. Die Kinder können sich auf keinen verlassen oder fühlen sich völlig allein. Darüber hinaus misslingt bei ihnen die zentrale Entwicklungsaufgabe des Gehirns. Es kann sich nicht in „Masse", „Vernetzung der Areale" und „Geschwindigkeit der neuronalen Verbindungen" so rasant wie bei „normalen" Kindern entwickeln. Das hat sehr weitreichende Auswirkungen auf die Alltagsbewältigung. Die Fähigkeit zur Affektregulation, also sich selbst zu beruhigen, entwickelt das gesunde Kind spätestens mit drei Jahren, das „KEF-Kind" bis zu seinem Lebensende nicht. Die dafür notwendigen Schaltkreise im Gehirn wurden nicht aufgebaut, denn durch die schockierenden Erlebnisse wurden zu extreme Körperwahrnehmungen (z. B. Hunger, Durst, Aufgeben, Leben loslassen) und Affekte (z. B. Angst, Aggression, Einsamkeitsgefühl, Hoffnungslosigkeit) hervorgerufen. Auch die Fähigkeiten im geistigen Erfassen, Merken und im Erinnern sowie im Sozialverhalten entwickeln sich nach Frühtraumatisierung meist lückenhaft, weil der präfrontale Cortex (ein Areal der Hirnrinde) stark von Vernachlässigungserfahrung betroffen ist (Weinberg).

Der präfrontale Cortex wächst noch schlechter als alle anderen Areale und bringt im Verlauf des Lebens keine Fähigkeit zur Planung, Selbstdisziplin und Selbststrukturierung hervor. Diese Kinder können sich nicht aus den Augen ihres Gegenübers betrachten: „Wie mag das für X sein, wenn ich dies und das ...

mache, z.B. ihn trete?" Sie verfügen auch nicht über die Fähigkeit, affektgetriebene Handlungsimpulse zu bremsen oder „umzusteuern", z. B. nicht umgehend Rache zu üben und nicht gleich alles „hinzuschmeißen". Es fehlt ihnen an Frustrationstoleranz. Der schmale präfrontale Cortex der „KEF-Kinder" gibt all dies nicht her. Diese mangelnden Fähigkeiten können weder nachträglich anerzogen noch verhaltenstherapeutisch beeinflusst werden (Weinberg).

Je näher die verursachenden Personen dem Kind stehen, (z. B. sexueller Kindesmissbrauch durch den Vater oder Großvater, Suizid oder versuchter Suizid der Mutter), desto dramatischer sind die Folgen. Zusätzlich zur gestörten Bindungsfähigkeit werden die Identitätsentwicklung und das Selbstwertgefühl schwer gestört. (Die Kinder fragen sich, wer sie sind, dass so etwas mit ihnen gemacht wird oder ob sie es der Mutter nicht wert waren, dass sie weiterlebt.) Das Selbstbewusstsein wechselt abrupt von stark überhöht zu völlig am Boden (Weinberg).

Kinder von suchtkranken oder psychisch kranken Eltern (z. B. Persönlichkeitsstörungen, Depressionen) sind einem besonderen **Risiko** ausgesetzt, frühe komplexe Entwicklungsstörungen zu erleiden, beispielsweise durch **Verlassenwerden und/oder Verwahrlosung.**

In diesem Bereich ist die durch die Autorin Schiwarth-Lochau beschriebene Problematik des Pflegekindes Isabella anzusiedeln. Es zählt zu dieser Problemgruppe und seine Traumatisierungen begannen in frühester Kindheit. Gerade für solche jungen Kinder (von null bis drei Jahren) sucht das Jugendamt Hände ringend Bereitschaftspflege- und Pflegeeltern und erarbeitet mit letzteren und auch mit den leiblichen Eltern Hilfepläne, welche die Rückkehr des Kindes in seine Herkunftsfamilie ermöglichen sollen. Das ist berechtigt, doch leider kann sich für die o. g. „Risikokinder" das erlittene schwere Bindungstrauma durch die erneute Trennungs- und Verlustsituation wiederholen und, in die Herkunftsfamilie zurückgekehrt, ereignen sich womöglich weitere Schockerlebnisse. Nicht selten werden diese „schwierigen" Kinder, die insbesondere durch ihre aggressive Dysregulation immer wieder Unglück über sich und andere bringen, sogar kurz hintereinander zu mehreren Bereitschaftspflege- und Pflegeeltern oder in verschiedene Einrichtungen gegeben. Die Gründe, dass bei ihnen **keine Traumatherapie** erfolgt, um den Teufelskreis möglichst zu durchbrechen, können auch aus meinen ärztlichen Erfahrungen vielfältig sein:

○ Die **Kenntnisse** über die KPTBS und KEF sind allgemein und somit auch bei den Sozialarbeitern im Pflegekinderwesen kaum verbreitet. Außerdem bestehen für diese Krankheitsbilder verschiedentlich eingeschränkte, ambulante diagnostische Möglichkeiten.
Selbst in der internationalen Klassifikation der Krankheiten **(ICD-10)** gibt es noch **keine Diagnoseschlüssel für** die **KPTBS und** die **KEF.** Die **„einfache" PTBS** ist mit dem Code **F43.1** verzeichnet. In die künftige ICD-11 soll 2022 auch die KPTBS aufgenommen werden (Wikipedia).
Man bedenke, dass posttraumatische Belastungsstörungen, egal wie bezeichnet, schon so lange existieren, wie es Menschen gibt. Doch darüber geforscht wurde viel später, ab Mitte des 19. Jahrhunderts (Wikipedia). Erst im Jahr **1980** wurde in den **USA** die Diagnose **PTBS** als eigenständiges

Krankheitsbild anerkannt - und zwar anhand der wissenschaftlichen Ergebnisse von Untersuchungen an Vietnamkriegsveteranen. Die („einfache") PTBS konnte somit erstmals in den amerikanischen „Diagnoseschlüssel-katalog", (damals DSM-III), aufgenommen werden. Die amerikanische Psychiaterin und Professorin für klinische Psychologie, Judith Hermann, beschrieb **1992** die „**Komplexe posttraumatische Belastungsstörung**".

o Es sind auch seltenere **Verläufe** möglich, (wie wahrscheinlich bei der kleinen Isabella in der ersten Pflegefamilie), bei denen das Kind nach seinen Traumatisierungen, die mit den überforderten Verarbeitungsmöglichkeiten einhergegangen sind, sein Leben trotzdem, scheinbar angepasst und zufrieden, wieder aufnimmt. Es bricht dann aber **Jahre später** zusammen, weil die Traumatisierungen nicht wirklich verarbeitet wurden (Weinberg). Ein ursächlicher Zusammenhang der nach zeitlicher Verzögerung auffallenden Störungen mit den stattgehabten frühen Traumatisierungen wird nicht mehr in Betracht gezogen, nicht für möglich gehalten oder nicht geglaubt.

Im Falle des Kindes Isabella vermuteten die Pflegeeltern selbst eine pubertäre Krise, die das oppositionell-aufsässige, aggressive und dissoziale Verhalten hervorgebracht hätte, statt traumabedingte, gestörte Interaktionen nach Veränderungen in der familiären Situation in Betracht ziehen zu können. Die Unterstützung durch die sozialpädagogische Familienhilfe erwies sich als nicht ausreichend.

o Es kann Schwierigkeiten bei der **diagnostischen Einordnung** geben, wenn den Eltern von Seiten der Ärzte bestimmte **Fragen nicht gestellt** werden: Vor allem, ob vor dem Auftreten der Störungen (z. B. Panikstörung, Verhaltensstörungen) ein oder mehrere Schockerlebnisse stattfanden oder ob es frühe Traumatisierungen (ab der Geburt) gab, ob das Kind unter Albträumen und am Tag unter intrusiven Erinnerungen leidet, das Kind vielleicht bei einem Zahnarztbesuch extrem panisch reagiert oder beim Anblick eines Hund in extreme Erregung gerät, also Trigger vorkommen, die einen Schreck auslösen, der in keiner Weise der Situation angemessen ist, was auf frühere Traumaerfahrungen hinweist. Da die alten Traumawahrnehmungen in der Amygdala (Mandelkern im Zwischenhirn) „gespeichert" sind, wird in der Gegenwart eine unsinnig wirkende biologische Stressreaktion in Gang gesetzt (Weinberg).

o Gesellschaftliche **Vorurteile** und überholte medizinische Kenntnisse „haften" den Menschen mit katastrophalen Schockerlebnissen (PTBS) teilweise heute noch „an". Sie erlebten unglaublich Schreckliches. Und im wahrsten Sinne des Wortes wird ihnen das Unglaubliche oft nicht geglaubt; Schwäche, Täuschungsversuche, Lügen (Täter-Opfer-Umkehr) u. a. kann ihnen unterstellt werden.
Beispielsweise finden sich im „Pschyrembel", „Klinisches Wörterbuch" (1951), Diagnosen, welche der heutigen PTBS nahe kommen: „Psychischer oder Nervenschock" - Gemütserschütterung, die zu traumatischen Neurosen führt. „Kriegsneurose" - unter den Einwirkungen des

Kriegsschauplatzes entstandene traumatische Neurose. Weiterhin „Traumatische Neurosen" nach Schreck, Unfall oder Operation - auch „Schreckneurose" genannt. Daraus würden „Rentenneurosen" (mit der Absicht sich eine Rente erkämpfen zu wollen) hervorgehen können. Bei der „Hysterischen Reaktion" (Definition nach Forster)... handele es sich um Persönlichkeiten, welche „aus dem Wunsch heraus, für sich irgendwelche subjektiven Vorteile zu erlangen, sich so verhalten, dass die Umgebung glaubt, sie seien krank."

Oder: Aus der Geschichte des 1. Weltkrieges ist bekannt, dass die Kriegszitterer durch die Traumatisierungen (z. B. Nahtoderfahrungen in den Schützengräben) erkrankten, jedoch ihnen auch Rentenbegehren und sogar Feigheit unterstellt wurde, sich vor dem Kriegseinsatz drücken zu wollen.

Um die PTBS, KPTBS und KET zeitiger erkennen zu können, weitere Verschlimmerungen und lebenslange Folgestörungen, sowohl bei leiblichen als auch aufgenommenen Kindern möglichst zu verhindern, ist die Verbreitung von entsprechendem Wissen wichtig. Darin besteht auch das Anliegen der Autorin Schiwarth-Lochau. Sie selbst erlebte als Pflegemutter nicht ausreichende Schulungen über das Jugendamt.

Über die bereits angebotenen, allgemeinen Pflegeeltern-schulungen hinaus wären m. E. Kurse in Traumapädagogik für Eltern (leibliche und Pflegeeltern), wie sie Dorothea Weinberg u. a. durchführen, angebracht.

Nicht alle Pflegeeltern arbeiten in pädagogischen Berufen und haben sich erst recht kein psychologisches Hintergrundwissen aneignen können, wie die Bereitschaftspflegemutter und Autorin, die sich Antworten auf schwierige Problemlagen mittels selbst organisierten Fortbildungen (Psychotherapiekongresse) suchte. Die dort angebotene Wissensvermittlung konnte inzwischen durch neue Forschungen in Diagnostik und Therapie der PTBS und KPTBS erweitert werden, stand aber in diesem Umfang der Diplompädagogin Schiwarth-Lochau noch nicht zur Verfügung, als sie über die „Schicksalskette" bei Kindern, wie Isabella, erfuhr und sie Zweifel an gut gemeinten Entscheidungen hegte.

Die Autorin beschreibt in Romanform die Entwicklungsbedingungen und Entwicklungsgeschichte eines bereits seit frühester Kindheit komplex traumatisierten Opfers: das Pflegekind Isabella. Dabei geht sie von den Kindheitsschicksalen der ebenso komplex traumatisierten Eltern aus. Die biographischen Darstellungen sind fiktiv, jedoch gehen hier ihre jahrzehntelangen pädagogischen Erfahrungen mit sehr vielen Förder- und traumatisierten Kindern, Kenntnisse durch ihre zahlreichen pädagogisch-psychotherapeutischen Fortbildungen sowie als Pflege- und Bereitschaftspflegemutter, ein.
Sie beschreibt am Beispiel des Mädchens Isabella und der Herkunftsfamilien seiner Eltern auch die nicht hinreichenden Kenntnisse über posttraumatische Belastungsstörungen, einschließlich Folgeerscheinungen. Den Hinweisen der Pflegemutter auf die traumatischen Belastungen des Kindes wurde z. T. nicht nachgegangen oder deren Bedeutung stark unterschätzt.

Die nicht erkannten Traumafolgen richteten bereits in den Herkunftsfamilien der Eltern (bei den Großeltern mütterlicher- und väterlicherseits) von Isabella schweres Unheil an und wurden transgenerational „weitergegeben". Die Eltern von Isabella, welche Opfer waren und deren Traumatisierungen auch nicht behandelt wurden, entwickelten sich unweigerlich bzw. unwillentlich zu „Tätern", die nicht in der Lage dazu waren, ihre Tochter Isabella und ihre anderen beiden Kinder zuverlässig zu versorgen und zu beschützen.

Mangelnde Kenntnisse führen nicht selten zu - eher die Traumafolgen verschlimmernden - Entscheidungen für Pflegekinder. Das kann sowohl die Auswahl einer weiteren Unterbringung als auch psychosoziale, pädagogische (passende Schulform oder schulische Förderung), medizinische (Verhaltens- statt Traumatherapie) und andere Maßnahmen ungünstig beeinflussen. Sie beschreibt außerdem Fehleinschätzungen sowie -reaktionen aus der Umwelt, die auf mangelnder Aufklärung beruhen.

Jugendamt und Pflegeeltern benötigen m. E. umfassendere Kenntnisse, damit traumatisierte Kinder passende Möglichkeiten erhalten, ihr Trauma zu verarbeiten, statt in einem Teufelskreis „steckenzubleiben". Eine Traumatherapie ist aus meiner Erfahrungssicht als Medizinerin unverzichtbar, auch wenn von einer solchen die „einfach" traumatisierten Kinder „leichter" oder mehr profitieren können als die komplex und früh traumatisierten. Eine geeignete Traumatherapie in Kombination mit anderen Hilfen könnte verhindern, dass ein Kind mit KPTBS oder KEF, wie Isabella, nicht von „hilflosen Helfern" aufgegeben wird.

Durch Verhaltenstherapie oder gar mehr Willensanstrengung der betroffenen Kinder können die traumabedingten Störungen leider nicht gemindert oder geheilt werden. Nicht selten werden Traumatisierungen sogar verschwiegen, wenn leibliche Eltern oder ein Elternteil bzw. den Familien nahestehende Personen die Täter sind und somit besteht überhaupt keine Aussicht auf Heilung. Die Störungen überschatten unbehandelt das ganze Leben der Betroffenen und ihrer Familien.

Obwohl Isabellas Pflegeeltern gut ausgebildet sind und die Sozialarbeiterin ebenso einfühlsam und fortschrittlich reagiert, sind die Hilfen für das Kind oftmals unzureichend, unpassend oder sie hemmen seine ohnehin gestörte Entwicklung. Das heranwachsende Mädchen bleibt im Sinne einer sich selbst erfüllenden Prophezeiung in einem Teufelskreis gefangen: Angst vor Ablehnung und Verlassenwerden - Erregung, aggressive Ausbrüche - Ablehnung und Verlassenwerden. Es wiederholt unbewusst und unwillentlich sein Bindungstrauma.
Isabella leidet traumabedingt vor allem unter Ängsten, Panik, Albträumen, Schlafstörungen, intrusiven Erinnerungen, Übererregungs- und Anspannungszuständen, Aggressionen, den Folgen von dissozialem Verhalten und der Vermeidung angstbesetzter Situationen, unter dem Verlust des Urvertrauens sowie des Vertrauens in ihre wichtigsten Bindungen (sich auf keinen verlassen, keinem wirklich trauen zu können). Ihre Selbstwertproblematik führt zu zeitweiliger Selbstüberschätzung und damit ebenso zu Ablehnung. Oftmals ist ihr Mitteilungsbedürfnis kaum zu bremsen, sie kann sich selbst nicht strukturieren. Zu Hause verfällt sie zeitweilig in regressive

Verhaltensweisen, ist ablehnend und dann wieder anhänglich, oppositionell oder fast unterwürfig, kann auf andere auch charmant wirken.

Weiterhin bewirken ihre traumabedingten Störungen Schul- und Lernschwierigkeiten, vor allem zählen dazu: Vermeidungsverhalten (Schule schwänzen, u. a. um Mobbing und damit Retraumatisierung zu vermeiden), oppositionelles und offenbar hyperkinetisch-unaufmerksames Verhalten, aggressive Dysregulation (Explodieren oder Implodieren), auch Fluchtverhalten, Frustrationsintoleranz mit mangelnder Anstrengungsbereitschaft, weiterhin fehlende Selbstdisziplin, Selbststrukturierung und Planungsfähigkeit, Ein- und Durchschlafstörungen. Vermutlich haben sich darüber hinaus ihre Fähigkeiten im geistigen Erfassen, Merken und Erinnern durch einen „schmalen präfrontalen Cortex" (Weinberg) schließlich lückenhaft entwickelt.

Die stationäre Verhaltenstherapie führte unweigerlich zu weiteren Misserfolgen, die das Mädchen nicht durch mangelnde Anstrengungsbereitschaft oder Willensanstrengung „selbst verschuldete". Wahrscheinlich erlebte es Therapeuten gegenüber und in der Therapiegruppe Gefühle von Wertlosigkeit, Abgelehntsein oder Bedrohtheit (Trigger), die in ihrem Gehirn in der Amygdala dann ein „neuronales Feuer" auslösten. Dies geschah vor dem Hintergrund ihrer fehlenden Traumaverarbeitung, was offenbar gar nicht in Betracht gezogen wurde.

Die Amygdala (der Mandelkern im Zwischenhirn) gerät bei der Wahrnehmung von Gefahren in Erregung und meldet diese über den Hippocampus an die Großhirnrinde. Solange sich die Erregung noch im „Toleranzfenster" (zuträglicher mittlerer Bereich) bewegt, kann das Gehirn über seine sämtlichen Aktivitäten verfügen. Im obersten Erregungsbereich des Toleranzfensters ist das Gehirn ganz besonders wach, denn die Amygdala hat auf bestimmte Wahrnehmungen Alarmsignale „ausgesendet". Diese lassen das Gehirn „nach oben fahren" und die gesamten Energien des Betreffenden bündeln sich für angemessene Aktivitäten zur Bewältigung.

Wenn jedoch die Gefahr-Rückmeldung der Amygdala noch mehr ansteigt, wird der Punkt überschritten, bis zu dem sie dem Individuum noch eigenständige Lösungsmöglichkeiten „zuschreibt". Die Amygdala befindet sich in **Übererregung** (das Toleranzfenster ist überschritten) und extreme Affekte werden ausgelöst; es entstehen Panik, Todesängste und totale Hilfosigkeit. In diesem Moment wird der Hippocampus blockiert und damit unterbleibt die „Meldung" an die Großhirnrinde.

Haben Menschen schlimme traumatische Vorerfahrungen, können Trigger solch ein Hochstresserleben in der Amygdala auch in nicht katastrophalen Situationen, die als gefährlich bewertet werden, unwillentlich reaktivieren und zur **Hippocampusblockade** führen. Wenn das passiert, kann man noch so viel auf den Menschen einreden, an seine Vernunft appellieren oder Strafen androhen, er wird nicht zur Vernunft kommen, sich nicht steuern können. Die Situation wird sogar verschlimmert bzw. angeheizt. Dabei geht es gar nicht um Leben oder Tod. Selbst trotz aller Versprechungen und guter Vorsätze durch das Kind wird es seine sich mit Sicherheit durch erneute Trigger wiederholenden extremen Affekte bzw.

Erregungszustände in „keinster Weise" beeinflussen können: Gerät die Amygdala erneut in Übererregung, blockiert wieder der Hippocampus. Dem Gehirn stehen in solchen Situationen seine Vernetzungen nicht mehr zur Verfügung. Die Vorgänge im Gehirn führen vor allem zu Kampf oder Flucht. Es beruhigt sich erst, wenn die vermeintliche Gefahr vorüber ist. Verhaltenstherapie ist vor dem Hintergrund der beschriebenen, sich unweigerlich wiederholenden, Hippocampusblockade und der nicht bewältigten Traumaverarbeitung zwecklos. Durch diese kann nicht in die Hirnfunktion „eingegriffen" werden.

Auch bei Isabella wurden die in der Amygdala „gespeicherten" Traumawahrnehmungen durch bestimmte, unvorhersehbare Situationen getriggert und reaktiviert, also „von der Vergangenheit in die Gegenwart transportiert". Die aggressiven Reaktionen (Erregungszustände) darauf erfolgten bei ihr ebenso unwillentlich und nicht von selbst steuerbar. Scheint ein Kampf zwecklos, um die scheinbare Katastrophe abzuwehren, erfolgt stattdessen die Flucht (als sich das Mädchen Isabella „in die Enge getrieben" fühlte, sprang es aus dem Fenster und brach sich den Arm).

Gegen diese durch Trigger hervorgerufene Retraumatisierungen helfen weder erzieherische Maßnahmen, Verhaltensregeln und Ermahnungen noch spätere Versprechungen durch das Kind.

Ohne Traumatherapie besteht keine Chance auf eine heilende Traumaintegration. Das Triggern der erlebten katastrophalen Gefahren wiederholt sich. Auch Erstarrung und Trancezustände können bei Retraumatisierung durch Trigger auftreten.

Bei Nahtoderlebnissen - scheinbar ohne Aussicht auf Rettung - „weiß" das Großhirn nicht, dass es überlebt hat. Bei diesen kommt zur Hippocampusblockade hinzu, dass nunmehr ein

Prozess in die Wege geleitet wird, welcher das Sterben erleichtern soll. Der Mensch rutscht in einen Trancezustand oder verliert das Bewusstsein gänzlich.

Die Zuschreibung von „charakterlichen" Eigenschaften als „unbelehrbare Systemsprenger" wird für diese Kinder oftmals zu einem Verhängnis, wie auch für Isabella. „Solch ein Kind kann man keiner Familie zumuten."

Erfreulich ist, dass die Problematik der PTBS heute deutlich mehr Berücksichtigung findet und die ambulante Traumatherapie vor kurzer Zeit in den Leistungskatalog der Krankenkassen (als Kassenleistung) aufgenommen wurde.
Die traumabedingte Not hat insgesamt zugenommen. Leider sind immer mehr Menschen (Erwachsene und Kinder) durch Hunger, Folter, Kriegswirren, Vergewaltigung, schwere persönliche Verluste und andere Strapazen der Migration komplex traumatisiert. Offiziell waren 2015 mehr als 65 Millionen Menschen weltweit auf der Flucht (Wichtmann).
Umfassende Hilfen für die aus den verschiedensten Gründen schwer traumatisierten Menschen sind dringend erforderlich.

M. E. sollten für Lehramtsstudenten, Pädagogen, Sozialpädagogen, überhaupt alle Berufsgruppen, die eine hohe Verantwortung für Kinder tragen und alle Menschen, die mit Kindern umgehen, selbstverständlich für leibliche und aufnehmende Eltern sowie Bezugspersonen, mehr Kenntnisse über PTBS und komplexe PTBS (KPTBS) zugänglich gemacht werden.

Aus meiner Sicht als Therapeutin könnten nicht nur ein Wissenszuwachs für Helfer (Eltern, Angehörige, Nachbarn, Jugendamt, Ärzte, Psychologen) - sondern auch eine gemeinsame „Beratungskultur" i. S. einer „kollektiven Achtsamkeit" (Gebauer) erfolgversprechend sein - und somit, wie auch bei einer Feuerwehr- oder Flugzeugmannschaft, ein „proaktives" Vorgehen ermöglichen. Wenn bei Besprechungen im Team alle ihr Wissen gleichberechtigt einbringen können, wäre es möglich, Gefahren bzw. Verschlimmerungen bei den ohnehin geschädigten Kindern zeitiger zu erkennen und abzuwenden.

Literaturhinweise:
- Beckrath-Wilking, U., M. Biberacher, V. Dittmar, R. Wolf-Schmid: Traumafachberatung, Traumatherapie & Traumapädagogik, Junfermann, Paderborn, 2013
- Gebauer, Annette: Kollektive Achtsamkeit organisieren: Strategien und Werkzeuge für eine proaktive Risikokultur (Systemisches Management), Schäffer-Poeschel, 2017
- Herman, Judith: Die Narben der Gewalt, Traumatische Erfahrungen verstehen und überwinden, Junfermann, Paderborn, 2018
- Hochauf, Renate: Frühes Trauma und Strukturdefizit, Asanger, 2012
- Pschyrembel, Willibald: Klinisches Wörterbuch, 85. - 99. Auflage, Walter De Gruyter & CO., Berlin W35, 1951
- Weinberg, Dorothea: Verletzte Kinderseele, Was Eltern traumatisierter Kinder wissen müssen und wie sie richtig reagieren, Fachratgeber, Klett-Cotta, Stuttgart, 2015

- Wichtmann, Ulrike: Ein Kurs in Erster Hilfe für traumatisierte Menschen, Auch für Schulungszwecke geeignet in Deutsch/Englisch, AJZ, Bielefeld, 2018
- Wikipedia: Judith Lewis Herman, https://en.wikipedia.org/wiki/Judith_Lewis_Herman
- Wikipedia: Komplexe posttraumatische Belastungsstörung, https://de.wikipedia.org/wiki/Komplexe_posttraumatische_Belast...

Auf eine differenzierte Darstellung aller Prozesse im Gehirn musste in diesem Rahmen verzichtet werden. Dazu verweise ich auf die Fachliteratur.

Dr. med. Ingrid Ursula Stockmann
FÄ f. Neurol. u. Psychiatrie/Psychotherapie

Danksagung

Ich danke meiner Tochter Marja, die als erste das Manuskript gelesen hat und mir wertvolle Hinweise gab. Meiner Schwester, Dr. med. Ingrid Ursula Stockmann, gilt besonderer Dank, da sie mich mit ihren Kenntnissen und Erfahrungen als Nervenärztin und Psychotherapeutin in fachlichen Fragen beraten und mit weiteren Ideen angeregt hat. Insbesondere danke ich für ihre Ausführungen zum Buch über die traumapsychologischen Zusammenhänge.

Ein Dankeschön geht ebenso an Bernd Stockmann, der die Gestaltung des Buchblocks und das Verlegen in seinem „Stockwärter Verlag" übernahm.

Inhaltsverzeichnis